W0185248

Dany Laferrière

Tagebuch eines Schriftstellers im Pyjama

Roman

Aus dem Französischen
von Beate Thill

Wunderhorn

Titel der Originalausgabe:
Journal d'un écrivain en pyjama
© 2013 Éditions Grasset & Fasquelle, Paris
Lektorat: Angelika Andruchowicz
© 2015 Verlag Das Wunderhorn GmbH
Rohrbacherstrasse 18, D-69115 Heidelberg
www.wunderhorn.de
Alle Rechte vorbehalten. Kein Teil des Werks darf in irgendeiner Form (durch Fotografie, Mikrofilm oder ein anderes Verfahren) ohne schriftliche Genehmigung des Verlags reproduziert werden oder unter Verwendung elektronischer Systeme verarbeitet, vervielfältigt oder verbreitet werden.
Gesamtgestaltung: Werner Ehrle, Cyan, Heidelberg
Umschlaggestaltung: Leonard Keidel
Titelabbildung: William Warby
Druck: NINO Druck GmbH, Neustadt/Weinstrasse
ISBN: 978-3-88423-493-8

FSC
www.fsc.org
MIX
Papier aus verantwortungsvollen Quellen
FSC® C006655

Ein Messer ohne Klinge, an welchem der Stiel fehlt.

LICHTENBERG, aus dem *Göttingenschen Taschenkalender,* 1798

Für Alain Mabanckou,
für Edwidge Danticat,
zur Erinnerung an ihre aufsehenerregenden Debüts.

Und für Marie Abraham Despointes, die so gerne liest.

DAS VERSPRECHEN DES ERSTEN ROMANS

I Der erste Anlauf

Damals wohnte ich in Montreal in einer überhitzten möblierten Wohnung und versuchte einen Roman zu schreiben, um dem Teufelskreis kleiner Jobs in abgelegenen Vorortfabriken zu entkommen. Meine Nachbarn waren junge Penner, die Bier soffen, weil sie sich Kokain nicht leisten konnten. Die Armenviertel der Stadt waren damals noch nicht so vom Crack überschwemmt. Samstagabends traf ich meine Kumpel aus der Fabrik in Diskotheken, wo Frauen verkehrten, die unsere Mütter hätten sein können. Das ist das Versprechen, das Amerika Leuten gibt, die noch vor Tagesanbruch zur Arbeit gehen und am Abend zurückkehren, um vor einem schlechten Film in der Glotze ihre Spaghetti zu essen. Doch ich wollte für mich das Versprechen, das Amerika den wohlbehüteten Kindern aus den piekfeinen Vierteln gibt. In der Fabrik gab man auf mich keinen Pfifferling, da ich mit meinen Händen nicht besonders geschickt bin. Außer zum Schreiben. Man vergisst, Schreiben ist Handarbeit. Doch kann jemand ein Buch schreiben, der keiner Autorengruppe angehört, nicht einmal einem Lesezirkel? Ich las alles, was mir in die Hände fiel. Aber Schreiben ist etwas anderes als Lesen. Der Schriftsteller ist am einen, der Leser am anderen Ende der Kette.

II Die Maschine

Ich habe mir dann an der nächsten Straßenecke eine alte Schreibmaschine gekauft, die ich schon länger im Fenster eines Trödlers gesehen hatte. Ich wollte meinen Roman nicht von Hand schreiben. Ich lebte jetzt in dem Teil der Welt, der mit Hilfe von Maschinen reich geworden ist. Ich wollte ein moderner Autor sein und nicht einer dieser Tölpel aus der Dritten Welt, die bei der Erfindung des Rads stehengeblieben sind. Es war eine alte, gut erhaltene Remington 22. Ich stellte sie auf den Küchentisch neben einen Korb mit Früchten. Diese Vorliebe habe ich, weil ich aus der Karibik komme. Ich liebe es, wenn mich der aufdringliche Geruch reifer Bananen und gelber Mangos überfällt, sobald ich die Tür öffne. Ein paar Tage später setzte ich mich vor die Maschine, um meinen ersten Satz zu schreiben. Ich wartete den ganzen Nachmittag darauf, wie es weitergeht. Ich wusste noch nicht, dass es nichts Anstrengenderes gibt als den ersten Satz. Wenn er gut ist, läuft der Rest des Buches wie von selbst. Den ganzen Sommer über tippte ich mit einem einzigen Finger und ernährte mich von Obst und Gemüse. Ich wurde ein richtiger Schreibathlet. Nach einem Monat wusste ich, dass ich eher ein Sprinter war als ein Marathonläufer.

III Die Schmerzen

Ich hatte beschlossen, nicht allzu viel zu leiden, während ich diesen Roman schrieb. Da ich Arbeiter war, sah ich das Schreiben als Zeitvertreib. Um mich herum war vom Leiden des Schriftstellers die Rede, aber das sagte mir nichts. In einer Literatursendung im Radio behauptete ein berühmter Autor, man könne nur schreiben, wenn man gelitten habe. Ein anderer ergänzte, Schreiben bedeute auch Leiden. Sie sprachen an diesem Tag nur über das Leiden. Das vermittelte mir den Eindruck, dass sie das Wort besser kannten als die Realität, die sich dahinter verbarg. Ich hingegen hatte auf diesem Gebiet bereits einen Adelstitel erworben. Ich hatte eine irrwitzige Diktatur hinter mir gelassen und war nach Nordamerika geraten, wo ein Schwarzer immer noch ein Bürger zweiter Klasse ist. Weiter oben ist es erträglich, aber nicht im Bodensatz der Arbeiterklasse, wo der Tag immer grau anfängt und der Himmel niedrig hängt. Um aus diesem tristen Alltag herauszukommen, beschloss ich, mir ein Leben zu schaffen, so prickelnd wie ein Glas Champagner. Zu jener Zeit faszinierte mich die Eleganz, die ein Autor wie Francis Scott Fitzgerald ausstrahlte – er blieb auch in den unerträglichsten Lebenslagen immer er selbst. Als hätte er eines Tages entschieden, eine Romanfigur zu sein. Genau so wollte auch ich werden.

IV Die schlafende Stadt

Ich las in der Badewanne und schrieb auf dem kleinen Tisch in der Küche. Trotz der beengten Umgebung fühlte ich mich wie ein Gott, man hörte nur die Musik der Fliegen, in der Gluthitze angelockt vom durchdringenden Geruch der Früchte. Es war so heiß, dass die Luft nach Schwefel roch. Von Zeit zu Zeit rannte ich unter die Dusche, aber sobald ich rauskam, war ich schon wieder schweißgebadet. Ich ging im Zimmer im Kreis, wie hypnotisiert von der Schreibmaschine, die mir alle Versprechen dieser Welt zu verheißen schien.

Ich wusste, sie hatte alle Sätze meines Romans im Bauch. Ich musste sie einen nach dem anderen aus ihr herausziehen. Es war nicht immer leicht, aber ich hatte viel Zeit, das war auch alles, was ich besaß. Ich verbrachte den ganzen Tag mit dem schönsten Spielzeug der Welt. Ich änderte ein Wort in einem farblosen Satz, und schon sprühte er Konfetti. Wenn mir ein Satz gelungen war, wenn mir Rhythmus und Musik gefielen, ging ich raus, um Luft zu schnappen und wanderte wie ein Schlafwandler durch die Stadt. Nach einer guten Stunde, manchmal im Regen, kehrte ich zurück und setzte mich wieder an meinen Arbeitstisch. Das ging so weiter, bis tief in die Nacht. Es kam vor, dass ich aufwachte, um eine Idee oder ein Stück Dialog aufzuschreiben. Ich blieb lange Zeit im Dunkeln liegen, ganz gefangen in meinen Träumereien. Dann begab ich mich wieder an die Arbeit, wobei ich die Tasten sehr vorsichtig anschlug, dass man es kaum hörte. Kurz darauf vergaß ich mich und tippte wie ein Irrer, bis ein Nachbar brüllte, ich solle endlich aufhören mit diesem Krach. Es war eine große Lust, in der schlafenden Stadt zu schreiben. Ich hatte nur eines im Kopf. Schreiben. Es war für mich ein unendliches Fest.

V Die materielle Seite

Ich weiß nicht, warum ich so sicher war, dass dieses Buch mich aus diesem Loch herausholen würde. Um schreiben zu können, hatte ich meinen Job gekündigt. Meine geringen Ersparnisse schmolzen dahin. Ich musste es in kurzer Zeit schaffen. Ich verfügte nicht über die finanziellen Mittel wie die jungen amerikanischen Autoren, die es beim ersten Roman auf sechshundert Seiten bringen. Ich lebte allein in einer unbekannten Stadt. Ich beschränkte meine Ausgaben daher auf das Allernotwendigste und beschloss, die Tochter des Besitzers dieses Mietshauses zu verführen, in dem ich meine Bude hatte. Der Hausbesitzer, ein Italiener, konnte mich nicht leiden. Ich richtete es so ein, dass ich seiner Tochter mehrmals am Tag im Treppenhaus begegnete. Bis wir eines Abends in meinem Zimmer landeten. Danach musste ich keine Miete mehr bezahlen. Von dieser Sorge befreit, war noch das Problem mit dem Essen zu lösen. Mir war aufgefallen, dass eine ältere Kassiererin mich nicht aus den Augen ließ, wenn ich im Supermarkt bei *Pellat's* mein Obst und Gemüse kaufte. Irgendwann erzählte sie mir, dass sie eigentlich aus Afrika stammte, trotz ihres Aussehens. Sie war nämlich blond. Als Kind hatte sie ein Buch über Afrika gelesen und seither träumte sie davon, dort zu leben. In meinem Roman ist von ihr eine Spur, wo es heißt, einer Weißen, die mit einem Schwarzen schläft, könne es passieren, dass sie im Senegal aufwacht. Zwischen uns war aber nie mehr als ihr Wunsch, mich zu beschützen. Sie tippte nur ein Zehntel meiner Einkäufe in die Kasse, während die Tochter des Vermieters, die ihrem Vater die Buchhaltung führte, meine Schulden strich. Doudou Boicel, der Besitzer des Jazzclubs *Soleil levant* hatte mir gleich bei meiner Ankunft geraten: »Stell dich gut mit den Frauen, die haben Herz.« Auf diese Weise konnte ich in Ruhe meinen ersten Roman schreiben.

VI Ein Bild

Es gibt Bilder, die packen den Leser im Nacken, er steckt dann den Kopf so tief ins Buch, dass er meint, er läse den Schriftsteller und nicht das Buch. Wenn man an Proust denkt, sieht man einen Mann, der den ganzen Tag in seinen Pelz gewickelt im Bett liegt. Hemingway mit einem Jagdgewehr oder auf seinem Fischerboot, eine dicke Havanna rauchend. Der alte Miller, der Tischtennis mit Striptease-Tänzerinnen spielt. Gertrude Stein (aggressives Gebiss und weit gespreizte Beine) blickt dem Gesprächspartner direkt ins Auge, während sie ihm eröffnet, sein Roman habe ihr überhaupt nicht gefallen. Mishima lässt sich von seinem Liebhaber mit einem Säbel den Kopf abhauen. Günter Grass, dessen Schnauzer so tief hängt, dass er wie ein Knallkopf aussieht. James Baldwin lachend in den Armen von Marlon Brando. Virginia Woolf mit ihrem unendlich müden Blick. Borges allein in der Hotelhalle, seinen Blindenstock eingeklemmt zwischen den Beinen. Tolstoi in seiner Muschik-Weste. Der unbekannte Schriftsteller, wie man vom unbekannten Soldaten spricht, im Pyjama.

VII Das Versprechen

Mein erstes Buch erschien im November 1985, das veränderte mein Leben. Ich wurde nicht reich, ganz und gar nicht, aber seither lebe ich so, wie ich es mir immer erträumt habe. Es war richtig, das ganze Geld und alle Energie auf diese eine Karte zu setzen. Ich hatte an die Märchen geglaubt, die meine Kindheit erfüllten, vor allem an das eine, wo der arme Schlucker wie durch Zauberhand zu einem Prinzen wird. Man braucht nur eine gute Fee, in meinem Fall war sie das Schreiben. Es wundert mich noch heute, dass ich seit einem Vierteljahrhundert bei meinen vielen Reisen kein einziges Flugticket, kein Hotelzimmer, nicht einmal eine Mahlzeit in einem Restaurant selbst bezahle. Ich habe das Geld aus meinem Blickfeld weggezaubert. Ich reise pfeifend durch die Welt und lasse meine abdriftige Insel hinter mir. Ohne sie je zu vergessen, wusste ich von Anfang an, dass ich auf Abstand gehen muss, damit sie mich nicht in ihre Abwärtsspirale zieht. Wenn man einen aus einer Notlage befreien will, darf man nicht mit drinstecken. Hier bin ich und habe in meiner Tasche als einzigen Besitz sechsundzwanzig Buchstaben des Alphabets. Satz für Satz, Abschnitt für Abschnitt, Kapitel für Kapitel wächst ein Berg, in dem Empfindungen, Eindrücke und Gefühle umhergeistern. Das alles habe ich dem unbekannten Leser vor den Latz geknallt, aber statt sich zu ärgern, hat er es freundlich aufgenommen. Ich habe noch viele weitere Romane geschrieben, aber seinen Erstling gelb gebunden zwischen Moravia und Hemingway im Schaufenster einer Buchhandlung zu entdecken, dieses Glück ist unvergleichlich. Ich kenne keine größere Freude, als wenn ich im Vorbeigehen höre, wie ein junges Mädchen der Freundin ins Ohr flüstert: »Das ist der Schriftsteller, von dem ich dir erzählt habe.« Ich bin es tatsächlich.

VIII Im Pyjama

Man fühlt sich einem Mann, der einem im Pyjama die Tür öffnet, sofort vertraut, selbst wenn er eine ebenso trübe Miene macht wie ein grauer Tag im November. Er geht Ihnen voraus in die Küche und grummelt etwas, das Sie nicht richtig verstehen. Leute, die zu lange allein waren, haben immer diese teigige Sprechweise – es kommt vor, dass sie tagelang mit sich reden, ohne einen Laut von sich zu geben. Sie verstehen zu spät, dass Sie ihm die Zeitung reichen sollten, die der Zeitungsjunge gerade vor die Tür geworfen hat. Sie setzen sich ohne Eile zum Gespräch und trinken dabei brühheißen Kaffee. Der brühheiße Kaffee, noch so eine Manie des allein Lebenden. Man spricht von allem außer vom Schreiben, denn es heißt nicht umsonst Fach-Simpeln. Offenbar hat er viel Zeit, lässt aber durchblicken, dass er nicht mehr lange zu leben hat. »In meinem Sack ist nicht mehr viel Zeit«, wirft er im gleichen Ton hin, als würde er sagen, dass es bald schneit. Ich bemerke das dicke Manuskript hinten auf dem Tisch. Ein Monster, das gefüttert werden will. Während er mich zur Tür begleitet, sagt er mir nur, es sei sein letzter Roman, an dem er seit über zehn Jahren schreibt. Er wird sich nicht sofort wieder an die Arbeit setzen, sich zuerst den Kaffee bereiten, den er eigentlich allein hatte trinken wollen und dabei so ruhig wie möglich zu Werke gehen. Er bewegt sich langsam in der stillen dunklen Wohnung, er hat die Gardinen nicht aufgezogen seit seine Tochter türenschlagend das Haus verließ (das hat er mir ohne die Spur einer Emotion erzählt). Jetzt sitzt er endlich vor der Schreibmaschine. Vielleicht passiert nichts, weil mein Besuch alles über den Haufen geworfen hat, aber genau in diesem Nichts findet das Schreiben statt. Er legt sich wieder ins Bett und macht, an zwei Kopfkissen gelehnt, Notizen. Warum kann ich mir so gut vorstellen, wie er sich in der Wohnung bewegt? Es kam im Auto wie eine Ahnung über mich. Als ob ich den Mann im Pyjama nur zu gut kennen würde. Ich habe den fast bedenklichen Eindruck, selbst einmal durch den finsteren Flur gegangen zu sein, das kleine Wohnzimmer zu kennen, die winzige Küche, den gelben Pyjama mit den blauen Streifen, dieses zerknitterte stoppelige Gesicht, auch wenn er viel älter ist als ich. Schon am Telefon war mir die Stimme bekannt vorgekommen. Ich möchte wenigstens den Titel dieses dicken Manuskripts wissen, mindestens 900 Seiten, das ich auf dem Arbeitstisch liegen sah. Um es zu schreiben, hat er sich in diese Wohnung geflüchtet, abgeschnitten von dem gesellschaftlichen Leben, immer in diesem mit Flecken von Kaffee und Spaghettisauce übersäten Pyjama. Kann ein Pyjama als Arbeitskleidung taugen?

TAGEBUCH EINES SCHRIFTSTELLERS IM PYJAMA

1. Die Schwelle

Im Grunde handelt es sich um Ratschläge, die ich mir selbst gebe, auch wenn sie etwas spät kommen. Anfangs war ich ein unbekümmerter junger Autor. Den ganzen Tag tippte ich im Pyjama auf meiner Remington 22. Ich schreibe noch heute, nach einer Pause von gut acht Jahren, aber mir fehlt die Frische jener ersten Zeit. Heute brauche ich Stunden, um die Mühelosigkeit von damals zu finden, als mir die Bilder aus den Fingern zu sprießen schienen, wie Blüten aus ihrem Stengel. Ich hatte mir vorgestellt, dass mit der Erfahrung das Schreiben leichter würde, ich irgendwann wüsste, wie sich Hindernisse umgehen ließen, ich ein alter Profi werden würde, der alle Tricks des Handwerks kennt. In gewisser Weise trifft das zu, doch suche ich offenkundig, ohne den Grund zu wissen, immer noch nach jener anfänglichen Spontaneität. Das Schreiben ist eine seltsame Leidenschaft, man muss die Explosion so lange hinauszögern wie möglich, wenn man nicht will, dass einem am Ende ein schaler Geschmack im Mund zurückbleibt – nichts Schrecklicheres als ein Schriftsteller, der sich schon lange vor seinem Tod ausgeschrieben hat. Muss man deswegen seine Taschen mit Steinen füllen, bevor man in den Tintenfluss steigt? Wenn man nicht sicher ist, das Talent von Virginia Woolf zu besitzen, ist davon abzuraten. Unseligerweise ist ein so großes Talent von furchtbaren Ängsten begleitet. Ich spreche hier auf niedrigerem Niveau. Hier treffen wir Schriftsteller an, die nach einem normalen Arbeitstag ein Glas Rotwein trinken können. Dieser Text ist also an mich selbst gerichtet. Ich gebe mir Ratschläge, die ich nicht mehr brauche, da ich schon ziemlich weit in den Tunnel vorgedrungen bin. Ich kenne meine Probleme beim Schreiben sehr genau, ich sorge sogar dafür, dass sie auftreten, damit ich ich mich um die Lösung kümmern kann. Ich habe es lieber mit einer alten Kiste zu tun, deren Macken ich kenne, als mit einem Neuwagen, bei dem ich nicht weiß, welche Überraschungen er mir unterwegs bereitet. Aber wenn Sie noch am Eingang des Tunnels stehen, nehmen Sie dieses kleine Handbuch ruhig mit. Es wird Ihnen nichts nützen, wenn Sie Talent haben, und im anderen Fall Ihnen nur die Zeit stehlen, aber nehmen Sie es mit, damit Sie es später nicht selbst schreiben müssen. Eine Mühe weniger ... Übrigens, die kurzen Bemerkungen unter jedem Eintrag sollen so etwas sein wie ein »Glückskeks«, den man nach dem Essen in einem asiatischen Restaurant geschenkt bekommt. Sie müssen ihn aufbrechen, um zu lesen, was drinsteckt. Der eine Spruch passt ganz genau, der nächste nicht. Wie im richtigen Leben. Dann wartet man auf den nächsten Zug.

Einen Tag im Monat nicht lesen und nicht schreiben, damit Sie einen Fuß in der Realität behalten, so kommen Sie im Traum einen Schritt weiter.

2. Der Schriftsteller ohne Pyjama

Der Typ begegnet mir in der Apotheke. Er hat mich schon öfter angesprochen. Mir fällt sein Name nicht mehr ein. Er durchlöchert mich jedesmal mit Fragen. »Ich schreibe ein wenig«, so fängt er immer an, um das folgende Verhör zu rechtfertigen. Er will alles über mich wissen. Was ich lese. Meine gesundheitlichen Probleme. Wie es um mein Sexualleben steht. Sogar meine Essgewohnheiten. Zu guter letzt kommt die Frage, was ich gerade schreibe. Ich spreche nicht gern über ein Buch, an dem ich arbeite.

»Sag mir wenigstens den Titel.«

»Ratschläge für einen Schriftsteller im Pyjama.«

»Dein Buch richtet sich also nicht an mich.«

»Warum?«

»Ich habe keinen an.«

»Dann kauf dir einen, wenn du dich so sehr mit dem Titel identifizieren musst.«

Auf eine solche Antwort war er nicht gefasst. Normalerweise rede ich freundlich mit Leuten, die mir sagen, was sie von meiner Arbeit halten. Allerdings ist das leichter, wenn das Buch herausgekommen ist. Im Moment bin ich noch etwas empfindlich.

»Ich kenne Schriftsteller im Pyjama, die deine Ratschläge nicht brauchen.«

»Sie müssen es nicht kaufen.«

»Das hört dein Verleger bestimmt nicht gern.«

»Er muss das Buch ja nicht verlegen. Jeder kann selbst entscheiden.«

Diese Sorte Leser ärgert mich. Sie halten mich mit ihrem Gerede auf (wohlgemerkt, ihre Fragen beschränken sich immer auf den Titel) und am Ende geben sie zu, nie etwas von mir gelesen zu haben. Ich möchte keineswegs nur mit Leuten reden, die meine Bücher kennen, aber ich muss nicht alle

Schwätzer ertragen, die in den Postämtern und Apotheken herumhängen.

»Ein Ratgeber, ist das nicht was für alte Leute?«

»Ich bin sechzig.«

»Kannst du keine richtigen Bücher mehr schreiben?«

»Ich habe nie ›richtige Bücher‹ geschrieben.«

»Wirklich?«

»Alles bin ich.«

»Was heißt das?«

»Dass ich bei allem, was ich tue, Schriftsteller bleibe – oder das Gegenteil.«

»Das ist mir zu philosophisch …«, wirft er im Gehen hin. »Ich hoffe, du gibst in deinem Buch wenigstens ein paar Ratschläge.«

»Um das zu erfahren, musst du es lesen.«

Er begnügt sich mit einem Schulterzucken, ohne sich noch einmal umzudrehen.

Meist sind die ersten Versuche gefällig, schreiben Sie auch eine giftige Version, die veröffentlichen Sie, wenn Sie alt sind und sagen dürfen, was Sie denken (Lesen Sie: Mes poisons *von Sainte Beuve*[1]*).*

3. Wie schreiben Sie?

Ein Buch entsteht häufig aus einem anderen. Ich denke an einen jungen Mann, der mir pausenlos Fragen zum Beruf des Autors stellte – trotz der vielen Bücher, die ich im Laufe der

Jahre geschrieben hatte, fiel es mir schwer, das Schreiben als Handwerk zu betrachten. Er wollte alles wissen. Jedesmal, wenn ich einer Frage ausweichen wollte (ich bin scheu, wenn Gefühle berührt werden), drang er noch mehr in mich. Ich versuche hier, eine der Fragen zu beantworten (sie kommt am häufigsten, wenn ein junger Autor einen etwas älteren trifft): Wie schreiben Sie? Ich betrete ein neues Buch immer auf Zehenspitzen wie ein Haus, in dem man noch nicht weiß, wie die Zimmer liegen. Erst bei der zweiten Fassung weiß ich, wo ich bin. Dann entdecke ich erstaunt ein neues Universum aus Fluren, die in dunkle oder sonnige Zimmer führen. Wenn ich herausgefunden habe, wo ich mich befinde, weiß ich immer noch nicht genau, wo es hingeht. Die Geschichte steht vielleicht schon in großen Zügen fest, aber es fehlt noch die Wärme, die den Seiten Leben spendet. So gehe ich viele Male auf dem gleichen Weg hin und zurück. Denn es braucht ein gewisses Maß an Emotionen und nachvollziehbaren Fakten, bis die Seite zu leben anfängt. Sonst ist da nur eine dunstige Welt, die sich jeden Moment auflösen kann. Dies alles schreibe ich, damit verständlich wird, von welchen Zweifeln ich geplagt war, als mein Neffe (er war der junge Autor) mich mit seinen Sorgen verfolgte. Warum bin ich heute bereit, ihm zu antworten? Ich bin nach wie vor davon überzeugt, dass die beste Schule des Schreibens die Lektüre ist. Beim Lesen lernt man schreiben. Gute Bücher bilden den Geschmack. Unsere Sinne werden geschärft. Wir wissen, wenn ein Satz richtig klingt, weil wir häufig gute Sätze gelesen haben. Rhythmus und Musik fließen dann in unseren Adern. Der Richter bleibt unsichtbar, da er in uns steckt. Er urteilt unbarmherzig. Er übt schon Kritik an der Auswahl der Lektüre, am Geschmack, an den Einfällen, den Plänen. Ihm entgeht nichts. Er bildet eine neue Identität. Das Talent folgt unmerklich nach. Nun kommt es nur noch darauf an, dranzubleiben. Man muss wissen, dass man Schriftsteller ist. Bevor man zu schreiben beginnt, ist man Schriftsteller.

Eine Leserin (80% der Leserschaft sind Frauen) erzählt, sie verschlinge gerade den letzten Roman eines Erfolgsautors. Ein gutes Buch lässt sich nicht verschlingen, es dringt in den Leser ein und gart ihn auf kleiner Flamme.

4. Wozu diese Ratschläge?

Ich bringe in diesem Buch die beiden Männer zusammen. Den einen, der nicht ruht, bis er die Welt um sich herum aufgezeichnet hat, mein Neffe, der in Port-au-Prince lebt, und den anderen, reiferen Alters, der denkt, dass Unwissenheit zu falschen Urteilen führt. Beide wollen verstehen, wie ein Roman funktioniert. Der eine, um zu schreiben, der andere, um besser zu lesen. Die Figuren sind im Romanautor beide vorhanden (Fiktion und Reflexion). In diesem kleinen Buch stehen technische Ratschläge, die, wie ich hoffe, auf die zahlreichen Fragen meines Neffen Antwort geben. Und Abschweifungen, die, wie ich ebenfalls hoffe, meinen Freund erbauen werden. Im übrigen habe ich mich immer gefragt, warum Leute, die viele gute Bücher lesen, selbst so schlecht schreiben (gemeint ist nicht mein Freund Normand Baillargeon, der sich mit seinen brillanten politischen Essays schon bewiesen hat, noch mein Neffe, der eines Tages seinen Beweis liefern wird). Natürlich liegt es daran, dass sie keine eigene Stimme haben. Weil sie nie die Stimme gesucht haben, die durch den Raum mit den vielen Echos irrt. Man muss unermüdlich an ihr arbeiten. Wie Kinder, die alle Samstage ihrer Kindheit und Jugend dem Ballett-, dem Flöten-, dem Klavierunterricht, oder dem Gesellschafts- oder Volkstanz opfern. Dennoch wird man nicht zwangsläufig Konzertmusiker oder Ballettstar. Es dient einfach dazu, eine Aufführung wertschätzen zu können. In der Literatur gibt es nichts Entsprechendes. Alle, die Geschmack am Schreiben finden, glauben das große Abenteuer eines Romans wagen zu müssen. Die meisten scheitern und wenden sich angewidert ab. Diese sehr unterschiedlichen Ratschläge richten sich sozusagen an Leute, die gerne schreiben, ohne Schriftsteller werden zu wollen.

Wenn Sie in der Badewanne lesen, stellen Sie sich am besten den Wecker, damit Sie Ihren Termin nicht verpassen, denn das Wasser begünstigt Träumereien, die die Zeit vergessen lassen.

5. Es ist ein Roman!

Ich schreibe: »Es ist ein Roman!«, wie die Hebamme der Mutter mitteilt, dass es ein Sohn ist. Bei einer Tochter wäre sie nicht weniger begeistert. Hauptsache, das Baby ist gesund, ruft die Mutter aus. Für mich ist es wichtig, dass es ein Roman ist, um mit der Arbeit vorwärtszukommen. Ich bin nicht streng genug, einen Essay zu schreiben. Natürlich habe ich Ideen, wie jeder bequeme Mensch, aber es langweilt mich schon, dass ich sie besonders herausstellen soll. Anschließend muss man sich auch noch prügeln, denn kaum hat man eine einigermaßen logische Ansicht geäußert, stürzen sich lauter Persönlichkeiten, die man vor zehn Minuten noch nicht kannte, auf sie, um sie in der Luft zu zerreißen. Auch das Publikum erwartet, dass ich die rasch hingeworfenen Einfälle mit Klauen und Zähnen verteidige, als wären sie mein Eigentum, wo ich doch meine Meinungen wechsle wie die Hemden. Allein der Gedanke daran ermüdet mich. Häufig muss ich mir einen Satz anhören, der bei mir alles einfriert: »Was Sie sagen, ist vielleicht wahr, aber es gibt Ausnahmen.« Da ist bei mir alles aus. Und es kommt immer in ziemlich aggressivem Ton. Was soll man darauf antworten? Beim Roman dagegen kommt es auf den Zauber an. Mir ist bewusst, dass immer mehr Autoren naturwissenschaftliche Themen in ihre Romane einführen, aber sie dürfen die Bedeutung des Zaubers nicht vernachlässigen, sonst schaut sich der Leser nach etwas anderem um, er ist schließlich kein Spezialist. Wenn heute alles in ihm vorkommen kann, warum soll man nicht einen Roman über die Gedanken eines Amateurs im Pyjama schreiben? Einen Roman über die Panikzustände eines leichtlebigen Autors.

Borges: »Ein Buch als Roman zu bezeichnen ist, als würde man sagen, es hat einen roten Einband und steht ganz links auf dem obersten Regal.«

6. Die Herde

Die Herde wird auch oft mit »Werk« bezeichnet – der Schriftsteller ist ihr Hirte. Er veröffentlicht die Bücher hier und dort, doch wenn er ein gewisses Alter erreicht, verspürt er das Bedürfnis, sie zusammenzutreiben. Dass sich bloß keines von der Herde entfernt. Es muss sofort wieder in den Pferch zurückgebracht werden. Er fragt sich auch, was seine Romane miteinander verbindet. Ich, oder wenn Sie so wollen, der Autor. Ich bin der lange Roman, der sich in mehrere Folgen gliedert. In meinem Fall ist es ein Monolog über fast dreißig Jahre. In all diesen Jahren habe ich so mit dem Alphabet gespielt, dass die sechsundzwanzig Buchstaben möglichst genau ausdrückten, wie ich die Dinge sah. Ich muss hinzufügen, dass dieses Ich nichts mit Autofiktion zu tun hat. Es ist der Hirte mit seinem Hund (dem Lexikon). Meine Schafe haben ein Brandmal (meine Verleger). Ich spüre nicht viel bei diesem Buch (das Sie gerade lesen). Dabei enthält es meine Erfahrungen als Leser und Schriftsteller, ich nehme sie und stecke sie wie Fleisch auf einen Spieß. Heute morgen erwachte ich mit dem Gedanken, dass dem Buch noch das gewisse Etwas fehlt, an dem ich es überall wiedererkennen würde. Aber was könnte das sein? Ich muss ihm die notwendige Dosis persönliche Empfindung einhauchen. Es zu meinem eigenen machen. Dazu muss ich reinschlüpfen.

Schreiben ist vor allem ein Fest des Innenlebens.

7. Das Mehl

Ein Roman gelangt nicht durch Magie auf den Verkaufstisch des Buchhändlers. Außer ihm spielt der Verleger eine entscheidende Rolle in dieser Geschichte. Ich stelle mir ein Buch immer vor wie ein Brot. Den Verlag als Bäckerei, in der nachts gearbeitet wird, damit am Morgen schön warmes Brot geliefert werden kann, das tagtäglich den Geist ernährt. Der Schriftsteller hat für das Mehl zu sorgen. Dazu hält er sich bereit, alles aus der Luft zu holen. Die Geschichten schwirren überall herum, sie verbinden sich mit der Bewegung des normalen Lebens. Noch verstreut, warten sie auf eine Perspektive, die sie zusammenbringt. In diesem Moment beobachte ich aus meinem Hotelfenster einen alten weißen Chrysler, der ständig auf dem leeren Parkplatz des Supermarkts hin und her fährt. Ich bekomme Lust, ein neues Buch zu beginnen. Ein Buch kündigt sich nicht mit einer Idee, sondern einer leichten Erregung an, bei der man nicht weiß, bringt sie Freude oder Angst. Das Mühlrad beginnt sich langsam zu drehen, der Müller legt sich auf den Rücken und wartet, dass es Mehl regnet.

Wir schreiben im Halbdunkel eines kleinen Zimmers, am Fenster, mit Blick aufs Leben.

8. Die Vorbereitung

Es gibt zwei Möglichkeiten der Vorbereitung auf ein neues Buch.

1) Ist es eine Geschichte, die man schon lange mit sich herumträgt, sagen einem Vorzeichen, dass der Moment nicht mehr fern ist. Zuerst sollte man seinen Kopf von allen Zwängen befreien, damit er dieses Buch aufnehmen kann, das bei seinem Durchzug alles niederwalzen wird. Kurz bevor es in den Tunnel geht, teilt man seinen Angehörigen mit, dass man in den nächsten Monaten weniger Zeit haben wird. Viel schlafen, um in Form zu sein, denn jedes neue Buch verlangt einen frischen Geist in einem ausgeruhten Körper. Die neue Lebensgefährtin (oder den neuen Freund) laden Sie am besten zu einem Abendessen zu zweien, um zu erklären, dass Sie ab dem nächsten Morgen nicht mehr alles, was sie Ihnen sagt, verstehen werden. Ihr Geist wird nämlich viel weniger präsent sein als Ihr Körper. Manche Schriftsteller stellen ihre Essgewohnheiten völlig um. Wenn man nachmittags nicht einnicken will, muss man Alkohol und Essen mit aufwendigen Soßen meiden – besser sind Obst und Gemüse. Das sage ich, damit verständlich wird, Schreiben ist keine leichte Sache. Hat man eine schreckliche Geschichte lange mit sich herumgetragen, spürt man, wie das Fieber steigt. Man muss die Temperatur niedrig halten, damit Raum für ruhiges Arbeiten bleibt. García Márquez konnte seine *Hundert Jahre Einsamkeit* nur schreiben, weil seine Frau ihn völlig vom Alltag abschirmte. Er konnte sich mit einer kleinen Reiseschreibmaschine und einem Stapel Papier in ein kleines abgelegenes Häuschen in seinem Hof zurückziehen. Ohne diese Freiheit hätte das Buch fünfzig statt fünfhundert Seiten und würde *Zehn Jahre Einsamkeit* heißen. García Márquez wusste, wenn er von den Kurzgeschichten seiner Anfangszeit zu ei-

nem dicken Roman kommen wollte, vom Hundertmeterlauf zum Marathon, musste er seine Lebensweise umkrempeln. Trotzdem gibt es Kurzgeschichten, die mehr enthalten als jeder noch so üppige Roman. Aber ein Wälzer braucht mehr Raum.

2) Nach dem Raum kommt die Zeit. Wenn die Geschichte erst kürzlich passierte, wird ihre Umsetzung langwierig und mühsam sein. In diesem Fall sollte man sich nicht zu schnell zum Schreiben hinsetzen. Die Zeit muss noch reifen. Man muss herausfinden, ob es lohnt, sich in dieses Abenteuer zu stürzen. Es gibt Geschichten, die in der Nacht glitzern, aber bei Tagesanbruch verschwunden sind. Man sollte auch das Potenzial der Erzählung ausloten. Sie von allen Seiten beleuchten, um zu sehen, ob sie nicht zu linear ist. Bekanntlich ergibt eine amüsante Anekdote noch keinen Roman. Eine gute Geschichte hat in der Regel mehrere Eingänge. Geschichten, die nur einen Eingang und einen Ausgang haben, sind zu meiden, zumindest für einen schriftstellerischen Anfänger. Auch in der Küche sind die einfachen Gerichte dem Koch mit der größten Erfahrung vorbehalten. In der Literatur ist dies häufig eine einfache, klassische Geschichte, wo das Gute auf das Böse trifft – und am Ende obsiegt. Es ist die Struktur des Märchens, bei dem die Figuren stets typisiert und von der Zeit abgeschliffen sind. Daran darf nichts verändert werden. Der Roman hingegen ist oft voller Überraschungen. Eine Romanfigur kann sich im Laufe der Handlung stark verändern. Das Volksmärchen, ein Licht in der Nacht für die Menschen des Südens, entspringt der mündlichen Kultur und ist über die Jahrhunderte nur sehr geringfügig verändert worden.

Welche Beziehung besteht zwischen Kochen und Schreiben? Man gebe verschiedene Zutaten in heißes Wasser, um einen besonderen Geschmack zu erzielen. Die Kunst des Würzens ist nicht weit entfernt von der des Stils. Doch ist daran zu erinnern, ein guter Koch ist noch kein guter Schriftsteller.

9. Die Zeit

Der Schriftsteller (mit oder ohne Pyjama) empfindet die Zeit zu Anfang als zäh. Er ist noch nicht an den Arbeitsrhythmus gewöhnt, der diese hohe Anstrengung verlangt. Er ermüdet rasch und will das Buch selbstverständlich bis zum Ende der Nacht oder des Monats fertig haben. Wie einem Kind gelingt es ihm nicht, sich ein ganzes Jahr vorzustellen. Der Gedanke erschreckt ihn, eine so hohe Konzentration über so lange Zeit aufrechterhalten zu müssen. Denn Schreiben erfordert vor allem Konzentration: man muss gleichzeitig die Welt reflektieren und das Leben spüren. Geist und Sinne in Harmonie bringen. Man muss die Welt durchdenken, wenn man sie beschreiben will. Daher hat es der junge Schriftsteller eilig, dem Feuerkreis zu entkommen. Der Stuhl, auf dem er sitzt, ist glühend heiß. So wird aus dem Roman, den er schreiben wollte, eine Novelle, aus der Novelle eine Erzählung, aus der Erzählung ein Gedicht. Er bevorzugt das Gedicht, weil man es morgens beginnt und bei Sonnenuntergang fertig hat. Die Zeit des Romans erscheint ihm wie ein durchgehendes Pferd, das er nicht bändigen kann. Ein Roman vermag die gesamte Energie des Körpers abzuziehen – wie im Falle von Proust, der sein Leben schreibend im Bett verbracht hat. Dieses Spielzeug kann einen total beanspruchen. Es umfasst alle Gattungen (Gedicht, Drama, Kurzgeschichte und Märchen). Behauptet deshalb die Dame, der ich auf der Straße begegne, jedesmal, ihr Leben sei ein Roman? Neben dem Kino ist der Roman die populäre Gattung schlechthin – beide sind sich übrigens recht ähnlich. Als richtiger Schriftsteller gilt gewöhnlich nur, wer einen Roman geschrieben hat. Aber der Roman erfordert etwas, das dieses Jahrhundert nicht kennt: Geduld. Wir leben in einer Epoche der Sprinter, die Zeit wird in Sekunden gemessen, während der Roman die Qualitäten eines Marathonläufers verlangt. Wenn man zu schnell schreibt, gleitet man in voller Fahrt über Punkte hinweg, die kaum zu erkennen, aber für die Fiktion notwendig sind. Damit sie einem auffallen, braucht es eine mehrfache, aufmerksame Lektüre und die Geduld eines Mönchs. Es gibt noch eine andere Form der Zeit, es ist die Zeit im Roman. Sie bildet sein Gewebe. Um sie herzustellen genügt es nicht, plötzlich »fünfzehn Jahre später« hinzuschreiben. Man muss sich die Zeit nehmen, um die Figuren altern zu lassen. Der Atem der Zeit lässt sich wiedergeben: Einer kehrt nach Jahren zurück. Ein Kind wird geboren. Der Großvater stirbt. Der Wechsel der Jahreszeiten. Das Elternhaus verfällt. Der Garten verdorrt. Die Lebensalter mit den ersten Schritten des Babys, dem Fieber der Jugend, Reisen, Hochzeiten, Krankheiten. Es gibt tausend Möglichkeiten zu zeigen, wie die Zeit vergeht. Es ist nicht empfehlenswert, in einer Novelle oder kurzen Erzählung mit der Zeit zu spielen. Dies verlangt eine Kunstfertigkeit, die dem Anfänger gewöhnlich nicht zur Verfügung steht. Eine der Grundvoraussetzungen für das Schreiben ist, die eigenen Möglichkeiten kennenzulernen, um nicht nach dem Unerreichbaren zu greifen – zumindest zu Beginn. Mancher gelangt auch auf anderen Wegen ans Ziel. Die Technik der Meister lässt sich ebenso studieren wie in der Malerei und der Musik. Julio Cortázar zeigt in seiner Kurzgeschichte *Der Verfolger* [2] auf wunderbare Weise das Vergehen der Zeit, sie gehört in die Sammlung *Die geheimen Waffen*. Da werden Sie sehen, wie er das auf die kurze Distanz schafft. Doch eigentlich sind die Autoren der Familiensagas die Uhrmachermeister der Zeit im Roman. Vor allem mit ihren langen Beschreibungen einer so ruhigen Welt, dass sie stillzustehen scheint, gelingt es diesen Routiniers, ihre Auffassung von der Zeit erlebbar zu machen. Man sollte sich ihre Methoden in einem Notizbuch aufschreiben.

Stürzen Sie sich nicht darauf, ein Buch zu schreiben, nur weil Ihnen das Thema interessant erscheint. Das ist vielleicht nicht genug für drei Jahre Angst und ein paar Festtage.

10. Abschweifen vom Thema

Das ist wichtig, damit der Text atmen kann, doch es kommt darauf an, genau im richtigen Moment zum Ausgangspunkt zurückzukehren. Eine Frage des Rhythmus. Manche behaupten, dieser habe mit Emotion zu tun, andere führen die Musikalität ins Feld. Meines Erachtens besteht der Rhythmus in einer Mischung aus beidem. Hier die Gleichung: Emotion + Musik = Rhythmus. Wer den Beat nicht trifft, kann einpacken. Bei einem guten Schriftsteller findet sich Rhythmus selbst im unscheinbarsten Text. Man braucht nur hinzuhören. Damit es nicht zu mechanisch wird, sollte das Tempo Abwechslung bieten. Lieber nicht die Kapitel aneinanderreihen wie Autoteile, die man eins ins andere schiebt. Hier kann die Abschweifung ihre Rolle spielen. Wenn man aufmerksam ist, merkt man, wann man die Autobahn verlassen und einen Feldweg einschlagen sollte, der uns zwar aufhält, aber einmal etwas anderes zeigt als ein Auto hinter dem anderen mit Leuten, die eilig ans Ziel wollen. Die Abschweifung ist ein Fenster, das geöffnet wird, um frische Luft ins Zimmer zu lassen oder einfach hinauszuschauen. Sie soll den Leser in eine Lage versetzen, in der er nicht weiß, was ihn erwartet. Die Abschweifung ist gelungen, wenn die Geschichte dem Autor für einen glücklichen Moment zu entgleiten scheint. Als wäre die Realität mit ihrer Vielzahl von winzigen quicklebendigen Fakten in sie eingedrungen. Und der Autor hätte wie ein überwältigtes Kind im Spielzeugladen nicht mehr gewusst, welchem Regal er sich zuwenden soll. Der Moment, in dem der Autor schwimmt, lässt den Leser schmunzeln. Es ist nicht empfehlenswert (ich bin kein Apotheker), gleich am Anfang einer Erzählung abzuschweifen. Damit sollte man warten, bis das Fundament solide steht. Eine Abschweifung, die auf reiner Phantasie beruht, lässt den Erzähler in einem neuen Licht erscheinen. Als wäre er völlig unbeteiligt und bereit, plötzlich querfeldein zu laufen – aber das habe ich schon erwähnt, Abschweifung und Wiederholung darf man nicht verwechseln. Denn die Abschweifung dient hauptsächlich dazu, die Linie der Erzählung zu unterbrechen, um eine gewisse Monotonie zu vermeiden. Dies zu beherrschen ist eine große Kunst und verlangt ein besonderes Temperament. Es gibt auch eine Form der Abschweifung, die verschleiern soll, was eine Figur wirklich denkt. Die Abschweifung im Dialog, wie sie uns im Kriminalroman häufig begegnet. Da scheint die Figur des Colombo im Fernsehkrimi völlig daneben zu liegen, mit seinen sinnlosen Fragen, die offenbar mit dem Fall überhaupt nichts zu tun haben. Tatsächlich harpuniert er gerade den Fisch. Meine Abschweifungen bestehen darin, von einem Thema zu sprechen, um ein anderes zu vermeiden. Es ist oft die einzige Antwort auf eine bestimmte Art von Unverschämtheit, die im Roman ebenso häufig vorkommt wie im echten Leben.

Suchen Sie sich einen Schriftsteller aus, den Sie mögen, und lesen Sie alles, was er geschrieben und was man über ihn geschrieben hat, um Ihren Pilotfisch wirklich kennenzulernen.

11. Der Fluchtpunkt

Grob gesagt gibt es mindestens zwei Arten, eine Landschaft darzustellen. Bei der westlichen Sichtweise liegt der Fluchtpunkt im Bildhintergrund. Man hat den Eindruck, eine so einladende Welt vor sich zu haben, dass man meint, sie zieht einen zum Horizont. Wenn man vor dem Bild steht, kann man nicht mehr zurückweichen: man wird geradezu verschluckt. Man möchte dem Gemälde auf den Grund gehen, bis an den kleinen verborgenen Punkt, in dem sich die ganze

Anziehungskraft bündelt. Ein großer Teil des von der Neugierde angetriebenen westlichen Denkens lässt sich als Einladung zusammenfassen, eine neue Landschaft zu entdecken. Ein ideales Beispiel findet man in den Bildern von Chirico, die dazu einladen, uns in ihnen zu verirren. Wir bewegen uns etwas verängstigt durch eine unterkühlte Architektur, ohne zu wissen, was uns hinter den strengen Säulen erwartet. Es erinnert mich an einen kleinen Jungen, der auf dem Flughafen mit seinem Nintendo spielte. Ich war fasziniert von den unendlich vielen Perspektiven, die das Spiel bietet, aber auch von dem Kind, das mir vorkam wie eine Fliege, die sich in einem Spinnennetz verfangen hat. Jedes Portal öffnet sich auf eine neue Landschaft, die zum nächsten Level führt. In dieser Kultur scheint das Individuum von einer grenzenlosen Neugierde getrieben zu sein. Genau das Gegenteil findet in der Primitiven Malerei statt, dort scheinen Menschen und Dinge mit einem einzigen Schwung in den Vordergrund zu stürzen. Doch sie fliehen nicht etwa vor einer Gefahr. Sie bilden den Gegensatz zu den Figuren auf einem okzidentalen Bild, die darauf zu warten scheinen, dass man sie betrachtet. Die Figuren auf einem Bild der Laienmalerei[3] interessieren sich mehr für die Welt vor ihnen. Sie kommen uns vor wie ein Theaterpublikum und wir sind die Akteure. Sie betrachten uns, während wir über sie reden. Nicht sie stehen im Zentrum der Aufmerksamkeit, sondern wir. Wie kommt dieses Wunder zustande? Der Laienmaler verlegt den Fluchtpunkt nicht in den Bildhintergrund, sondern in den Plexus des Betrachters. Es verändert unsere Art, die Dinge wahrzunehmen. Im gleichen Maß wie wir schauen, werden wir angesehen. Dies geschieht natürlich in beide Richtungen. Sieht man eine Szene auf einem Bild der Laienmalerei, will man unwillkürlich zurückweichen. Hingegen beim okzidentalen Gemälde mit dem Fluchtpunkt im Bildhintergrund bewegt man sich nach vorn. In einem Museum interessiert mich vor allem die Beziehung der Besucher zu den Kunstwerken. Wie sie schauen und wie sich ein Bezug zwischen ihnen herstellt, während sie das selbe Bild betrachten. Je nachdem, ob sie im Norden oder im Süden sind (bestimmt auch im Osten), ändert sich ihr Verhalten. Darin zeigen sich unterschiedliche Sichtweisen von der Welt. Eigentlich liegt keine Naivität in den Bildern der Laienmaler. Sie verdienten, aus dem Blickwinkel des Künstlers betrachtet zu werden, der sie schuf, und nicht aus dem eines westlichen Kritikers, der sie beurteilt, als könnte es nur eine Sichtweise vom Universum geben. Bereits bei meinem ersten Buch wusste ich, dass ich wie die Laienmaler schreibe. Mein Ziel war es, den kritischen Geist des Lesers auszuschalten, indem ich ihn mit Aromen, Düften und Farben berauschte. Das ging so weit, dass er den Eindruck hatte, ich dränge ebenso in ihn ein wie er in mich.

Zielen Sie auf das Herz des Lesers, auch wenn Sie wissen, er liest mit dem Verstand.

12. Der Erzähler

Zunächst ist von Bedeutung, dass der Erzähler nicht zwangsläufig der Schriftsteller ist. Er kann es gar nicht sein, denn was er schreibt, ist ein Kunstwerk. Der Leser verwechselt die beiden oft, vor allem, wenn der Schriftsteller in das Leben des Erzählers hin und wieder Geschichten aus seinem eigenen Leben streut. Der Leser, durch Wikipedia gut unterrichtet, kann saftige Anekdoten über seinen Lieblingsautor sammeln. Selbst bei einem so zurückhaltenden Menschen wie Kafka beeilt er sich, seine Verlobten kennenzulernen, seine verpassten Rendezvous mit dem Leben, seine Obsessionen, Hut und Mantel, sein schwieriges Verhältnis zum Vater, seine Spaziergänge durch Prag, bevor er das Werk peinlich genau liest, um Spuren dieses Privatlebens zu entdecken. Und wer sucht, der findet, ohne zu merken, dass er in die Falle tappt. Denn manche Schriftsteller lieben es, mit dem Leser Katz und Maus zu spielen. Am Ende verliert jedoch der Schriftsteller, denn es wird schwer beziehungsweise unmöglich für ihn, den Charakter des Erzählers zu verändern, den er dem Original so genau nachgebildet hat. Er hat den Fluss der Zeit überquert, jetzt weiß er nicht mehr, an welchem Ufer sich die Realität befindet. Die Leser, die er auf der Straße trifft, sprechen mit ihm lieber über sein fiktives als sein reales Ich. Die Frauen finden nichts dabei, ihm zu berichten, wie verführerisch der Erzähler auf sie wirkt. Ich kenne einen Schriftsteller, der ist so eifersüchtig auf seinen Erzähler, der die Frauen zum Schmelzen bringt, während sie bei ihm eiskalt bleiben, dass er ihn getötet hätte, wäre sein Verleger nicht eingeschritten. Nicht wenige Schriftsteller haben eine Figur geschaffen, die ihnen sehr nah, aber viel lebendiger ist als sie: Bukowski, Miller, Hemingway, Cendrars. Bei ihnen allen wird im Laufe der Zeit der Spielraum immer enger: Der Leser kennt den Erzähler und erwartet, dass er sich unter ähnlichen Umständen gleich benimmt. Bukowski trinkt in allen Lebenslagen, um seine Fans nicht zu enttäuschen; Miller spielt mit achtzig noch Tischtennis mit Striptease-Tänzerinnen, um seine Leser davon zu überzeugen, dass er sich seit *Sexus* nicht verändert hat; Hemingway ist immer auf einem Boot oder mit einem Gewehr zu sehen, selbst wenn die Aufnahmen gestellt sind; auf dem Foto spaziert Kafka durch Prag mit dem Gesichtsausdruck eines verirrten Engels, dass man sich fragt, ist er es oder sein Erzähler; Cendrars fährt in seinen Gedichten mit der Transsibirischen Eisenbahn, die er im Leben nie genommen hat; und schließlich spielen die Geschichten von Modiano fast alle in derselben düsteren, todbringenden Atmosphäre Frankreichs unter deutscher Besatzung, einer Epoche, die der Autor mehr geträumt hat als dass er sie selbst erlebte. Angesichts dieser Fährnisse ziehen manche Schriftsteller einen distanzierten Erzähler vor, der die Figuren als Marionetten betrachtet, eine Art Erzähler ähnlich wie eine körperlose Stimme aus dem Off, die man nur in den »objektiven« Romanen der literarischen Avantgarde findet.[4] Als hätte man in einer Ecke des Zimmers eine Kamera aufgestellt, die alles aufnimmt, was in ihr Blickfeld gerät.

Markieren Sie (mit einem gelben Stift) alle »aber« und »vielleicht« in ihrem Manuskript, dann springt Ihnen Ihr schriftstellerisches Temperament in die Augen.

13. Der Schluss

Sie mögen Schlüsse? Ja ich weiß. Eine traurige Manie. Die beiden Momente, die man dem Schriftsteller gönnt, sind der Anfang und der Schluss. Das »Dazwischen« hat er offenbar nicht im Griff. Manche Autoren schreiben den Schluss des Buchs, bevor sie es überhaupt angefangen haben, so meinen sie zu wissen, wohin es geht. Die Zahl möglicher Schlüsse ist freilich beschränkt. Wie wir etwas abschließen, sagt viel über unseren Charakter aus. Ziehen wir die Versöhnung vor oder die Trennung? Den Kuss, der vereint, oder den Tod, der trennt? Die besten Schlüsse sind jene, die dem natürlichen Verlauf der Handlung folgen, selbst wenn dann die Überraschung fehlt. Die großen Klassiker haben den unerwarteten Schluss gemieden. Sie gingen lieber geradewegs auf das Ende zu. Oft endet ein Leben, beispielsweise stirbt der Großvater, und die dazu passende überraschende Wende ist eine Geburt. Für einen Tod (zu Beginn) und eine Geburt (am Ende) ist *Herr über den Tau* von Jacques Roumain ein gutes Beispiel. *Chronik eines angekündigten Todes* von García Márquez zeigt, dass ein Buch interessant sein kann, obwohl das Ende keine Überraschung verspricht – der Titel verrät schon alles. Ärgerlich ist es aber immer, wenn der Autor sich auf den letzten Seiten abmüht für ein Finale, das die Handlungsstränge sammelt oder etwas Spektakuläres bietet. Dabei wäre ein allmähliches »Fade-out« angebracht. Wenn nicht ein Eklat naheliegt (d.h. ein Knalleffekt, der zur Linie der Erzählung passt), ist eine behutsame Auflösung besser. Welches Ende ist am häufigsten? Der Kuss oder die Versöhnung, wie im Liebesroman.

Beliebt ist auch, wenn das Ende auf den Anfang verweist, so wird die Handlung wie eine Kugel rund und beruhigend. Doch es riecht nach Amateurschriftsteller, wenn der Erzähler am Schluss aus einem Alptraum erwacht. Häufig ist ein einfaches Ende ohne Drama oder große Überraschung besser. Eine Figur verschwindet in der Menge.

Wenn sich Ihr Leben hauptsächlich zwischen 17 und 19 Uhr abspielt, in einem Raum voller Menschen, die trinken und reden, dann können Sie als Schriftsteller einpacken.

14. Das weiße Blatt

Aller Anfang ist schwer. Schreiben Sie Ihre letzte Seite neu und fügen Sie ein paar Sätze hinzu, die später nicht unbedingt drinbleiben müssen. So steht schon etwas auf der neuen Seite, sie ist nicht mehr völlig weiß. Sie sollten auch lernen, einfach eine Seite zu versudeln. Setzen Sie sich vor ein weißes Blatt und schreiben irgendetwas drauf. Zum Beispiel alles, was Sie gerade vor sich sehen. Oder beschreiben Sie Ihren Traum der letzten Nacht. Notieren Sie den kleinsten Gedanken, der Ihnen in den Sinn kommt, wie ich gerade. Es dient dazu, Ihr Hirn zu lockern, das angespannt ist, da Sie zu schreiben beginnen. Wie ein Sportler trainiert oder ein Pianist Tonleitern übt. Hemingway erledigte zuerst seine Post, bevor er zum Hauptgericht, dem jeweiligen Roman, überging. Kerouac hat versucht, das Problem zu vermeiden, indem er seinen ersten Roman auf eine Papierrolle schrieb. Er wollte erst aufhören, wenn er am Ende der Rolle war. Um keine Angst zu haben, lese ich einen Schriftsteller, den ich besonders mag. Einer meiner Freunde muss, um sich in Stimmung zu bringen, einen Schriftsteller lesen, der schlecht schreibt, damit er meint, er kann es besser. Was dieses weiße Blatt eigentlich symbolisiert und weshalb es einen so erschreckt, ist die Angst. Die furchtbare Angst des Schriftstellers angesichts des Universums, das nur in seinem Kopf existiert, und das er auf die Welt zu bringen versucht. Keiner hilft ihm dabei. Wenn Sie also eine gewisse Leere in sich spüren, dann ist das normal. Alle haben das durchgemacht. Der amerikanische Autor Henry James hat in der Kurzgeschichte *The middle years* dieses tragische Gefühl am besten ausgedrückt: »Wir arbeiten im Dunkeln – wir tun was wir können – wir geben was wir haben. [...] Der Rest ist der Wahnsinn der Kunst.«[5] Es ist die unsichtbare Seite des Schreibens, für sie steht auch die Besessenheit des Kapitäns Ahab (aus *Moby Dick* von Herman Melville), mit der er den weißen Wal über alle Meere verfolgt, obwohl er weiß, dass keiner von einer solchen Verfolgung unbeschadet zurückkehrt. Niemand zwingt uns, auf diese Weise von einer Emotion in die nächste zu fallen. Wir haben keine Ahnung, was uns dazu treibt.

Versuchen Sie nicht, das Buch, das Sie gerade schreiben, zu sehr zu planen, denn Ihr Geist wird nie genügend Einzelheiten sammeln können, um die Seite zum Schwingen zu bringen. Das gelingt nur, indem man dieselbe Seite mehrmals schreibt, bis die Emotion den Moment bannt.

15. Monolog am Morgen

Seit Jahren ist es jeden Morgen dasselbe. Vor mir steht dieser Kerl, der alles schlecht findet, was ich mache. Er lässt nicht das geringste Bisschen übrig. Er errät meine Gegenargumente und entkräftet sie, bevor ich etwas sagen kann. Es gelingt ihm manchmal, mich in den Grundfesten zu erschüttern, indem er Zweifel in meine sichersten Gewissheiten streut. Ein unermüdlicher Dialog, manchmal näher am Duell, zwischen dem kritischen und dem schriftstellerischen Ich. Heute versucht er die Idee zu einem Roman zu untergraben, die mich seit einer Woche begeistert. »Aber das ist doch kein Roman«, flüstert er mir ein, »in unserer kommerzialisierten Zeit wird alles mögliche Roman genannt. Erst einmal braucht er Figuren …« Ich antworte ruhig, auch wenn es in mir brodelt, dass es mindestens zwei Figuren gibt. »Wen?« Den Erzähler und mich. »Ihre Figuren sind einander aber ziemlich ähnlich!«, sagt er mit einem trockenen Lachen, das mir den Wind aus den Segeln nimmt. Aber sie sind trotzdem nicht gleich, erwidere ich ohne große Überzeugung. Er attackiert erneut mit dem schlagenden Spruch: »Ein Roman wird leidenschaftlichen, ein Essay verständigen Sinnes verfasst.« Für mich ergibt dieser Gegensatz keinen Sinn, im übrigen kenne ich keine stärkere Leidenschaft als das Schreiben, davon handelt dieses Buch. Sie weckt dich nachts auf, sie verschlingt und ängstigt dich den Rest der Zeit. Nichts ist weiter entrückt von der Welt als ein Schriftsteller beim Schreiben. Ständig antwortet er den Leuten mit »Wie bitte?«, verwundert, dass er überhaupt angesprochen wird. Und das Abenteuer? Ach das Abenteuer, wir sind doch nicht bei Dumas oder Stevenson, wir befahren nicht mehr die Ozeane, um neue Länder zu entdecken. Unser Abenteuer ist zu zeigen, dass es neue Landschaften im Innenleben zu entdecken gibt. Ich wiederhole: Für mich ist immer noch das Schreiben das größte Abenteuer. In manchen Ländern, die ebenfalls Teil unseres Planeten sind, kann dich Schreiben ins Gefängnis bringen. Anders, positiv gewendet: man kann sogar in Sprachen übersetzt werden, die man nicht beherrscht. Eine der wirklichen geistigen Leistungen. »Alles was ich dazu sagen kann, ist, Sie sind nicht der Erste, der ›Roman‹ auf ein Buch schreibt, das nicht danach aussieht.« Das hast du gut ausgedrückt, dass es nicht so aussieht, genau da liegt die Herausforderung: Die Vorstellungskraft des Lesers so anzuregen, dass er denkt und träumt zugleich.

Tun Sie manchmal so, als ob Ihr Text Ihnen nicht gefällt, es schmerzt zu sehr, jedesmal von sich selbst enttäuscht zu sein.

16. Die Energie

Nach vier Stunden intensiver Arbeit beginnt man, seine besten Ideen kaputtzumachen. Wenn man müde ist, und man ist müde lange bevor man es richtig spürt, wird das Erzählen zum Tunnel, dem man möglichst schnell entrinnen will. Dann ist es besser, nicht stur weiterzuschreiben, sondern sich für den nächsten Morgen das zu notieren, was einem gerade einfällt. Glaubt man noch genügend Energie zu haben, kann man zur Korrektur übergehen. Meine liebste Tätigkeit. Ich korrigiere ausgesprochen gerne. Es genügt oft, nur ein Wort in einem Satz zu ändern und er leuchtet von einem besonderen Licht. Wir arbeiten mit bloßen Händen, ohne die schrecklichen gelben Handschuhe des Gärtners, der unermüdlich Unkraut jätet. Lieber nicht so viel Zeit darauf verwenden, jedes einzelne Wort auszumerzen, das sich wiederholt, am Ende findet man sich sonst in einem allzu blankgeputzten Raum wieder. Nur nach unermüdlicher Überarbeitung wird es einem gelingen, auf die Seite zu bannen, was man so deutlich im Kopf hat. Diese Bilder, die einen verbrennen vor Intensität. Vielleicht klingt es überraschend, aber die Schriftsteller, die wir wegen ihres unverbrauchten Stils bewundern, hören nie auf zu jäten. Kurzum, manche arbeiten, während andere im Literaturbetrieb verkehren, weil ihnen das vermeintlich Zugang zu einem Netzwerk verschafft, das ihnen den Aufstieg erleichtert. Vielleicht haben sie damit Erfolg, aber ich kenne keinen Verleger, der ein gutes Manuskript ablehnen würde; das heißt, bei dem die Erzählweise von einem Stil unterstützt wird, der sich an jede ihrer Bewegungen schmiegt. Ein Schriftsteller muss nicht allzu viele Leute kennen – ich meine solche, die ihm nützen können. Er sollte sich sogar auf jeden Fall eine wilde Seite bewahren. Was ihm allein gehört, ist diese Energie, die ihn mitten in der Nacht aufweckt und eine Idee ohne Hand und Fuß aufschreiben lässt. Aber Sie können mir glauben, diese Energie ist nicht unerschöpflich.

Ein Tag ist perfekt, wenn man plötzlich anfängt, mit einem Stuhl zu tanzen, auf den man sich zum Schreiben hingesetzt hat.

17. Der Brief meiner Mutter

Schreiben Sie lieber nicht wie ein Neureicher, der sein ganzes Wissen zur Schau stellen will. Der Leser muss die Gelegenheit bekommen herauszufinden, wer Sie sind. Das zeigt sich am Stil. Je weniger Sie sich literarisch ausdrücken, desto weiter gehen Sie mit dem Schreiben. Sie sollten es möglichst nah an sich heranlassen, nur dann wird es originell. Selbst wenn Ihnen die Geschichte nicht außergewöhnlich genug vorkommt. Als ich meinen ersten Roman schrieb (*Comment faire l'amour avec un nègre sans se fatiguer*), zögerte ich monatelang, ob ich ihn meiner Mutter nach Port-au-Prince schicken sollte. Ich tat es nur, weil das Buch in einigen Buchläden von Montreal auslag und es wohl auch in Port-au-Prince von gewissen Leuten gelesen wurde. Ich wollte nicht, dass meine Mutter von einem ihrer Bekannten erfuhr, dass ich ein Buch geschrieben hatte. Noch dazu eines mit diesem Titel. Ich gab den Roman also einem Freund mit, der nach Haiti flog. Einen Monat später empfing ich in Montreal einen Brief von meiner Mutter. Sie hat in dem Buch all das gesucht und gefunden, was ich in unserem Briefverkehr verschwiegen hatte. In meinen Briefen hatte ich nur geschrieben, was sie hören wollte. Jeder von uns im Ausland hat das getan und ich dachte, dass die Mütter nach all den Jahren um diese Ausflüchte wüssten. Meine offensichtlich nicht. Geduldig zählte sie alle meine Verfehlungen auf. Kein Leser konzentriert sich mehr auf ein Buch als eine Mutter, die das ihres Sohnes liest. Sie fand heraus: Einen ganzen Sommer bin ich nicht zum Friseur gegangen. Ich aß nicht genug Gemüse, insbesondere keine Karotten. Keine

Milch, obwohl das ein »vollwertiges Nahrungsmittel« ist. Ich gehe zu spät ins Bett und stehe zu spät auf. Vor allem wird der Name von Jesus im Buch kein einziges Mal erwähnt, während ich ihr in meinen Briefen immer wieder versicherte, dass ich regelmäßig mein Nachtgebet spreche. Alles hatte sie penibel untersucht. Ebenso pingelig wie ein Verleger, sogar noch besser, denn mein Verleger interessiert sich zu sehr für allgemeinere, intellektuelle Fragen, um diese Fehler aufzudecken. Was den Alltag betrifft und sein Gefolge überlebensnotwendiger Details kann man einer Mutter nichts vormachen. Jahre später, als ich das Buch wiederlas, erkannte ich, dass es besser geworden wäre, wenn ich auf all die Details geachtet hätte, deren eklatantes Fehlen meine Mutter aufgedeckt hatte. Sie erwecken einen Roman zum Leben. Ich nahm das Gedankliche zu wichtig. Ohne der Mutter unbedingt zu sagen, dass es für einen Roman ist, kann es von Nutzen sein, sie nach den Dingen des Alltags auszufragen.

Die Mutter des Schriftstellers hat häufig so viel beigetragen, dass sie einen eigenen Vertrag mit dem Verleger verlangen sollte, denn dies ist inzwischen ein Beruf.

18. Der Ton

Es sollte der Eindruck entstehen, dass die Geschichte, die erzählt wird, direkt aus dem Leben gegriffen und nicht etwa eine abstrakte Idee ist. Selbst wenn wir deutlich spüren, dass sich ihr Gerüst auf Gedanken stützt. Verraten Sie nicht zu schnell ihre Farbe. Lassen Sie sich genügend Zeit. Wenn man beim Erzählen einer Geschichte vorausschickt, sie sei ganz außergewöhnlich, spricht man dem Zuhörer das Recht auf ein eigenes Urteil ab. Das ärgert ihn. Das gleiche gilt für das Schreiben. Ein Anderer ist da, gleich hinter der Seite. Sie können seine Präsenz ignorieren, aber Sie dürfen nicht daran zweifeln. Ohne diesen unsichtbaren Leser ist kein Buch möglich. Wir werden ihn nicht überzeugen, indem wir unseren Ramsch anpreisen. Man sollte zwischen sich und dem Werk, das man gerade schreibt, einen Abstand einhalten, um den eigenen Ton zu finden. Schon im ersten Satz muss er anklingen. Dieser erste Satz muss nicht besonders auffällig sein. Es ist immer besser, am Anfang bei einem gemäßigten Ton zu bleiben, damit die Geschichte sich allmählich entwickeln kann. Wenn man mit einem zu hohen Ton beginnt, entsteht der Eindruck, zu schnell am Gipfel angekommen zu sein. Bevor nicht der Ton gefunden ist, wird es kein Buch.

Schreiben ist eine höchst seltsame Zeremonie, denn der Schriftsteller tut, als wäre er allein, obwohl er weiß, dass eine unsichtbare, schweigende Menge im Zimmer ist.

19. Das Leben schreiben

Die Möglichkeit einer Verbindung von Literatur und Leben hat mich schon immer gereizt. Die Fiktion ist auf eine Art und Weise gestrickt, dass sie sich auf unser Leben auswirken könnte. Bei meinen wenigen Theaterbesuchen in meiner Jugend war ich immer enttäuscht, dass die Schauspieler nicht einmal versuchten, im Alltagsleben mit dem gleichen Schneid aufzutreten wie auf der Bühne. Ich war erstaunt, dass der unscheinbare Mann, den ich beim Verschlingen eines Sandwiches beobachtete, nicht die Energie der Figur ausnutzte, die er eben so glänzend verkörpert hatte, um seinem eigenen Leben Farbe zu geben. Noch heute stelle ich mir die gleiche naive Frage: Warum nutzen wir unsere Erfahrungen nicht, um unser eigenes Leben zu verändern? Ich wollte, mein eigenes Leben könnte die Form der Ereignisse annehmen, die mich prägen. Ich weigere mich, ein unbeweglicher Stein im Bach zu sein. Dazu braucht man die Unerschrockenheit der kleinen Alice, die ohne zu zögern dem Kaninchen in seinen Bau folgt.

Ist das alles wahr? Wer sich angesichts einer Fiktion dies fragt, ist eher ein Leser als ein Schriftsteller. Aber diese Frage, die den Schriftsteller manchmal ärgert, ist einer der Gründe, warum viele Leute lesen.

20. Wie eine Geschichte beginnen?

Es ist nicht immer ratsam, eine Geschichte von Anfang an zu erzählen. Der Leser bekommt Angst, es könnte langweilig werden. Vor allem wenn sie mit einer Landschaftsbeschreibung anfängt. Es gibt auch den Trick, von einer Kurzgeschichte mit zwanzig Seiten die beiden ersten wegzulassen, und von einem Roman das erste Kapitel (seit dem Praktikum in einer Apotheke habe ich die Gewohnheit, alles zu dosieren). So ist man sofort mittendrin. Es steht einem frei, den entnommenen Teil weiter unten wieder einzusetzen. Prüfen Sie bei einigen von Ihnen geschätzten Autoren nach, wie deren Romane beginnen. Hier zur Übung: *Lady Chatterleys Liebhaber* von D.H. Lawrence: »Unser Zeitalter ist seinem Wesen nach ein tragisches; also weigern wir uns, es tragisch zu nehmen.«[6] Zweimal das selbe Wort (tragisch) schon im ersten Satz, das beweist Selbstsicherheit. Nun *Der Vorleser* von Bernhard Schlink: »Als ich fünfzehn war, hatte ich Gelbsucht.«[7] Einfach und doch wirkungsvoll. *Die Verwirrungen des Zöglings Törleß* von Robert Musil: »Eine kleine Station an der Strecke, welche nach Rußland führt.«[8] Sehr visuell. *Petersburger Geschichten* von Nikolai Gogol: »Es gibt nichts Schöneres als den Newskij-Prospekt, jedenfalls nicht in Sankt Petersburg; für Sankt Petersburg ist er alles.« Bewegend. *L'hiver de force* von Réjean Ducharme: »Wie wir ständig, ohne es zu wollen (keiner möchte böse, bitter oder reaktionär sein), schlimme Dinge sagen.«[9] Ironisch und gequält. Die Temperamente sind verschieden. Ich wiederhole: Ruhig ab und zu in Ihren Lieblingsbüchern blättern, um nachzuschauen, wie der Schriftsteller vorgeht, den Sie bewundern. Zu bestimmten Fragen Rat bei ihm suchen. Wie leitet er die Erzählung ein? Wie schließt er den Roman ab? Diese Autoren haben ihre Vorgänger ebenso befragt. Wenn das in der Malerei üblich ist, warum nicht in der Literatur? Im Malunterricht werden die Studenten dazu angehalten, Kopien von den Gemälden der Meister anzufertigen, um ihre Arbeitsmethoden genau zu studieren. Es wäre gut, ein Buch, das man liebt, vollständig abzuschreiben, bis man den Atem des Schriftstellers im Nacken spürt. Ein gewöhnlicher Anfang mit ein klein wenig Geheimnis ist spannender als ein Beginn, bei dem der Autor allzu offenkundig die Aufmerksamkeit des Lesers kapern will.

Der Staat sollte Steuern für den Aufwand erheben, den der Schriftsteller in seinem Buch treibt, damit er merkt, wie kostspielig er schreibt.

21. Die Landschaftsbeschreibung

Lange Beschreibungen sind zu vermeiden. Der heutige Leser hat nicht die Geduld wie im letzten Jahrhundert, als es noch nicht so viele Freizeitangebote gab. Wenn Sie unbedingt mehr über eine Figur oder eine Landschaft sagen wollen, ist es besser, Reflexionen dazwischenzuschieben. Der Leser meint, er wird fallengelassen, wenn er nicht ständig die Gegenwart des Erzählers spürt. Eine Beschreibung, in die persönliche Überlegungen eingeflochten sind, erscheint ihm weniger abstrakt. Er bekommt den Eindruck, die Landschaft werde vom Erzähler betrachtet, den er auf diese Weise besser kennenlernt. Meine Auffassung von Beschreibungen hat sich weiterentwickelt. Als Kind wirkten sie auf mich wie die Medizingaben meiner Mutter (Lebertran), die ich wegen meiner anfälligen Bronchien einnehmen musste. Seit ein paar Jahren lese ich dieselben Beschreibungen mit Vergnügen, die mir damals sterbenslangweilig vorkamen. Und ich nehme den Autor deutlicher wahr, wenn er eine Landschaft oder eine Figur beschreibt (warum er gerade diesen Aspekt hervorhebt), als in den Dialogen, wo er mehr auszudrücken scheint. Man meint den Schriftsteller in den glänzenden Formulierungen zu erfassen, mit denen er seine Erzählung garniert, obwohl er sich in den Landschaften und den düsteren Stimmungen viel besser zeigt, die er so minuziös schildert (Simenon, Modiano). Man muss nicht jede Einzelheit erfassen. Eine Landschaft beschreiben, als führe man im Auto hindurch (Morand).

Ich kann es kaum glauben, Zeitgenosse von Borges zu sein, wie wenn mir jemand erzählt, er habe soeben Homer an der Straßenecke getroffen.

22. Der innere Monolog

Wenn Sie in Beschreibungen keine sichere Hand haben, empfiehlt sich der innere Monolog. Fast der gesamte *Fremde* von Camus ist in diesem Modus geschrieben. Kurze Sätze. Ein eiliger Stil. Als hätte der Erzähler eine Kamera im Kopf – er heißt Meursault. Wir erfassen direkt, was er sieht und haben zugleich Verbindung zu seinen Gefühlen. Die Methode hat den Vorteil, dass die Landschaftsbeschreibung nicht objektiv ist – kein Grund zur Langeweile wie manchmal in den Romanen von Balzac. Man verliert den Erzähler nie aus dem Blick. Der Nachteil, es gibt nur eine Perspektive, die des Erzählers. Er muss als Persönlichkeit genügend bieten, um diesen Mangel auszugleichen. Beim inneren Monolog bleibt die Stimme im Kopf des Erzählers, im Gegensatz zur Rede, wo die Stimme aus dem Kopf heraustreten muss. Der innere Monolog sollte gut begründet sein. Der Erzähler von *Der Fremde* hatte niemanden, dem er sich anvertrauen kann. Außerdem steht er unter emotionalem Schock. Er spricht nicht, grübelt nur über einiges, bis er sich gegen Ende in völliger Stummheit verschließt. So wird die innere Stimme besser hörbar.

Alle Ideen, die Sie nicht notiert haben, werden Ihnen eines Tages wieder einfallen, als wären sie plötzliche Eingebungen.

23. Der amerikanische Dialog und der französische Monolog

Die Amerikaner lieben den Dialog. Der Leser fühlt sich direkt in den Roman hineinversetzt. Dieser Dialog strotzt meist vor Begrüßungen, Redensarten und Ausdrücken direkt von der Straße. Daher der Erfolg des Krimis in Amerika. Er ist aus dem Leben gegriffen. In Europa (etwa in Frankreich) gibt der Filmdialog häufig Worte des Autors wieder – Repliken, die sitzen. Man möchte sie sich merken. Lange Zeit ging man ins Kino wie ins Theater, um sich zu bilden. Die Figuren waren immer intelligent und man notierte sich die Repliken im Kopf, um ihre Sätze im passenden Moment parat zu haben. Sie waren aber meist zu literarisch, um in einem Alltagsgespräch platziert zu werden. Im französischen Kino beispielsweise ist die Spritzigkeit der Dialoge (der Esprit) entscheidend. In den USA verbindet sich der Dialog mit dem Rhythmus der Aktion. Der französische Roman bevorzugt die langatmige Erzählweise, die sowohl die Landschaft als auch die Stimmungen und Wünsche der Figuren einschließt. In Amerika hingegen ähneln die Figuren eher Jugendlichen, die eilig das Elternhaus verlassen wollen, um zu leben, wie es ihnen gefällt. Natürlich unterliegen sie dennoch strengen Regeln, selbst wenn sie scheinbar nach ihrem freien Willen agieren. Daher die spürbare Zurückhaltung der Amerikaner, französische Romane zu übersetzen. Dafür rümpfen viele französische Intellektuelle über amerikanische Romane die Nase, da sie nichts als Action und meist niveaulose Dialoge bieten. Manche französische Schriftsteller meinen, die Lösung gefunden zu haben, indem sie Romane mit französischen Themen in der amerikanischen Struktur schreiben.

»Er geht sofort hinten in den Laden, nimmt unauffällig ein Buch, schlägt es vorsichtig auf, liest ein paar Zeilen oder ein paar Seiten und schrickt zusammen, wenn jemand hinter ihm hustet, im Gegensatz zum anderen Typus, der Nerven wie Drahtseile hat.« So unterscheidet der Buchhändler an der Ecke zwischen einem Leser ohne Geld und einem Dieb.

24. Die Poesie

Falsche Poesie ist wie Falschgeld, sie sieht echt aus, ist aber wertlos. Um das Gedicht aufzuwerten, meint man, es mit einer blauen Blumengirlande schmücken zu müssen. Wahre Poesie ist unsichtbar. Sie entsteht aus dem Wunsch des Lesers weiterzulesen, wenn keine Spannung ihn mehr dazu zwingt.

Manchmal ist die Poesie auch in der Energie enthalten, die eine Erzählung durchzieht. Ich meine damit, dass Poesie überraschend auftritt – »Art happens«, sagt Whistler. Sie ist nicht mit Händen zu greifen. Ein Wort wird verändert und das Gedicht beginnt zu leben. Die Poesie ist überall anzutreffen, jedoch keineswegs immer im Gedicht. Sie ist ein ansteigendes Fieber.

Wenn Sie die Idee, die Ihnen gerade einfiel, nicht sofort notieren, werden Sie sie möglicherweise vergessen, denn das Gedächtnis ist eine Sekretärin, die freinimmt, wann es ihr passt.

25. Ein guter Roman

Einer meiner Bekannten findet alles gut im Leben. Gestern abend hat er einen guten Film gesehen, danach führte er ein gutes Gespräch mit guten Freunden, ging nach Hause, trank ein Glas gute Milch und ging mit einem guten Roman ins Bett. Seit ich ihn kenne, kann ich das Wort »gut« nicht mehr verwenden, ohne zu schmunzeln. Manche Leute schreiben ganz natürlich, ohne jemanden beeindrucken zu wollen. Alles läuft, bis sie sich fragen, was ihrem Roman noch fehlt. Sie haben den Eindruck, er sei splitternackt und müsste eingekleidet werden. Und parfümiert. Das entspricht ihrer Vorstellung von Literatur. Nach meiner Ansicht ist Poesie keine Perlenkette, die man einer jungen Frau um den Hals legt, bevor man mit ihr zu einem Gesellschaftsempfang geht. Beim Schreiben sollte man nicht zu viel an Poesie denken.

Am besten versucht man zu vergessen, dass man schreibt. Ich erinnere mich an einen Tag am Anfang der Sommerferien. Ich war etwa zehn Jahre alt. Ich spielte mit meinen Freunden Fußball. Es dämmerte, aber wir spielten weiter, auch als es schon dunkel war. Wir konnten den Ball nicht mehr sehen. Wir glaubten, etwas zu tun, was noch nie jemand getan hatte. Ich habe das erlebt wie so viele andere und ich hätte es vergessen können. Nach solchen Szenen müssen wir in unserem Inneren suchen, es sind Goldkörner, die geduldig im hohen Gras des Gedächtnisses warten. Wir müssen ihnen ihr ursprüngliches Licht bewahren. Ohne die Stimme zu heben. Denn je lauter man in einem solchen Fall spricht, umso weniger findet man Gehör. Wir leben in einer Zeit voller Lärm und Zynismus, alle meinen, man müsse dick auftragen, um die Kundschaft anzulocken, dabei würde ein bisschen echtes Gefühl genügen. Ein guter Roman ist nicht weit entfernt von einem Gedicht in dem Sinne, dass er im Leser eine nostalgische Stimmung hinterlässt. Er sitzt lange Zeit da, ohne sich zu rühren. Als wäre vor ihm eine Welt aufgetaucht, die er für längst versunken hielt.

Wir schreiben, weil wir vergessen haben, dass wir einmal Hugo, Homer, Shakespeare, Cervantes, Faulkner oder Dante, aber auch der mittelmäßigste Schriftsteller, der je gelebt hat, waren.

26. Wie passen Ideen in einen Roman?

Es wäre schön, seine Meinung wiedergeben zu können, aber man begreift schnell, dass das nicht so einfach ist. Ein Sinn für das richtige Maß ist hier gefragt. Rapper ruinieren manchmal ihre Konzerte, indem sie zu lange politische Reden halten. Sie vergessen, dass die Zuhörer gekommen sind, weil sie ihre politische Haltung kennen und sie gerade dafür bewundern. Aber sie sind nicht zu einer Kundgebung gekommen, sondern weil sie einen Künstler sehen wollen, also jemand, der ihnen einen anderen Blick auf die Welt geben kann. Sie erwarten etwas, das über eine politische Rede hinausgeht: Gesang. Sie haben nichts gegen ein wenig Politik, solange sie den Gesang umrankt wie eine Kletterpflanze den Baum. Man muss merken, dass der Baum die Pflanze stützt und nicht umgekehrt. Klar ausgedrückt: Vermeiden Sie lange Reden. Selbst dem alten Tolstoi, der so viel zu sagen hatte, ist es passiert. Zu seinen Lebzeiten gab es sieben Versionen von *Krieg und Frieden*. Da er seine Zeitgenossen direkt ansprechen, auch geißeln wollte, hätte er fast seine großen Romane zerstört. Denn wenn der Künstler in ihm erwacht, haut er blind auf diesen Wald der Sätze ein, um sich einen Weg zum Ausgang zu bahnen. Er ruht erst, wenn er findet, dass die Reden die Handlung nicht mehr ersticken. Ideal wäre eine gut gewogene Dosierung, denn Gedanken enthalten eine machtvolle Energie, sie können die Handlung antreiben – Tolstoi war das bewusst. Man kann keine Bewegung (nicht einmal das Aufstehen aus dem Bett) beschreiben, ohne sie vorher durchdacht zu haben. Eine Schlacht, wie sie Tolstoi in *Krieg und*

Frieden darstellt, ist die Aktion in ihrer äußersten Form und ohne Strategie nicht möglich. Das gilt sowohl für die Strategie im Feld, um die Armee, dieses Monstrum, in Bewegung zu setzen, als auch die Strategie fern vom Schlachtfeld, in den Schlössern, wo sich die mit diesem Krieg verbundenen Interessen gegenübertreten. Die Generäle im Feld spielen mit den Soldaten, während die Fürsten in ihren Schlössern mit den Generälen spielen. Aber nicht nur der Krieg, auch das Begehren kann ein fabelhafter Motor der Handlung sein. So kann die erotische Ausstrahlung einer Frau (Helena) eine Armee in Bewegung setzen, wie Homer es in der *Ilias* erzählt. Oder die Anziehungskraft einer anderen Frau (der regungslosen Penelope) gibt einem wackeren Kriegshelden zu verstehen, dass es Zeit ist, den Heimweg anzutreten (Antoine Blondin hat die *Odyssee* in fünf Worten zusammengefasst: »Odysseus, deine Frau erwartet dich.«). In beiden Fällen nimmt die Idee die Gestalt einer Frau an. Man kann eine solche Metapher gebrauchen, sollte sie aber nicht überfordern. In jedem Fall sind die Frauen heute keine Lockvögel mehr, auch keine Steine, sie sind selbst in Bewegung. Der Leser muss immer den Eindruck haben, der Schriftsteller beherrsche seine Ideen, selbst wenn dieser nicht weiß, wohin es geht. Gedanke und Aktion sollten sich abwechseln, ohne dass es zu mechanisch wird. Der Erzähler muss nicht immer recht behalten, wir sind schließlich nicht in einem Essay. Im Leben denken wir unaufhörlich, es ist also normal, wenn das im Roman, den wir schreiben oder lesen, genauso ist.

In dieser endlosen Nacht, in der die Macht und die Literatur miteinander pokern, ist jedes Buch ein neues Blatt, um den geistigen Bankrott aufzuhalten.

27. Ein Schuss Wissenschaft

Reicht eine einfache Beschreibung aus dem Blickwinkel des Erzählers in einer Welt, wo wissenschaftliche Erkenntnisse so frei verfügbar sind? Es genügt, von einer Krankheit zu schreiben und der Leser stürzt zum Internet, um ihre Entstehung, Ursachen und Folgen zu recherchieren. Da ein wissenschaftlicher Ton in Mode ist, muss der heutige Schriftsteller in seinen Beschreibungen dies stärker berücksichtigen. Ist ihm dies noch nicht klar, und er schreibt etwa die Informationen zu der Krankheit aus Wikipedia ab, sieht er sich bei der Veröffentlichung des Buchs mit dem Vorwurf des Plagiats konfrontiert. Der heutige Schriftsteller sollte mit der Begeisterung des Publikums für die Wissenschaft rechnen. Aus Neid über die Rockstars und ihre Popularität starteten die Forscher, nach dem Vorbild von Einstein, eine weltweite Kampagne zur Eigenwerbung. Dabei redeten sie den Leuten ein, man bräuchte kaum Fachwissen, um die schwierigsten naturwissenschaftlichen Entdeckungen zu verstehen. Uns ist allen bekannt, dass seit dem Zweiten Weltkrieg sich unser Leben in der Gleichung $E=mc^2$ zusammenfassen lässt. Scheint doch ganz einfach! Nicht nötig zu wissen, wie der schlaue Einstein darauf kam. Jedes Jahr schreibt ein neuer Autor seinen Wissenschaftsroman. Gescheiterte Biologen oder Mathematiker, über die ihre Kollegen nur lachen, benutzen ihn zum beruflichen Wiedereinstieg. Natürlich erstaunt das eine gewisse Leserschaft, die den Roman für eine zu leichte Kost hielt, als dass sich fundierte Wissenschaftler mit ihm befassten. Ich weiß nicht, wieviel von diesen Romanen, die ihre Leser kurzfristig bannen, Bestand haben wird. Ich erinnere mich noch an eine bestimmte handwerkliche Periode, das war vor dem Internet, als gewisse Schriftsteller sich in Enzyklopädien über die Beschaffenheit des Auges informierten, nur um auf eine andere Weise auszudrücken, dass eine Frau schöne Augen hat. Um den *Zauberberg* zu schreiben, hatte Thomas Mann schließlich Zeit im Sanatorium verbringen müssen. Damals klapperten die Schriftsteller die Spezialbuchhandlungen ab, auf der Suche nach Grundwissen über den Bau der Atome, das Schreinerhandwerk, die Mechanik oder die Gartenarbeit. Auf ihren Schreibtischen stapelten sich Modemagazine und Kataloge für Innenarchitektur, was ihnen half, die Berufe ihrer Figuren zu variieren (wir können schließlich nicht alle Beamter oder Hausfrau sein). Auf diese Weise erweiterte sich der Wortschatz. Das ist immer zu begrüßen, solange diese Anleihen nicht übertrieben werden und die Prosa nicht zu trocken und einseitig wird. Wir verfügen nicht alle über Stendhals Fähigkeit, flüssig und genau zu beschreiben. Mit dem Internet hat sich alles noch beschleunigt.

Ich schreibe immer häufiger an Durchgangsorten (auf Flughäfen, im Flugzeug und im Hotelzimmer), aber zum Lesen ziehe ich mein Bett oder die Badewanne vor.

28. Vom Nutzen des Plagiats

Sie wissen es bereits, das Problem ist nicht das Plagiat, sondern die Lüge. Es würde genügen, wenn Sie angeben, wo Sie die glänzende Idee aufgegabelt haben, die Ihre Seite zum Leuchten bringt, mehr nicht. Außerdem fällt es sowieso auf wie die Nase im Gesicht, dass weder die Idee noch ihre Formulierung von Ihnen stammt. Es ist anzuerkennen, dass Sie so mildtätig waren, einen Gedanken aufzugreifen, der in einer staubigen Ecke verwelkte. Wenn er zu lange in einem Buch eingesperrt bleibt, riecht er am Ende ranzig. Sie haben ihm ein wenig Sonnenlicht geschenkt. Außerdem zeugt es von einer gewissen Bescheidenheit, denn es gibt Schriftsteller, die sich für so überlegen halten, dass sie sich niemals dazu herablassen würden, etwas in einem fremden Garten zu pflücken. Leider reichen diese guten Eigenschaften nicht, um Sie vom Plagiat freizusprechen. Wir leben in einer schrecklich ehrgeizigen Gesellschaft, wo die Leute schnell sauer werden, wenn man sie für dumm verkauft. Noch viel mehr, als die mit ihm verbundene Lüge, reizt am Plagiat die Kränkung des Stolzes. Man zeigt mit dem Finger auf den Plagiator (er wurde beim Stehlen erwischt) und manche behaupten, das Zitat schon irgendwo gelesen zu haben, das versehentlich nicht in Anführungszeichen gesetzt wurde. Ich wundere mich immer, dass die Untersuchungen nicht weiter gehen, denn womöglich kommt dann heraus, dass der Plagiierte dieselbe Passage bei jemand anderem abgeschrieben hat. Wie soll man damit umgehen? Wir wissen alle, dass die Zahl der originellen Ideen begrenzt ist und das Plagiat sich umso mehr aufdrängt, je mehr geschrieben wird. Wie bei Marihuana sollte über seine Legalisierung nachgedacht werden. Irgendwann wird es nicht mehr anders gehen, wenn mit der Zeit und der Vielzahl der Bücher keine Originalsätze mehr übrig sind. Alle Sätze, die Sie schreiben können, wurden schon tausendemal geschrieben. Außerdem haben die ersten Philosophen im Altertum sich bereits die saftigen Themen gesichert. Stellen Sie sich vor, Ovid fordere ein Copyright für die Liebe. Homer für den Krieg. Dante für die Hölle. Euripides für die Rache (*Medea*). Das Evangelium für die Apokalypse. Und das ist noch lange nicht alles. Sie sehen, es gibt kein interessantes Thema, das nicht schon behandelt wurde. Was bleibt? Fast nichts. Wir beginnen Sätze zu suchen. Kaum haben wir eine glänzende Formulierung, stellen wir sie ins Internet und ihre Quelle taucht auf, dann heißt es wieder: Plagiat! Lehnten alle Schriftsteller auch das kleinste Plagiat ab, wäre die Verbreitung der Literatur in Gefahr. Der Gedanke an all die unentdeckten Plagiate lässt einen schmunzeln. Nicht einmal zehn Prozent werden entdeckt. So sind Sätze und Ideen heimlich schon seit Urzeiten in Umlauf.

Die Leute möchten immer wissen, woher all die verrückten Ideen kommen, die sie in den Büchern lesen. Es würde ihnen nie einfallen, dass sie von ihnen sind. Ohne diese Bescheidenheit des Lesers würde es keine Literatur geben.

29. Die Soße von García Márquez

García Márquez hat mich immer an einen Koch auf der Suche nach guten alten Volksrezepten erinnert. Daher der gute Ruf seines Restaurants. Es gibt großzügige Portionen. Von überall kommen ganze Familien, um seine Küche zu kosten. García Márquez steht am Herd und seine Frau sitzt an der Kasse. Wenn Sie ihn in der Küche aufsuchen, wo alles drunter und drüber zu gehen scheint, bereitet er Ihnen einen warmen Empfang. Er ist der Typus, der einem genauestens erklärt, wie er seine Soße macht: »Ich warte darauf, dass mir etwas einfällt, und habe ich eine Idee, die mir gut erscheint, dann wälze ich sie im Kopf herum und lasse sie wachsen. Wenn sie ausgereift ist (und darüber vergehen manchmal Jahre, wie bei *Hundert Jahre Einsamkeit*, darüber habe ich neunzehn Jahre lang nachgedacht), wenn die Idee also ausgereift ist, dann setze ich mich hin, um sie niederzuschreiben, und damit beginnt der schwierigste Teil der Arbeit und der für mich langweiligste. Denn das Köstliche an einer Geschichte ist, sie zu erfinden, sie allmählich auszuführen und abzurunden, indem man sie wieder und wieder im Kopf herum wälzt, sodass sie, wenn man sich schließlich hinsetzt, um sie aufzuschreiben, einen selbst nicht mehr sonderlich interessiert, mich zumindest interessiert sie nicht mehr besonders; es ist der Einfall der mich umtreibt.«[10]

Es gibt zwei Arten, seinen Koffer zu packen (wie es zwei Arten zu schreiben gibt): Sie lassen sich Zeit, um alles ordentlich hineinzulegen oder Sie werfen die Sachen irgendwie hinein, hoffend, dass sie am Ende schon Platz finden werden. Es kommt nur darauf an, dass Sie den Koffer am Ende zukriegen.

30. Der Dialog

Nicht zu viel Dialog. Ein guter Dialog ist daran zu erkennen, dass der Leser vor dem Ende des Satzes schon weiß, wer spricht. Die Figur hat eine eigene Ausdrucksweise. Sie kann nichts sagen, was nicht zu ihrem Charakter passt. Kein Mensch spricht, um etwas zu erklären. Er sagt eher etwas, weil er es nicht für sich behalten kann. Die Dialoge sind am schwierigsten, die ziemlich banal erscheinen, obwohl der Leser merkt, dass es um tiefere Dinge geht, als die hohlen Floskeln, die der Autor hinschreibt. Eben darum sind allzu glänzende Dialoge zu meiden, denn sie klingen falsch. Im richtigen Leben wird nicht so gesprochen. Ich weiß, wir sind nicht im richtigen Leben, aber wenn wir so tun, müssen wir uns ihm ein wenig annähern. Gute Dialoge sind möglich, wenn wir schlau genug sind, den unbeteiligten Ton beizubehalten, der bis dahin den Zauber des Buches ausmachte. Es ist unnötig, das Bonmot auch noch dick zu unterstreichen, das eben platziert wurde. Lieber darüber hinweggehen. Keine Sorge, der Leser hat die schöne Formulierung sehr wohl bemerkt. Weiter, weiter und nicht umdrehen. Gehen Sie weiter Ihres Weges. Es ist gefährlich, Leute sprechen zu lassen, die sitzen, es kann den Fortgang der Handlung aufhalten. Wenn zwei Figuren miteinander sprechen, sollte eine in Bewegung sein. Fügen Sie zwischen brillante Antworten und wohlüberlegte

Betrachtungen ein paar Bauchgeräusche ein. Im richtigen Leben kann man nicht ständig brillant sein. Und wenn eine Ihrer Figuren hervorsticht, geben Sie ihm eine Hobbybastelei, damit er nicht völlig abhebt. Lesen Sie Diderot wegen der Dialoge. *Jacques der Fatalist und sein Herr* ist eine Lektion in Tempo, Phantasie und guter Laune. Er wagt etwas sehr Riskantes: einen Thesenroman. Es geht um den Fatalismus, so ähnlich wie sein Freund Voltaire es in *Candide* mit dem Determinismus versucht hat. Dennoch ist es beiden gelungen, unverwechselbare Charaktere zu schaffen, trotz der Hindernisse, die sie zu überwinden hatten (nicht die Figuren, sondern die Autoren). Bekanntlich sind Romane, die etwas beweisen wollen, schnell verderbliche Ware, aber nicht wenn Diderot oder Voltaire am Lenker sitzen. Sie kennen alle Löcher auf der Straße. Sie setzen viel mehr auf den Stil als auf die Argumente, weil sie sich sagen, selbst wenn die dargestellten Ideen etwas von ihrer Gültigkeit verlieren, würde die Nachwelt eine so schön laufende Mechanik nicht so schnell in die Tonne treten. Es ist uns allen schon passiert, dass wir einen Gegenstand vom Boden aufgehoben haben, obwohl wir wussten, dass wir ihn nicht gebrauchen konnten.

Es gibt zwei Sorten von Schriftstellern: die einen lassen die Leute in den Büchern reden, die anderen reden an ihrer Stelle. Demokraten und Diktatoren. Hemingway ist ein Demokrat und Proust ein Diktator. Genau betrachtet, stimmt das nicht: Hemingway tut nur so, als ließe er ihnen das Wort, und Proust, als spräche er und nicht sie. Das soll heißen, es gibt keine Regeln, nur Besonderheiten.

31. Das Böse ist ein Thema und kein Gegenstand

Der Schriftsteller mag eitel sein, der Leser ist es nicht weniger. Stößt er auf eine intelligente Stelle, meint er, sie entspränge seinem findigen Geist, während alles, was er dumm findet, nur vom Autor stammen kann. Bei einer Figur im Roman spüren wir jedesmal den Atem der Intelligenz, das ist der Teufel. Teuflisch intelligent. Die Schläue in Person. Wir sehen ihn in *Der Meister und Margharita* von Bulgakow in Aktion, jedoch im schlimmsten Fall in der Gestalt einer sprechenden Katze. Der Teufel in Person mag veraltet sein, aber das Böse bleibt weiterhin sehr verbreitet. Hitlerdeutschland hat zu einer Reihe guter Romane zu diesem Thema Anlass gegeben. Norman Mailer ist mit *Das Schloss im Wald*[11] allerdings bei dem Versuch, in einer Hitlerbiographie das nackte Antlitz des Bösen zu zeichnen, kläglich gescheitert. Mailer hat den Rat nicht befolgt, den Gott Moses auf dem Berg Sinai gegeben hat: sich abzuwenden, damit er Sein unverdecktes Antlitz nicht sieht. Hier drei hervorragende Romane aus dieser Reihe: *Der Vorleser* von Bernhard Schlink, *Die Wohlgesinnten* von Jonathan Littell und *Sophies Entscheidung* von William Styron. Diese Romane funktionieren, weil sie dem Leser eine Annäherung an das Böse erlauben. In *Die Wohlgesinnten* legt das Böse selbst eine Beichte ab, es hat die Gestalt eines normalen Menschen, dem sein Leben entgleitet, worüber er sich im Verlaufe des gesamten Romans wundert. Damit wird angedeutet, dass dies jedem passieren kann, das hält den Leser in Atem. In *Der Vorleser* geht es um die körperliche Begegnung mit dem Bösen, ein Jugendlicher entbrennt in sexueller Leidenschaft für eine Frau, die ihm zufällig über den Weg gelaufen ist. Der Leser verfolgt gebannt jede Sekunde der Beichte dieses unschuldigen Jungen, der sein eigener Sohn sein könnte. Wird man schuldig, wenn man dem Bösen zufällig begegnet? Lässt sich eine solche Begegnung vermeiden? Kann man gegen den Teufel überhaupt etwas ausrichten? Diese beängstigenden Fragen werden im Buch von Schlink aufgeworfen. *Sophies Entscheidung* von William Styron spielt nicht in Deutschland, sondern in New York. Also in einem Land, weit entfernt vom eigentlichen Konflikt. In einem ruhigen Viertel lebt eine Bohème junger Künstler voller Hoffnung auf eine strahlende Zukunft. Die Figuren sind nicht fiktiv, Styron und die Romanautorin Mary McCarthy sind unschwer zu erkennen. Die Schrecken des Krieges brechen in dieses Milieu ein – oder ein Widerhall von ihnen, in Gestalt einer höchst attraktiven Frau mit einem charmanten polnischen Akzent. Der Leser erfährt, dass sie in der Höhle des Bösen gelebt hat. Mehr verrät Styron anfangs nicht, er schreibt eher über sein eigenes Debüt. Erst ganz allmählich erfährt der Leser alles. Wahrheit und Lüge sind aber so miteinander verquickt, dass man nie herausfinden wird, was wirklich passiert ist. In allen diesen Fällen ist es die intelligente Struktur der Geschichte, die den Leser anspricht. Sobald der Teufel irgendwo auftaucht, hebt er das Niveau der Reflexion über die Natur des Menschen. Das Gute schläfert ein (verleiht ein ruhiges Gewissen), das Böse weckt auf. In den Romanen aus Ländern der Dritten Welt wird das Böse nur sehr selten in Szene gesetzt (Danticat hat es in *Der verlorene Vater*[12] versucht und Dongala in *Johnny chien méchant*), es geht meist nicht über eine Anprangerung hinaus. Dadurch wird die Möglichkeit verschenkt, unsere moralische Bequemlichkeit zu hinterfragen, indem wir auf den Grund unserer Seele blicken, wo das Böse haust.

Schriftsteller sind uns unheimlich, die jede Grausamkeit aus ihren Büchern verbannen, genau wie Hausfrauen, die nicht ruhen, mit ihren gelben Gummihandschuhen den kleinsten Winkel ihres Hauses zu wienern.

32. Die Zeit bei Moravia

Alberto Moravia dachte gern über seinen Beruf nach. Am Anfang seiner Karriere steht der Roman *Die Gleichgültigen* (1929), mit ihm geht er sofort in die italienische Literatur ein. Die ganze Welt liest seine Werke. Er ist ein enger Freund Pasolinis und der Lebensgefährte von Elsa Morante. Doch heute findet man seine Romane, die zu seinen Lebzeiten so populär waren, kaum noch in den Buchhandlungen. In der Provinz hat er noch ein paar Leser. Hier Moravia in einem Gespräch mit Jean Duflot:

DUFLOT: Wie unterscheiden sich nach Ihrer Auffassung Prosa und Poesie in einer Erzählung?

MORAVIA: Es gibt eine Definition, sie stammt, glaube ich, von Etiemble, die auf die Frage ihrer jeweiligen Bedeutung für die Romanerzählung antwortet: die erste spreche das Auge an, die zweite das Ohr. Mit »Auge« ist die Perspektive gemeint, die Intelligenz, der Verstand; mit »Ohr« der Klang, die Musik, der Rhythmus ... Freilich bezieht sich diese Definition nur auf die wichtigsten Züge von Prosa und Poesie. Tatsächlich ergänzen sich diese beiden Ausdrucksweisen und ihre Eigenschaften vermischen sich. Der Hauptunterschied zwischen Poesie und Prosa liegt, wie ich meine, in der Zeit, der Dauer. Die Poesie steht außerhalb der Zeitdauer. Hingegen, schaffen Sie die Zeitdauer ab, verschwindet auch der Roman.[13]

Das Duell dauert nur so lange wie der Traum und wer zuerst erwacht, hat verloren.

33. Die Intelligenz

Der Schriftsteller darf den Leser nie aus dem Blick verlieren – was nicht heißt, er soll sich anstrengen, ihm zu gefallen. Aber selbst wenn er vorgibt, sich nicht um den Leser zu kümmern, er weiß, wenn alles gut läuft, wird sein Buch eines Tages in dessen Händen liegen. Der Leser ist sein letzter Adressat. Doch dieser hat noch anderes zu tun. Ihm geht vieles durch den Kopf. Deshalb muss sein Gedächtnis gefüttert werden. Vier oder fünfmal lässt der Autor in regelmäßigen Abständen eine kurze Zusammenfassung der Handlung einfließen. Das muss unauffällig geschehen, damit der Leser glaubt, so ein gutes Gedächtnis zu haben, dass er noch alles weiß. Manche Leser lernen gerne etwas dazu. Kein Grund, ihnen zu verstehen zu geben, sie seien dumm. Es gibt einige sehr gelehrte

Schriftsteller. Etwa weiß Bernard Werber alles über Ameisen, aber keine Ameise weiß, wer Bernard Werber ist. Es muss einen Weg geben, dem Leser zu vermitteln, dass er kein Idiot ist, nur weil er die Verhaltensweisen der Ameisen nicht kennt. Wir wollen eine fröhliche Wissenschaft. Nicht das erdrückende Wissen im pädagogischen Ton, als wäre der Autor der einzige, der so viel weiß. Anfangs ist der Leser voll Bewunderung für diesen allwissenden Erzähler, der den lateinischen Namen jeder Pflanze kennt, auf die sein Blick fällt. Nach einer Weile fängt er den Leser an zu nerven. Und der Schriftsteller wird zum Besserwisser in seinen Augen. Snobs sind nur in den Salons der Romane von Proust zugelassen. Doch es hindert Sie nichts daran, zum Ausgleich eine weniger kluge Figur einzuführen. Die sich sogar über den Besserwisser lustig macht. So öffnen Sie dem Leser eine Tür zu Ihrem Universum. Aber der Leser mag auch nicht unbedingt Romane, in denen so viel »Dingsda« oder »irgendwie« vorkommt. So etwas hat mehr Erfolg bei Intellektuellen, die das Lexikon schon im Kopf haben. Manch ein Intellektueller liest Fotoromane, um sein Hirn auszuruhen. Der normale Leser spürt gern, dass der Schriftsteller sich ein bisschen Mühe gibt – dass er nicht alles nur so nebenbei (mit einem Finger in der Nase) geschrieben hat. Vergessen Sie nicht, der Leser hat das Buch gekauft, in gewissen Teilen der Welt bedeutet dies eine beträchtliche Ausgabe. Geld ist Energie. Zeigen Sie dem Leser mit dem Schweiß auf Ihrer Stirn, dass Sie es sich verdient haben. Ich muss zugeben, das stärkste Buch zum Thema Intelligenz, das ich gelesen habe, ist *Gefährliche Liebschaften* von Choderlos de Laclos (schon der Name!). Laclos organisiert ganz militärisch die Eroberung in der Liebe wie einen Grabenkrieg. Die Hauptfigur in diesem Briefroman ist der Esprit. Zwei sprühende Geister, Mann und Frau, tun sich zusammen, um alle anderen auf ihrem Weg niederzustrecken. Nachdem niemand mehr übrig ist, den sie bekämpfen können, gehen sie in einem gnadenlosen Duell aufeinander los. Im Krieg gewinnt keiner – vielleicht wollte Laclos das sagen.

Nicht nur auf die Intelligenz vertrauen, manchmal hilft uns ein bisschen Dummheit, die Dinge aus einem neuen Blickwinkel zu betrachten (lesen Sie Bouvard und Pécuchet *von Gustave Flaubert).*

34. Eine Lektion im Schreiben

Ich erinnere mich an eine Freundin, vor etwa dreißig Jahren in New York. Sie führte einen Salon. Jeden Samstagabend trafen sich Schriftsteller, vor allem Dichter, in ihrem Haus. Ihre Tochter musste an diesen Treffen teilnehmen, was sie als äußerst lästig empfand. Sie konnte nicht verstehen, wie man sich derart an Worten berauschen kann. Ich setzte mich neben sie und sie war sehr überrascht, dass ich ihre Meinung teilte. Wir lachten über den bedeutungsschwangeren Ton, die pompöse Poesie. Dichter nehmen sich manchmal etwas zu ernst. Als kämen ihre Verse direkt vom Himmel. Sie nehmen sich aber noch so weit zusammen, dass sie beobachten können, wer redet, während sie deklamieren – und sind den restlichen Abend sauer auf ihn. Da das junge Mädchen nicht gerne las, wollte ich sie in das »straflose Laster« einführen, wie Larbaud es nennt. Ich ließ sie in einer kleinen Erzählung auftreten, die ich die Woche über schrieb – mit ihrem Namen, ihrem Charakter, ihrem Äußeren. Sie begann schmollend wie eine Katze bei Regenwetter zu lesen. Ich machte mir nichts daraus, denn ich weiß, wie empfänglich die Leute dafür sind, sich in einer Fiktion wiederzuentdecken. Sobald sie ihren Namen las, begann sie zu kichern und hörte nicht mehr auf. Am Ende, mit immer noch strahlenden Augen, gab sie zu, sie habe nicht gewusst, dass man einen lebenden Menschen als fiktive Figur darstellen kann. Noch dazu jemanden wie sie, der nicht gerne liest. Sie glaubte, sie wäre aus diesem Universum ausgeschlossen. »Du hast alles genauso beschrieben, wie es neulich war!«, rief sie aus, immer noch völlig erstaunt. »Ich hole gerne die Dinge aus der Luft.« »Alles steht da, es ist wie Magie«, fügte sie hinzu, während sie sich auf das Sofa fallen ließ. All ihre Zurückhaltung war dahin. »Du kannst auch schreiben, was du über diese Leute denkst, die dich seit Jahren so zu Tode langweilen. Damit könntest du dich rächen.« Darauf sagte sie mit einem seltsamen Lächeln: »Ich bin doch keine Schriftstellerin.« »Woher willst du das wissen, wenn du nicht schreibst? Deine Bemerkungen sind häufig sehr treffend. Du brauchst keine schönen Sätze. Schreib einfach deine Meinung auf, am Abend, bevor du ins Bett gehst.« Sie war völlig begeistert von dieser Idee. »Ich habe so viel zu sagen.« »Daran habe ich nie gezweifelt. Schreib gerade heraus, nicht wie diese langweiligen Dichter, die mit Augen voll Hass von Schönheit sprechen.« »Ist Hass erlaubt?« »Unbedingt. Er ist manchmal notwendig, um die Welt aus ihrem Schlaf zu reißen.« Da ich wusste, wie die Sache ausgehen würde, hatte ich ihr ein kleines schwarzes Notizbuch mitgebracht, das sie schnell in ihre Tasche gleiten ließ. Etwas später ging ich auf die Toilette. Als ich zurückkehrte, war sie weg. Sie lästerte in ihrem Zimmer wohl gerade über unsere Clique. Vor allem über mich.

Warten Sie, bis der Appetit kommt, bevor Sie sich wieder an Ihr Manuskript setzen.

35. Für wen schreiben Sie?

Bekanntlich ist dies ein schwieriges Problem, das jede Lesergeneration aufs Neue zu lösen versucht (die Lieblingsfrage von Studenten). Man bezweifelt, dass Autoren schreiben, um sich auszudrücken. Oder um der Sache willen, wie Céline sagt. Am Ende des Abenteuers steht auf jeden Fall ein Leser. Ohne Leser kein Buch. Das Buch ist das Bindeglied zwischen ihm und dem Schriftsteller. Kennen Sie diesen Leser? Keineswegs. Man täuscht sich jedesmal. Beim Schreiben denkt man an eine bestimmte Person, sagt sich, das wäre genau das Richtige für sie, um dann festzustellen, wie sehr man sich geirrt hat. Als ich *L'odeur du café* schrieb, dachte ich, das würde meiner Mutter gefallen, aber sie verlor zu mir nie ein Wort darüber. Dabei hätte das Buch sie aus zwei Gründen interessieren müssen: Es handelt von einer Zeit in meinem Leben, die sie nicht mitbekommen hat, denn ich lebte in meiner Kindheit nicht bei ihr, sondern bei meiner Großmutter. Außerdem handelt es von ihrer Mutter, die sie sehr liebte. Aber kein Wort. Später erkannte ich, dass es ihr damals schlecht ging, weil sie meinte, sie hätte mich im Stich gelassen. In dem frühen Alter weiß man nie, was sich in der Erwachsenenwelt abspielt. An jene Zeit erinnert zu werden, betrübte meine Mutter. Außerdem lieben wir, was anders ist. Ein Mann von Welt vermag sich für eine Halbweltdame zu ruinieren. Die Vorliebe gehorcht nicht unbedingt der Vernunft. Sie schreiben also für einen Leser, aber Sie wissen nicht, wer er ist. Die größte Dummheit ist zu glauben, Menschen mit einer geradlinigen Lebensführung liebten realistische Universen, Mathematiker logische Romane. Oder, was noch schlimmer ist, die Armen läsen gerne Geschichten, die im Detail ihr Elend abbilden. Warum sollte sie das interessieren? Sie leben mittendrin. Ich kannte eine sehr nette, sogar fromme Dame, die stand total auf Marquis de Sade. Meine Mutter.

Ein Schriftsteller arbeitet hauptsächlich dann, wenn er nicht an das denkt, was er gerade schreibt.

36. Das Ungreifbare der Kunst

Hauptsache, man weiß, was man im Leben will. Diesen Satz hört man oft. Es ist etwas Wahres daran. Der Schreiner weiß, wie man einen Tisch baut. Der Sportler trainiert für die Goldmedaille und verkündet es auf allen Kanälen. Wenn Sie einen Mann fragen, ob er Klempner ist, und er gibt zur Antwort endlose Erklärungen ab, werden Sie ihm bestimmt nicht Ihr Badezimmer anvertrauen. Wenn Sie also schreiben, reden Sie bitte nicht um den heißen Brei, sondern sagen frei heraus, Sie sind Schriftsteller. Die Hauptbeschäftigung eines Schriftstellers ist das Schreiben. Bei ihm bezieht sich alles aufs Schreiben. Sagen Sie es also deutlich, wenn einer Sie danach fragt, damit man von etwas anderem reden kann. Die Dame, die Sie in einem Salon fragt, ob Sie Schriftsteller sind, hatte nicht vor, den Abend mit dem Thema zu verbringen. Ich schreibe, aber ich kann nicht sagen, dass ich ein Schriftsteller bin (das fängt schon schlecht an). Warum? Ich weiß nicht, wie man schreibt. Dann sind Sie also ein schlechter Schriftsteller? Nun sind Sie geschockt und gekränkt, dass sie die Sache so direkt anspricht. Sie verstummen. Heißt das, Sie sind ein guter Schriftsteller? Nein. Was sind Sie dann? Ich schreibe, um das herauszufinden. Das hört sich aber kompliziert an, mein Lieber. Glücklicherweise bringt einer das Gespräch auf den Sport.

In sich gekehrt, die Augenbrauen zusammengekniffen, dahinter die kleinen, suchenden Augen einer Wildkatze: ein Schriftsteller, der eine Idee verfolgt.

37. Der Gesang der Welt

Seltsamerweise sagen immer weniger Leute, sie schreiben, um denen ihre Stimme zu leihen, die keine haben (wie Aimé Césaire in *Zurück ins Land der Geburt*). In meiner Jugend war das die erste Antwort auf die beklemmende Frage: Wozu dient Literatur? Die Stimme derer laut werden zu lassen, die sich nur leise äußern, das fand ich spannend (bei uns im Haus lebte eine Tante, die man kaum hörte), wusste damals aber noch nicht, dass auch ein Volk stumm sein kann. Denn der Krach auf der Straße legte mich lahm. Das Kreischen der Marktfrauen übertönte, was ich sagte. Die Streitereien der Nachbarn raubten mir den Schlaf. Der Gesang des Kirchenchors lenkte mich ab. Die Menschen haben sich stets auf die verschiedensten Arten und Weisen ausgedrückt: mit Malerei, Musik und Sprichwörtern, mit improvisiertem Theater auf den Märkten, im witzigen Wortwechsel, im vertrauten Gespräch, mit Tanz, Folklore, Karneval, Sex, mit Schimpftiraden, Lachen, Tränen und Obszönitäten. All das läuft auf ein Wort hinaus: Kultur. Kultur wächst aus der Erde. Das gilt für die Pflanzen wie für die Menschen. Und das unaufhörliche Summen, das um den Erdball läuft, ist wirklich der Gesang der Welt.

War Césaire bewusst, dass das Bändchen[14] *in seiner Hand in Wirklichkeit eine Fackel war, geeignet, den Weg zu beleuchten oder eine Plantage der Kolonialherren in Brand zu stecken?*

38. Eine einzigartige Stimme

Indem man sich selbst so ehrlich beschreibt wie möglich, gelingt es einem, andere zu beschreiben. Vor allem die der eigenen Generation. Das ist keine Nabelschau, es zeigt, wie wir uns in der Gemeinschaft verhalten. All die Jahre haben wir uns selbst analysiert. Diese Erfahrung sollte mitspielen, wenn wir das Leben beschreiben wollen, wie es ist. Kaum fangen wir an zu erzählen, was wir erlebt haben, schon heben Tausende die Hand, dass es ihnen genauso ergangen ist. Wie ist zu erklären, dass Leute, die sich eben in uns erkannt haben, sich gleich wieder abgrenzen wollen? Wir spüren, was uns mit der Gruppe verbindet, verlieren unsere Besonderheit aber nie aus den Augen. Über und für das Volk zu schreiben bedeutet, dass man dieses Volk um seinen Lesestoff bringt. Es wird zum Thema gemacht. Öffnen Sie ihm ein Fenster zur Welt, damit es sich für etwas interessieren kann außer der eigenen Realität. Sie lesen auch manchmal, um abzuschalten. Das gleiche gilt für die anderen. Ich glaube, der Moment ist gekommen, ernsthaft über die grundsätzliche Frage nachzudenken: Für wen schreiben Sie? Es wäre nicht verwunderlich, wenn dies über die Wahl der Themen entscheidet. Bekanntlich gibt es Themen, die gewisse Leute berühren, während sie andere kalt lassen. Wenn wir eine so ernste Frage nicht ehrlich beantworten, werden wir womöglich lange in der Lüge stecken bleiben. In dieser Literatur voller Selbstbetrug, etwa wenn so getan wird, als wüssten wir, wer uns liest, wie wenn wir darüber bestimmen könnten. Der Beruf des Schriftstellers bedeutet schon Verantwortung genug, warum ihm noch diese aufbürden? Wir schreiben möglichst aufrichtig über uns, das bringt uns den anderen wirklich nah. Ich sehe keinen Sinn in einer Literatur, die nur auf Manipulation aus ist. In der vorhersehbar ist, was passiert. Natürlich ist mir die soziale Verantwortung bewusst. Andere Gattungen sind dafür besser geeignet: der Essay, eine politische Schrift, die Parteizeitung, ein Flugblatt. Nicht aber die Kunst, die noch einen Rest Geheimnis braucht. Sie ist wie eine unberührte Insel der Emotionen, von denen der Autor nicht weiß, wie weit sie ihn treiben werden. Es kommt auch manchmal vor, dass die einzelne Stimme in den allgemeinen Gesang einfällt und zu einer von vielen wird.

Wenn Sie sich für einen besseren Leser halten, warum lesen Sie nicht, statt zu schreiben? Sie verpassen nichts, denn wichtig ist nur das Buch, das haben Sie in beiden Fällen.

39. Die Droge

Freunde haben mich eingeladen, eine Nacht mit ihnen am See zu verbringen. Wir baden, essen, reden. Die Sonne gleitet langsam hinter die sanft gerundeten Hügel. Ich schaue ihr mit einem Glas Rotwein dabei zu. Von einem Schwarm Stechmücken verfolgt, beenden wir das Abendessen im Haus. Gespräche im schwindenden Licht des Wohnzimmers. Ein letzter Kopfsprung ins Wasser. Wir schwimmen nackt in der Dunkelheit. Ich schlafe tief in einem schmalen Zimmer. Beim Erwachen möchte ich schreiben. Kein Papier, kein Stift auf dem kleinen Nachttisch. Der Wind bringt die großen grünen Kiefern leicht ins Schwingen. Das Plätschern des Wassers. Nichts kann meinen Hunger nach Buchstaben stillen. Wir frühstücken in der Sonne. Ich werde ruhiger. Wir reden und meiden das Thema Literatur. Das ist nicht leicht für Schriftsteller. Wir schauen über den mittäglich stillen See, erinnern uns gegenseitig an die Landschaftsbeschreibungen, die wir in der Ungeduld der Jugend so zum Gähnen fanden. Ein Tintenleben. Wir sprechen von der Natur, es schläfert mich ein.

Ich bin hierhergekommen, um vor der Literatur zu fliehen, und nach zwei Tagen bin ich schon auf Entzug. Mein einziger Gedanke ist, nach Hause zu kommen, um mich wieder an meine Schreibmaschine zu setzen.

Die Gewohnheit übt den allergrößten Einfluss auf uns aus, es ist besser, mit ihr als gegen sie zu arbeiten.

40. Lesen, lesen, lesen

Wir haben mit Lesen angefangen, vor dem Schreiben. Nicht jeder Leser muss schreiben. Aber jeder Schriftsteller ist zunächst Leser. Weil er so gerne las, wollte er schreiben. Er schreibt immer noch vor allem, um zu lesen. Denn wir schreiben Bücher, die wir gerne lesen möchten, aber nicht finden können. Die Lektüre wird von den Autoren unterschiedlich bewertet. Manche Schriftsteller betrachten ihre Bibliothek mit einem gewissen Misstrauen, sobald sie beginnen, einen Roman zu schreiben. Sie befürchten, eine Geschichte, die sie jüngst gelesen haben, noch einmal zu schreiben. Sie fürchten, unter Nachahmungszwang zu leiden. Das erzeugt Panik. Doch wenn man weiß, dass seit dem Beginn der Literatur immer wieder dieselbe Geschichte erzählt wird (mit ein paar Varianten), dürfen Wiederholungen nicht verwundern. Es gibt sehr wenig wirklich Neues. Das Neue an Ihrer Geschichte ist, dass sie durch Ihre Sensibilität geprägt wurde. Sie sind nicht nur ein Individuum, Sie verkörpern auch eine bestimmte Zeit. Schließlich gibt es die anderen, ich bezeichne sie die lesenden Autoren, unter ihnen ist Borges der berühmteste. Er verfügt über die schwierige Kunst, die man als »wundersame Gelehrsamkeit« bezeichnen könnte. Er taucht in die Bibliothek wie in das Meer und bringt Goldkörner an die Oberfläche, die Dante, Coleridge, Quevedo, Cervantes, Whitman, Wilde, Chesterton (einer seiner Favoriten), De Quincey, Kafka, Keats, Layamon und natürlich Shakespeare heißen. Porträts dieser Autoren finden wir in seinen brillanten *Inquisitionen*[15] 1937-1952. Borges berichtet, er sei eines Tages in die Bibliothek seines Vaters gegangen und nie mehr herausgekommen. Seine Bücher wimmeln von Namen anderer Schriftsteller, von Reflexionen über die auf seinem Nachttisch gestapelten Bücher. Das Erstaunliche, dieser unermüdliche Leser ist blind – es sind immer die Freunde, die ihm vorlesen. Er hat mir die Engländer nahegebracht. Durch ihn habe ich *Vathek* von William Beckford und *Biathanatos* von John Donne entdeckt. Und die argentinischen Schriftsteller (Borges selbst ist Argentinier, er wurde 1899 in Buenos Aires geboren) wie Lugones (der Nationaldichter) und Hernandez (von ihm stammt *Der Gaucho Martin Fierro*[16], das berühmteste argentinische Gedicht). Ist er ein Leser, der schreibt, oder ein Schriftsteller, der liest? Jedenfalls blieb er auch als Autor der idealtypische Leser. Ich träume immer davon, dass er in Form eines Buches wieder zu uns zurückkehrt (er starb 1986). Einem jungen Schriftsteller empfehle ich, vor allem die Klassiker zu lesen, ohne aus den Augen zu verlieren, was um ihn herum vorgeht. Nur auf diese Weise bildet sich der Geschmack. Unglücklicherweise werden Bücher oft nur scheinbar gelesen. Ein Blick hinein, um zu sehen, wovon es handelt. Das genügt nicht. Das wichtigste ist der Stil. Zu sehen, wie Horaz komplizierte Gedanken in wenige Worte fasst. Wie Homer mit beiden Beinen fest auf der Erde steht – man sieht den hungrigen Odysseus auf der Suche nach etwas, das er sich zwischen die Zähne schieben kann. Bei diesen Schriftstellern finden wir moderne Gedanken und Verhaltensweisen. Mit Seneca lernen wir zu denken, bevor wir schreiben. Tacitus lehrt uns, unsere Zeit besser zu verstehen. Aber man muss sie lesen. Ich erinnere mich, eines Tages wollte ich mir endlich Klarheit über sie verschaffen. Der Sommer begann, ich kaufte mir zwei Dutzend Bücher von Schriftstellern aus der Antike – sie sind billiger als die anderen (schlechte Bücher sind immer zu teuer) und brachte sie nach Hause wie eine Meute streunender Hunde. Mich hungerte nach solidem Futter. Ich bin ins Badezimmer gegangen und habe es den ganzen Sommer nicht verlassen. Horaz war mein Favorit. Ich fand Vergil vollendet – das ist auch die Meinung von Borges. Übrigens empfehle ich zum Thema der Lektüre einen kurzen Text von Proust *Sur la lecture – Tage des Lesens*[17], es ist das Vorwort zu einem Buch von John Ruskin. Er schreibt, dass die mit Lesen verbrachte Zeit dem Leben nicht abgeht. Es seien die denkwürdigsten Momente der Kindheit. Nicht zu vergessen, das wichtigste daran ist das Vergnügen.

Dass ein Kapitel gut ist, merkt man daran, dass man aufsteht und pissen geht, wenn man es beendet hat.

41. Die Bibliothek

Der Schriftsteller wird oft gefragt, woher er kommt. Jeder Mensch ist in einem Land geboren und er kann sich das Land wählen, in dem er als Bürger leben will. Beim Schriftsteller ist das komplizierter. Er hat zunächst den Ort, wo er die ersten Jahre seiner Kindheit verbracht hat. Für viele Schriftsteller ist die Kindheit ein idealer Ort. Manchmal verstehen wir die Themenwahl eines Autors besser, wenn wir herausfinden, ob er eine glückliche oder unglückliche Kindheit hatte. Die Kindheit entscheidet häufig über das restliche Leben. Für den Schriftsteller gibt es außerdem das Land ohne Einwanderungsbehörde, in das er fliehen kann, wenn es ihm schlecht geht. Richard Brautigan hat einen interessanten Roman geschrieben[18] über einen heruntergekommenen Privatdetektiv (er muss sich einen Revolver borgen), der sich vollends ruiniert, weil er zu viel Zeit in Babylon verbringt. Manchmal flüchtet er mitten in einem Fall dorthin. Babylon ist der Ort, wohin wir fliehen, wenn alles schiefgeht. Wenn wir uns an manchen Nachmittagen in der Schule langweilten, dann flüchteten wir nach Babylon. Wir lernen einen Schriftsteller am besten über seine Bibliothek kennen – sie braucht gar nicht groß zu sein. Ab wieviel Büchern sprechen wir von einer Bibliothek? Ab zehn Büchern. Genau so viele standen auf dem kleinen Regal über meinem Kopf im Haus von Petit-Goâve. Sie sind es, die meine Sensibilität als Autor formten. Ich las gerne auf dem Rücken liegend in dem kleinen Bett, das unter dem Wandschrank mit den Kleidern stand. Bereits mit neun Jahren las ich wie ein Schriftsteller, weil ich mich ängstlich fragte, wie der Autor das machte. Man muss die Geschichte verlassen, um sich zu fragen, wie es dem Autor gelingt, dass man seit drei Stunden diesen Sturm durchlebt. Das Wasser strömt in den Schiffsbauch. Der Kapitän bellt seine Befehle auf der Brücke. Ich höre alles. Ich sehe alles. Ich erlebe alles mit. Wie macht er das nur? Diese Frage hat über meinen Beruf bestimmt. Ich wurde Schriftsteller beim Lesen eines Buchs. Weil ich mich fragte, mit welchem Zaubertrick schafft er es, mich glauben zu lassen, ein Seemann in einer Sturmnacht zu sein, obwohl es Mittag ist und ich in Port-au-Prince bin? – In dem Moment wollte ich das gleiche wie Kipling werden. Das Buch hatte den Titel *Über Bord.*[19]

Wenn Sie sich das fünfte Glas Rum einschenken, ein weiteres Mal ans Fenster gehen, um die Leute, die draußen vorbeigehen zu betrachten, wird das ein langer unproduktiver Tag.

42. Etwas liegt in der Luft

Diese Sache hat sich in mir entwickelt wie eine Kletterpflanze, die mir fast das Herz abschnürt. Seit dem Abend, als ich mir beim Tippen des ersten Satzes sagte: »Jetzt geht's los«, hat es nicht aufgehört. Einmal habe ich versucht, die Fahrt anzuhalten, vergebens. Es ging nur noch viel heftiger weiter. Wie wenn man versucht, einen Sturzbach mit einer zu schwachen Staumauer aufzuhalten. Ich werde oft gefragt: »Wann wurdest du zum Schriftsteller?« Das weiß man nicht. Ich glaube man wird es nicht, man ist dazu geboren. Nach meiner Meinung ist das kein Beruf. Es ist eine Lebenseinstellung. Wie manche Gewichte heben, um ihren Körper fit zu machen, stemmen andere Gedanken und Emotionen, damit ihr Geist nicht verkümmert. Doch das reicht nicht zum Schriftsteller, wie Gewichte heben noch keinen Supersportler ausmacht. Es gibt Leute, die gute Bücher schreiben, aber keine echten Schriftsteller sind; genauso wie manche ungeschickte Bücher schreiben und doch echte Schriftsteller sind. Sie sind nicht schlecht, nur ungeschickt. Die Unbeholfenheit ist eine trunkene Kraft, man sollte sie nicht durch zu viel Geschicklichkeit zu kontrollieren versuchen. Geschicklichkeit ist erlernbar. Es bringt nichts, in den dunklen Brunnenschacht hinabzusteigen, um das Goldstück heraufzuholen, wenn es dort nicht liegt. Vielleicht täuscht man sich, aber es ist schwer verständlich, warum man, im Gegensatz zu den vielen schlechten Tagen, an einem Tag plötzlich den Eindruck hat, man wäre besessen. Man wäre nicht allein. So ein Gefühl, dass einem diese Geschichte nicht zufällig in den Sinn kam. Wie wenn es Gedanken gäbe, die ähnlich wie Gefühle einen Geist suchen, um ihn in Besitz zu nehmen. Wie ist es anders erklärlich, dass einen nach einem halben Tag Flaute diese nicht abreißende Flut funkelnder Bilder ergreift? Wie ein Fieber. Man versucht, sich nicht zu rühren. Und mit einmal steht man in einer Reihe mit den vielen Schriftstellern, die seit Anbeginn der Zeiten etwas auszudrücken versuchen, das die anderen nicht verstehen. Obwohl sie eine verständliche Sprache benutzen. Wozu also dieses Buch, wenn es nichts zu lernen gibt? Es spart Zeit und damit Energie, wenn man ohne Vorgeplänkel mit dem Schreiben beginnt. Es lässt sich außerdem lesen wie ein Kriegstagebuch. Schreiben ist ein Krieg, bei dem der Gegner unsichtbar bleibt.

Das Schuldgefühl, das Sie seit drei Tagen mit sich herumschleppen, weil Sie keine Zeile geschrieben haben, ist der Funke, durch den die Maschine wieder anspringen wird.

43. Der Weg

Eine Frau um die Sechzig schreibt mir, sie habe soeben ein Buch verfasst und sie erbitte sich meine Meinung, dazu »vielleicht ein kleines Vorwort«. Ein »kleines«; weil sie meine Zeit nicht zu sehr beanspruchen will. Ich erkenne in ihr eine zugleich schüchterne und bestimmte Person. Sie hat sicher Monate gebraucht, um sich zu diesem Brief durchzuringen. Eines Tages hat sie sich endlich hingesetzt und ihn geschrieben, sie kannte nicht mal meine Adresse, denn sie hat ihn an den Verlag geschickt. Jeder Schriftsteller kennt solche Briefe. Trotzdem, ihr Mut rührt mich an. Sie möchte meine Meinung zu ihrem Buch (»zu der Sache, die ihr auf der Welt am meisten bedeutet«), denn sie liebt meine Bücher. Sie vertraut darauf, dass ich mit meiner Sensibilität sie verstehen werde. Muss ich erklären, dass der Schriftsteller ein anderer ist als der Leser, sogar wenn beide im gleichen Geist und Gemüt zusammenleben? Wir mögen nicht unbedingt die Bücher, die scheinbar wie für uns geschaffen sind. Häufig stimmt sogar das Gegenteil. Es erstaunt mich immer, wenn jemand zu einem anderen sagt, um ihn von einem Buch zu überzeugen: »Es ist wie für dich geschrieben. Die Hauptfigur ist dein Zwilling. Als ich es las, meinte ich die ganze Zeit, ich hörte dich reden.« Wer will sich schon selbst über so viele Seiten reden hören? Borges widerspricht in seiner Definition des Freundes der Idee eines Alter Ego: »… denn ein Freund ist kein zweites Ich. Wäre er ein zweites Ich, so wäre das sehr monoton, er muss eine Person mit eigenen Charakterzügen sein.«[20] Ich verehre Borges, aber ich möchte nicht so schreiben wie er. Außerdem übersteigt das meine Fähigkeiten. Hätte ich die Kühnheit besessen, eines meiner Manuskripte an ihn zu schicken, um sein Urteil zu hören? Niemals. Aus zwei Gründen: Erstens ist er blind (jede Lektüre kostet ihn viel Zeit), außerdem fliegt Borges meiner Meinung mit großen Schwüngen weit über unseren Köpfen (das hat Dante über Homer gesagt[21]). Ich habe weder das Talent noch die Kraft, ihn dort in den Lüften einzuholen. Mir wird manchmal schon zehn Meter über dem Boden schwindelig. Also bastele ich an meinen Sachen, in einem Winkel, wo mich keiner sieht, und begnüge mich mit der Freude, die mir die Lektüre seiner Bücher bereitet. Da sie mit einer so großzügigen Haltung geschrieben sind, beantworten sie alle meine Fragen zur Genüge. Der blinde Alte hat sein ganzes Leben unaufhörlich die Neugierde der Feuilletonisten befriedigt (und viele Bücher mit Gesprächen veröffentlicht), warum soll ich ihn noch persönlich nerven? Wegen meines Kults um seine Person? Um mir vorstellen zu können, dass er jetzt vielleicht gerade meinen Text liest? Ich hätte zu große Angst, ihn auf seinem Weg aufzuhalten. Ein Gedicht aus der Trilogie von Magloire-Saint-Aude (*Dialogue de mes lampes, suivi de Tabou et de Déchu*) endet mit dem Satz: »Guten Weg, Pilger!« Das sollten wir allen wünschen, die wir lieben.

Sie haben es schon bemerkt, die Leute grüßen nicht mehr in den Büchern, man sagt nicht mehr »Guten Tag«, »Guten Abend«, »Auf Wiedersehen«, aus Angst, der Fortgang der Handlung könnte behindert werden.

44. Das Begehren

Das Begehren bedeutet nicht immer Lust auf Sex. Es ist manchmal der starke, das Buch durchziehende Strom, der den Leser mitreißt. Diese Energie kann unmerklich, sogar kaum spürbar sein, und doch zieht sie den Leser in ihren Bann. Und sie kann völlig unerwartet wieder an Stärke gewinnen. Zuweilen sieht sich der Leser plötzlich von einer ruhigen Landschaftsbeschreibung gefesselt. Denn er spürt, dass diese langgezogenen Sätze, die nicht aufhören wollen, gedehnt wie schläfrige Boas bis in die letzte Zeile, sinnlich aufgeladen sind. Es genügt die leiseste sexuelle Andeutung und die Seite fängt Feuer.

Werfen Sie nichts weg, vielleicht taugt es nicht für dieses Buch, aber für ein nächstes. Balzac hat es so gehalten. Es ist amüsant, wie Leute einen berühmten Namen in die Runde werfen, um etwas Banales zu untermauern. Hat Balzac auch gepisst?

45. Warum erzählen?

Warum wollen wir überhaupt eine Geschichte erzählen? Woher kommt diese Manie, unzusammenhängende Ereignisse aus dem Alltagsleben so zu manipulieren, dass daraus eine kohärente Erzählung wird? Wir wollen Ordnung in eine Welt bringen, die uns ziemlich ungeordnet erscheint. Wir wissen eigentlich nichts über die Entstehung des Universums und überhaupt nichts über sein letztes Ziel (weder Darwin noch Jesus helfen da weiter). Wir versuchen die ganze Zeit Rätsel zu entschlüsseln, die nur zu weiteren Rätseln führen. Gehen wir dort einen Schritt vor, geht es woanders einen zurück, »denn wenn die Medizin einen Fortschritt macht, tut es die Krankheit ebenfalls«. Zwar hat die Wissenschaft etwas Licht in diese undurchsichtige Geschichte gebracht, aber vieles bleibt uns schleierhaft. Man fragt sich, wie das Herz, das doch das Blut durch den ganzen Körper pumpt (ein sehr beschäftigtes Organ), noch Zeit findet, beim Anblick eines gelben Kleides so heftig zu pochen. Das Geheimnis des Märchens liegt vielleicht gar nicht in seinem Inhalt, sondern wie es erzählt wird. Wem es gelingt, uns nur mit einfachen Worten glauben zu machen, das, was er erzählt, sei die Realität, wird nach einem Ausspruch von Malraux »zu einem Rivalen Gottes«. Das Problem ist, dass das Leben weniger Regeln zu haben scheint und mehr Überraschungen bietet als die Literatur. Anders gesagt, das Leben ist häufig noch unberechenbarer als der Roman. Aber die Frage stellt sich uns auch im Alltag auf der Straße, warum bereitet es diesem Mann so viel Spaß, uns eine banale Geschichte zu erzählen, die er gerade erlebt hat? Hofft die Frau wirklich, dass ihr Leben zu einem Roman wird? Und warum verlangt das Kind vor dem Einschlafen häufig dieselbe Geschichte? Und zu guter Letzt, warum wird weiter geschrieben, obwohl die Buchläden und Bibliotheken voll sind mit Büchern, die keiner liest? Was hat diese Leidenschaft für einen Sinn? Viele Fragen, auf die es vielleicht nie eine Antwort geben wird. Die französischen Surrealisten trafen sich regelmäßig in einem Pariser Café. Ein Mann, der dort immer an der Theke steht, zeigt sich an ihren Diskussionen höchst interessiert. Einer der Dichter geht ärgerlich zu ihm hin und fragt (ich zitiere aus dem Gedächtnis): »Warum verfolgen Sie uns? Sind Sie von der Polizei?« Etwas verdutzt antwortet er: »Nein, ich verstehe einfach nicht Ihre Leidenschaft für das Schreiben. Warum schreiben Sie?« Die Surrealisten fanden das amüsant und schickten diese Frage an alle Schriftsteller, die sie kannten. Die meisten versuchten sie ganz persönlich zu beantworten, als hätte sie sich nur auf ihre Alltagsrealität bezogen. Nach meiner Auffassung hinterfragt sie aber vielmehr das Schreiben, falls es etwas taugt, als die Persönlichkeit des Schriftstellers. Für Burroughs verkauft man nicht die Droge an den Süchtigen, sondern vielmehr den Süchtigen an die Droge. Kaiser Hadrian sagte einmal: »Die Sache beliebt zu passieren«, er schrieb damit der nicht näher bezeichneten Sache ein Eigenleben zu. Das Erdbeben auf Haiti hieß, sofort nachdem es passiert war, in den Armenvierteln von Port-au-Prince »die Sache«. Wir fragen immer gern nach dem Warum, selbst wenn wir wissen, dass es darauf keine Antwort gibt. Etwas bescheidener bevorzuge ich hier das »Wie« der Erzählung, auch wenn es nicht mehr erklärt. Vielleicht muss man nur darauf warten, dass die Sache passiert.

Es kommt der Moment beim Lesen eines spannenden Buches, wo wir heftig den Kopf schütteln und sagen: »Das kann ich auch!«

46. Der Kritiker in uns

Die Person, vor der wir uns wirklich hüten müssen, ist der Kritiker. In uns selbst. Er ist ein streitlustiger Leser. Er kennt Hunderte Bücher. Und hat zu jedem eine Meinung. Seine Kritik ist oft voreilig, dennoch ist er von ihr überzeugt. Er ist gewohnt, die Größten zu beurteilen. Unwiderruflich. Irgendwann fand er *Madame Bovary* langweilig. Aber es ist ihm nichts passiert. Es kam keine Polizei. Er bekam nicht einmal einen Strafzettel. Sein Leben ging weiter, als wäre nichts geschehen. Darauf erkühnte er sich, die *Ilias* zu kritisieren, sie habe zu viele Stars auf jeder Seite und zwischen ihren Lebensläufen (Achill, Hektor, Helena, die ganze Bande) werde zu wenig erzählt. Mehr ein Telefonbuch als ein Schmöker. Offenbar spricht dieser Kritiker mit jedem von gleich zu gleich. Da begegnet ihm ein Grünschnabel. Er selbst. Natürlich kann dieser junge angehende Autor gegen so einen strengen Kritiker nichts ausrichten. So einer drückt kein Auge zu oder hört mal weg. Der kennt kein Mitgefühl. Was tun, wenn man sich selbst zum Fraß vorgeworfen wird? Es ist das Schicksal des Schriftstellers, als Genie zu Bett zu gehen – um sich eine schlaflose Nacht zu ersparen, hat er die Arbeit des Tages nicht durchgelesen – und als jämmerlicher Schreiberling wieder aufzustehen. Häufig zerreißt er am Morgen, was er am Abend geschrieben hat. Alles ist immer wertlos – das Auf und Ab der Stimmungen eines Autors im Schreibprozess ist bekannt. Auch wenn es ihm so vorkommt, es gibt keinen Grund, in einem Wutanfall alles zu zerstören. Es ist vielleicht schlecht geschrieben, bestimmt sogar, aber es gibt die Möglichkeit der Überarbeitung, um die in diesem Wust versteckte Emotion zu finden. Hinter der Wut steckt viel Eitelkeit. Er muss sich erst mal beruhigen. Das Problem ist, er hielt sich für besser als er ist. Aber das ist nicht das einzige. Es liegt an der Überdosis Klassiker. Die Giganten, die er früher viel gelesen und allzu heftig kritisiert hat, üben jetzt Rache. In ihrem Halbdunkel lachen sie sich schief, wie die Götter auf dem Olymp sich über die Missgeschicke von Odysseus mokieren. Wo liegt das Problem? Wir haben die klassischen Autoren einfach nie bei der Arbeit gesehen. Wir wissen nicht, ob sie Höhen und Tiefen kannten. Ich würde gerne zuhören, wie Vergil seinem Kumpel Horaz über seine Schwierigkeiten mit der *Aeneis* berichtet. Ich lauschte gerne einem Gespräch zwischen Gogol und Puschkin über ihre Rezepte – Gogol gibt an, Puschkin habe ihm das Thema der *Toten Seelen* gesteckt. Liebend gern würde ich Tolstoi und Tschechow sogar beobachten, wenn sie gar nicht reden. Was können wir unserem jungen Schriftsteller in seiner Verzweiflung raten? Wir sagen ihm zuerst, dass alle das durchgemacht haben. Außerdem soll er den Entwurf lieber aufbewahren, denn vielleicht wird er gegen Ende seines Lebens darin Erstaunliches entdecken. Nämlich, dass er diesen ersten Text bei jedem Werk mit mehr Talent wieder aufgenommen hat. Es ist immer der eine Rahmen, an dem wir unser Leben lang weiter sticken. Mit der Zeit werden wir wohl Erfahrung hinzugewinnen – das ist noch nicht Qualität. Wir verlieren auch an Frische. Man muss nur dranbleiben, dann wird es mit viel Zeit und Energie zu einem Ergebnis führen. Denn unter dem Wust der hohlen Worte und Phrasen, die hauptsächlich unserer Lektüre entlehnt sind, pocht das Herz des Werkes. Wir haben dreißig oder vierzig Jahre, um es aufzuspüren. Die Arbeit von fleißigen Ameisen. Auf Sie warten schlaflose Nächte. Bewahren Sie diesen ersten Text auf, in vierzig Jahren staunen Sie, was alles in ihm steckt. Sie haben all die Jahre nur diese dreißig holprigen Seiten verbessert, die Sie verworfen hatten. Sie dürfen keinesfalls auf den Kritiker in Ihnen hören, er hat zu viel gelesen, er ist zu stark, zu unerbittlich für einen jungen Autor, der flügge werden will. Stopfen Sie ihm das Maul. Verschließen Sie die Ohren und verfolgen Sie weiter Ihr Ziel. So haben es alle vor Ihnen versucht. Schriftsteller zu sein bedeutet zuerst, einen unerbittlichen Kritiker zu besiegen. Er ist Ihr erster und gefährlichster Gegner.

Finden Sie es normal, dass Sie sich einen ganzen Sommer lang in einem glutheißen Zimmer einschließen, um einen Essay über das Begehren zu verfassen, während auf der Straße die Sinne explodieren? Nun, einer muss die Arbeit machen.

47. Die Adjektive

Bloß nicht zu viele Adjektive (ein teures Gewürz). Ist ein Leintuch schon weiß, muss nicht hinzugefügt werden, dass es auch noch leuchtend ist. Je mehr Attribute Sie verwenden, um so weniger glaubt man Ihnen. Lügner, die übertreiben, sind schnell entlarvt. Zu viele Argumente erregen Verdacht. Zeigen Sie lieber, dass Sie dem Bedeutung beimessen, was Sie sagen. Lassen Sie zwischen zwei langen Sätzen einen kurzen einfließen. Für den Rhythmus. Nichts ist schlimmer, als wenn wir im Zirkus um den Trapezkünstler zittern müssen. Er muss als erstes dem Publikum zeigen, dass er die Gefahr meistert. Wir bewundern immer Leute, die ihre Mittel sparsam einsetzen. Wer über viele verfügt, der fasst sich kurz. Er muss nicht überzeugen, man sieht, dass er recht hat. Aber seien Sie auch nicht zu geizig. Der Leser braucht Raum, um in das Buch hineinzuschlüpfen. Ist es nicht zugänglich, bleibt er vor der Tür. Noch schwieriger wird es, wenn zu viel hineingepackt ist. Nehmen Sie eine Machete und hauen Sie, ohne hinzuschauen, einen Weg durch dieses Dickicht. Streichen Sie jedes zweite Adjektiv. Schon blicken Sie besser durch. Vermeiden Sie es auch, immer das passende Adjektiv zu verwenden. Das wirkt zu glatt. Nichts ist schlimmer als eine Form ohne Überraschung. Ich bekomme Manuskripte zugeschickt, denen sieht man den Grammatiklehrer an. Lieber im Garten ein paar unbekannte Pflanzen übrig lassen – sonst wird es langweilig wie bei den Dichterlesungen meiner New Yorker Freundin. Das alles ist schwierig, aber wenn wir lang genug suchen, finden wir das richtige Maß. Das unablässige Bemühen darum, die Sache richtig auszudrücken, ergibt, zusammen mit der Arbeit an der notwendigen Balance, den Stil. Wenn man nichts findet, wenn alles farblos bleibt, wenn nichts aufblitzt, dann sollten Sie zur Lektüre zurückkehren – Sie sind vielleicht besser darin, Dante zu beurteilen, als selbst zu schreiben. Ein guter Leser zu sein ist höchst ehrenvoll, wissen Sie. Die echten Leser werden immer seltener. Und wir hören es gerne, wenn ein Konkurrent sich wieder der Lektüre zugewandt hat.

Schlagen Sie irgend ein Buch aus Ihrer Sammlung auf, entnehmen Sie nur einen einzigen Satz, der Ihnen gefällt, und setzen Sie ihn, so wie er ist, in Ihr Buch. Dieses Verfahren heißt: »Die Reichen sollen auch bezahlen.«

48. Die Wahrscheinlichkeit

Was im Leben geschieht und was in den Büchern steht, ist nicht zu verwechseln. Es liegt nah beieinander, aber wenn man genau hinsieht, sind es zwei Welten mit eigenen Codes. Wir bekommen die Realität nie zu fassen. In dem Moment, wo wir sie zu beherrschen scheinen, passiert ein Unfall. Außerdem sind wir nicht allein. Da sind auch noch die anderen, die in unser Leben hineinschneien. Ich habe den Verdacht, wir haben über die Erzählung, die wir gerade schreiben, mehr Kontrolle als über unser eigenes Leben. Natürlich gibt es auch beim Schreiben Überraschungen, aber sie haben bedeutend weniger Gewicht als die Wechselfälle, die uns in der Realität bedrohen. In einem Satz ist alles künstlich: die Buchstaben des Alphabets ebenso wie die Grammatik. Mit diesen Mitteln sollen wir das pulsierende Leben schildern. Wenn ein Leser Ihnen sagt, er glaube nicht an Ihre Geschichte, antworten Sie ihm nicht: »Aber das ist wirklich passiert!« Denn es ist nicht die Wirklichkeit, es ist Literatur: Das Wahrscheinliche ist noch lange nicht wahr. Ihre Arbeit besteht darin, das Universum glaubhaft werden zu lassen, das durch den Filter Ihrer Empfindungen gegangen ist. Wir schreiben mit Worten, nicht mit Taten. Wir können diesen Mangel durch Bilder, Metaphern, Vergleiche zudecken. Mit einer gewissen Erfahrung und Technik sind auch ein paar Phantastereien unterzubringen. Aber besser ist, am Anfang der Geschichte bei einem ruhigen, bescheidenen Ton zu bleiben, fangen Sie bloß nicht mit Ihren Phantastereien an, sonst rennt Ihnen der Leser weg. Weichen Sie nicht zu oft vom Weg ab, den Sie selbst gesteckt haben. Die innere Logik der Erzählung könnte darunter leiden. Es ist möglich, so wie alles möglich ist, aber es verlangt ein Geschick, über das ein Anfänger nicht immer verfügt. Versuchen Sie vor allem nicht, die Realität zu kopieren.

Das Kind, das sein rosa Telefon hinwirft, sobald es ein echtes sieht, scheint etwas zu wissen, was vielen Schriftstellern entgeht.

49. Der Humor

Wir möchten die Leute gerne zum Lachen bringen. Wir meinen, wenn der Leser schmunzelt, packen wir ihn. Wenn er lacht, haben wir ihn im Sack. Wir wollen ihn bei Laune halten. Aber das Lachen ist nicht alles. Manchmal lacht man bei der Lektüre eines Buchs von Anfang bis zum Ende und hält es dennoch für schwach. Dasselbe gilt für die Tränen. Wenn der Leser den Mechanismus spürt, wirkt er nicht. Es muss noch etwas ins Spiel kommen, das nicht zu greifen ist. Manche meinen, um amüsant zu sein, müssten sie einen Witz erzählen. Doch damit der Humor wirkt, muss er im Text mitschwingen. Manche Autoren verführen zum Lachen, obwohl es nichts zu lachen gibt. Sie benutzen eine besondere Sprache und liegen stets ein wenig daneben. Man beginnt zu schmunzeln und es endet im Gelächter. Es gibt aber Leser, die nicht einfach über jemand lachen wollen – er soll ihnen dazu noch sympathisch sein. Ich hatte einen Freund, der die Leute unfreiwillig erheiterte. Da er nicht begiff, warum sie so laut lachten, löste er neues Gelächter aus. Seine Naivität bezauberte die Frauen. Sich selbst zum Gespött zu machen, ist sehr wirkungsvoll: es verführt zum Schmunzeln und verrät zugleich viel über die Person. Woody Allen ist darin ein Meister – *Annie Hall*, sein bester Film, ist ein Meisterwerk der milden Selbstironie. In der Literatur entspricht ihm nur Philip Roth – nie habe ich so viel gelacht wie bei der Lektüre von *Portnoys Beschwerden*. Die Ironie ist eine Tretmine, die Ihnen jeden Moment um die Ohren fliegen kann. Wenn Sie sich zu sehr über einen Schwächeren belustigen, wird der Leser sich auf seine Seite schlagen. Denn der Gebrauch der Ironie zeugt von überlegener Intelligenz und von einem entsprechenden Selbstbewusstsein. Sie ist eine ebenso gefährliche Waffe wie ein Revolver, Sie sollten sie daher nicht zu oft einsetzen. Es kommt auf die Dosierung an. Die Ironie wird auch häufig gegen eine stärkere Macht angewendet. In gewissen armen Ländern, wo die verdeckte Kritik der letzte Freiraum ist, kommt Ironie viel zum Einsatz. Sie ist umso wirkungsvoller, da der Schreiber damit sein Leben aufs Spiel setzt. Das Bewusstsein einer Gefahr verleiht ihr eine zusätzliche Kraft. Als Beispiel sei hier der wundervolle Roman von Michail Bulgakow *Der Meister und Margarita* genannt. Er mokiert sich über Stalin, aber so gut versteckt zwischen den Zeilen, dass der Diktator das Buch nicht verschwinden lassen konnte. Auch wenn der Roman erst nach seinem Tod erschien, stellen wir uns vor, wie Bulgakow schmunzelte bei dem Gedanken, dass die russische Macht sich eines Buchs nicht erwehren konnte. Es war, als ob Bulgakow sich selbst vervielfältigte (das Buch zirkulierte in vielen Tausend Exemplaren) und damit unangreifbar wurde. Es gibt ein eigenes Genre für Schriftsteller unter der Diktatur: die Ironie über den Tod hinaus.

Wir müssen nicht unbedingt in der gleichen Stimmung sein wie unser Manuskript. Sie sind heute Morgen vielleicht gut gelaunt, das Kapitel, an dem Sie schreiben, muss trotzdem nicht lustig sein.

50. Der Blickwinkel

Eine linear erzählte Geschichte bringt ein Risiko mit sich: sie führt auf geradem Weg von einem Punkt zum nächsten. Unausweichlich. Wenn wir an einer Stelle straucheln, gerät die ganze Erzählung ins Wanken. Ein alter, mit allen Wassern gewaschener Schriftsteller kann ein solches narratives Abenteuer erfolgreich zu Ende bringen. Seine Stimme (oder sein Stil) ist so vielfältig, dass man ihm noch stundenlang zuhören könnte, ohne sich zu langweilen. Und am Ende ist man wie verzaubert. Aber wenn wir noch nicht alle Tricks beherrschen, könnte es eine langweilige Abhandlung werden. Besser ist, eine Geschichte von mehreren Blickwinkeln anzugehen. Drei Figuren erzählen das Geschehene aus ihrer unterschiedlichen Wahrnehmung. Diese Stimmen können auch aus unterschiedlichen Milieus kommen. Wenn beispielsweise die Trennung eines Paares unter die Lupe genommen wird, mag der Leser nicht nur eine Sichtweise. Es ist interessanter, beide Standpunkte zu kennen. Solange ihr Glück währt, sind es beide, aber geht es schief, ist nur einer schuld. Was anfangs charmant war, ist jetzt unausstehlich. Die Sorglosigkeit des Partners, die zuvor das Leben des anderen leichter machte, wird nun zur Gleichgültigkeit. Häufig hat er sich gar nicht verändert, er wird jetzt nur anders wahrgenommen. Nicht zu vergessen, der Leser liebt den Blick durchs Schlüsselloch. Er hält die menschliche Seele für kompliziert und unergründlich. Vereinfachen Sie daher die Sache nicht zu sehr, indem Sie die Schuld nur einem der beiden Protagonisten geben. Ein Roman ist kein Pflichtenkatalog. Wenn Sie eine bestimmte Form der Ungerechtigkeit anklagen wollen, wenden Sie sich an die Justiz. Der Leser ist kein Richter und ein Roman keine Menschenrechtsorganisation. Der Leser will hinter den Spiegel blicken, um die Menschen in ihrer Nacktheit zu sehen.

Wann haben Sie zum letzten Mal ein Buch nur zu Ihrem Vergnügen gelesen, ohne den Autor als Konkurrenten zu betrachten? Wenn Sie den Geschmack am Lesen verlieren, wissen Sie bald nicht mehr, warum Sie schreiben.

51. Der Ort

Der Ort, an dem Sie schreiben, ist nie endgültig festgelegt. Der Korpus des Textes ist ein lebender Organismus. Ein Buch verlangt möglicherweise, an einem bestimmten Ort geschrieben zu werden, während der Schriftsteller dachte, seinen Platz gefunden zu haben. Er möchte hier schreiben. Aber das Buch will dort geschrieben werden. Das passiert häufig, wenn sich die Lebensumstände des Schriftstellers verbessern. Er freut sich, endlich in seinem Haus einen eigenen Raum zum Arbeiten zu haben. Er kann nicht verstehen, warum er nicht mehr schreiben kann, sobald er das Zimmer betritt. Er hatte so gegen die schwierigen Bedingungen geschimpft und begreift nicht, dass er ein Schriftsteller der schwierigen Bedingungen ist. Er kann nur im Flur schreiben, die Nase an die Wand gedrückt. Also bleibt der Schreibtisch an seinem Platz, um den Aufstieg anzuzeigen, aber das Schreiben spielt sich woanders ab. Manche Schriftsteller können nur schreiben, wenn sie unterwegs sind. Im Flugzeug, im Hotelzimmer, bei einer Stippvisite in einer Stadt. Sie brauchen das Gefühl, außerhalb der Zeit zu sein, für die Energie zum Schreiben. Andere müssen auf ihrem schiefen Stuhl sitzen, mit einer Zeitschrift unter einem der vier Füße, damit er nicht wackelt. Einige brauchen eine Katze auf dem Schoß, andere den Blick aus dem Fenster. Natürlich gibt es auch Autoren, die sich im Winter im nächsten Café an die Heizung setzen. An der ganzen Bandbreite erkennen wir zwei Haupttypen: die Nomaden und die Sesshaften. Die sich bewegen müssen, um zu schreiben, und die anderen, die in dem Zimmer Wurzeln schlagen, in dem sie ihr ganzes Werk verfasst haben. Dort findet man sie am Morgen, schlafend, mit dem Kopf auf dem Tisch. Die Sesshaften lieben die Familiensaga und historische Romane, Bücher, die den Leser tagelang als Geisel nehmen. Die Nomaden schreiben rasch hingeworfene Artikel, Reiseberichte, Kurzgeschichten, dünne Romane, in denen man meint zu fliegen. Irgendwann verspürt der Nomade gegen Ende die Lust, einen der langen sesshaften Romane zu versuchen, gegen die er sein Leben lang gewettert hat, da er meint, der Leser nehme ihn nicht ernst, bevor er einen Wälzer von sechshundert Seiten verbrochen hat. Eines dieser Bücher, die man am Strand liest. Und der Autor, dem die Geschichten mit vielen Erzählsträngen und überraschenden Wendungen glückten, möchte am Ende ebenfalls eine der kurzen Erzählungen schreiben, die nur vom Zauber ihres Stils leben. Noch einmal: nichts ist endgültig.

Für einen Schriftsteller ist es immer besser, in einer Stadt zu leben, die er nicht besonders mag. Dann kann er den ganzen Tag schreiben, ohne das Gefühl, dass er etwas verpasst.

52. Das Meisterwerk

Ach ja, das Meisterwerk! Seit wir aus der Pubertät heraus sind, hören wir von nichts anderem. Sobald wir Abenteuer- und Kriminalromane fieberhaft verschlungen haben, treffen wir nur noch auf sie: Voltaire, Cervantes, Goethe, Shakespeare, Dante, Borges, Mishima, Achebe, Whitman, García Márquez, Tolstoi, kurz, die Größten sind in Reichweite. Daher denken wir beim Schreiben an sie. Mir kommt es so vor, als wäre ein *Candide* gar nicht zu schwer zu machen. Auch *Der Fremde* von Camus wäre zu schaffen, wenn man sich anstrengt. Kurze Sätze, klare Gedanken, gut gezeichnete Figuren. Weil es leicht zu lesen ist, denkt man, es sei leicht zu schreiben. Da täuscht man sich. Nicht jeder schreibt *Herr über den Tau.* Man schreibt kein Meisterwerk, dazu wird es vielleicht mit der Zeit. Es liegt nicht in unserer Hand. Erst künftige Generationen werden es Meisterwerk nennen, wenn sie von ihm sprechen. Natürlich sind die heutigen Kritiker schnell dabei, einen zeitgenössischen Roman zum Meisterwerk oder einen Erfolgsautor zum Klassiker zu erklären. Aber es gab Schriftsteller, die viele Jahre lang eindrucksvoll die Szene beherrschten und eines Tages plötzlich verschwanden. Andere, weniger auffällige Bücher haben dafür der Zeit standgehalten. Doch hier liegt nicht das Problem. Es liegt in dem Glauben, man könne ein Meisterwerk schreiben – indem man nur die drei Einheiten von Zeit, Raum und Handlung beachtet. Die geeignete Dosierung von Lachen und Weinen, ein feinsinniger, zeitloser Stil (Wortschöpfungen sind zu meiden), unsterbliche Themen (die Liebe, der Tod), ein etwas geschwollener

Ton, abwechselnd mit einer direkteren Ausdrucksweise. Das Ganze kunstreich in eine vermeintlich geheimnisvolle Wolke gehüllt. Vergessen Sie das alles, schreiben Sie einfach drauflos. Nichts ist langweiliger, als ein Meisterwerk vor sich zu haben und keine Lust, es zu lesen. Und kaum etwas vergnüglicher als das unaufdringliche Büchlein, das in den Kopf hineinhüpft und nichtsahnend die kunstvollen Inszenierungen hinter sich lässt, die uns schon seit Jahren in den Ohren klingeln. Das beste Beispiel ist *Lob der Torheit* von Erasmus. Er hatte das Bändchen nur zum Vergnügen für seinen Freund Thomas von Aquin geschrieben, um ihn daran zu erinnern, wie wichtig im Leben die Torheit ist. Damit holt man Menschen auf die Erde zurück, die sich von der Macht berauschen lassen. Es ist noch heute in den Buchläden zu finden, dabei hatte Erasmus seinen Ehrgeiz in ganz andere Werke gesetzt. Das soll heißen, wir können nicht wissen, welches Buch die Prüfung der Zeit besteht.

Wann kann ein Buch als abgeschlossen gelten? Wenn Sie sehen, wie einer, den Sie nicht kennen, darin liest.

53. Die Ausgangsbasis

Schreiben Sie nicht, wenn Sie müde sind. Was Sie in diesem Zustand produzieren, wird am nächsten Morgen ohnehin in den Papierkorb wandern. Das ist zu deprimierend. Und glauben Sie nicht, Sie seien auf dem richtigen Weg, nur weil die Begeisterung Sie trägt. Werden Sie erst mal ruhiger, dann sehen Sie klarer. Mit zu viel Adrenalin im Blut sind Sie nicht in der Lage, die richtigen Entscheidungen zu treffen. Die Leidenschaft sollte im Rhythmus Ihres Textes liegen, nicht in Ihnen. Das ist der Unterschied zwischen Roman und Dichtung. Die Poesie entflammt. Der Roman wird durchgeführt wie eine militärische Kampagne. Nicht die gesamte Kavallerie wird in die Attacke geschickt. Ein paar Kräfte bleiben in der Reserve. Man darf nicht zu viel von seinem ursprünglichen Plan verraten, selbst wenn schon einige Gefechte gewonnen sind. Sie sollten immer wieder zur Ausgangsbasis zurückkehren, zum Gegenstand und Anlass des Buchs, an dem Sie arbeiten. Sie werden monatelang Belagerungen aufbauen und dazu viel Geduld aufbringen müssen. Ich versuche Ihnen die Zeit vor Augen zu führen. Wenn eine Operation allzu lange dauert, verlässt einen womöglich der Mut. Besser ist es, sich zurückzuhalten, sonst führt man eine Armee in die Niederlage, obwohl mit ihr der Krieg zu gewinnen war. In ihren Nachbemerkungen zu den *Erinnerungen des Kaisers Hadrian*[22], ihrem wichtigsten Roman, erzählt Marguerite Yourcenar, wie sie diese Schlacht (das Schreiben des Buchs) über Jahre geschlagen hat, ohne den Mut zu verlieren. Heute gehören diese Nachbemerkungen untrennbar zu ihrem Meisterwerk und ich kann Ihnen die Lektüre nicht genug ans Herz legen. Im Falle von Yourcenar trifft dieses Wort zu, ihr Werk hat einen Meister, er heißt Hadrian.

Das Problem ist darin begründet, dass der Schriftsteller im Laufe der Zeit wichtiger wurde als das Buch.

54. Das Geld

Nur sehr wenige Schriftsteller haben über das Geld geschrieben, Emile Zola, Jules Vallès[23] und einige andere. Bis heute geht der Mythos vom armen Dichter unbeirrt seinen Weg. Als wäre ein Schriftsteller wichtiger, solange er sozial benachteiligt ist. Es ist eher umgekehrt. Wenn er arm ist, bleibt ihm immerhin die Freiheit laut zu schimpfen. Doch er erreicht weniger Leute, denn die Maschine, die sich von Papier ernährt, schätzt nur den, der sie mästet. Wenn Ihr Buch ihr nicht genügt, können die Buchhändler Sie nicht lange vorrätig halten (selbst wenn sie es möchten). Es ist eine Platzfrage. Bücher kommen und gehen unaufhörlich. Wie wir bei der Beerdigung zu sagen pflegen, ob es ein Freund war oder ein Feind, die Besten gehen zuerst. Wenn Sie lange bleiben wollen, brauchen Sie Leser. Das ist das A und O. Es geht nur um die beiden, den Schriftsteller, der das Buch schreibt, und den Leser, der es liest. Alle anderen (der Verlag, der Vertrieb, der Buchhändler, die Kritiker, die Werbung) spielen insofern eine Rolle, als sie die Begegnung dieser beiden ermöglichen. Die beiden (Schriftsteller und Leser) sehen sich nicht einmal. Nur das Buch ist Zeuge. Der Schriftsteller muss darauf aus sein, dass diese Kontakte sich vermehren. Dann klingelt die Kasse. Und der Verleger kann weiterarbeiten. Dabei vor allem Bücher für eine kleinere Leserschaft veröffentlichen. Von diesen selteneren Büchern zehren die Autoren, die hohe Auflagen erreichen. Es wäre vorschnell, zu behaupten, ein Buch mit hoher Auflage könne nur schlecht sein. Ich habe nicht nachgeschaut, aber ich meine, Homer hat über die Jahre gute

Auflagen erzielt, vor allem mit der *Odyssee,* die weiß Gott ein Renner ist. Filme, Fernsehserien sind entstanden, dieser Homer hat ganz schön Reibach gemacht. Dann Plato (leider noch kein Film), aber auch seine Bücher gehen gut. Villon verkauft sich, Horaz zur Zeit ein wenig schlechter, aber der kommt sicher zurück. Sogar Kant verkauft Bücher, obwohl Gott allein weiß (zweimal Gott, werd' ich am Ende katholisch?), wie schwer der Kerl zu lesen ist. Sie sehen, hohe Auflagen und Mittelmäßigkeit, diese Gleichung stimmt nicht immer. Aber ich möchte aufs Geld zurückkommen, das gelbe Metall, mit dem Sie Ihren Freunden, ohne Blut und Wasser zu schwitzen, eine Runde ausgeben können. Ich habe die Armut gekannt und weine ihr nicht nach. Sie hat mich nicht gut behandelt, ich werde daher keinen Lobgesang auf sie anstimmen. Eigentlich steht jedem das Recht zu, einigermaßen bequem zu wohnen, aber sobald ein Künstler den Eindruck vermittelt, sich nicht zu sehr den Kopf zerbrechen zu müssen, wovon er seine Miete bezahlt, klagen die eigenen Kollegen ihn an, er würde schlechter schreiben. Es ist immer möglich, dass einer schlechter schreibt, denn ein normaler Mensch trägt nicht mehr als drei oder vier Geschichten in sich, aber das hat nichts damit zu tun, ob er damit etwas einnimmt. Viele Leute verdienen deutlich mehr als die meisten Künstler, doch sie sind die ersten, die den Schriftsteller wegen seiner Einkünfte kritisieren. Die Autoren sind selbst mitschuldig an dieser Situation, denn sie stellen in ihren Büchern ständig eine Verbindung her zwischen Geld und Korruption. Ich kenne auch arme Korrupte. Korruption tritt nicht erst auf, wenn es um große Summen geht. Verstehen Sie mich recht, sobald Geld im Spiel ist, weckt das seltsame Emotionen. Nicht umsonst heißt es, Kriege werden um Geld geführt. Genug der Philosophie, ich möchte dem jungen Schriftsteller nur raten, er soll sich nicht beteiligen an dem Spiel, Geld zu verteufeln, solange er arm ist, denn er wird sein frühes Werk nicht mehr lesen können, sobald er etwas damit verdient. Sogar *Das Kapital* von Marx hat viel Kohle gebracht. Wir sollten das Geld kühl betrachten und mit Bedacht verwenden. Wichtig ist: Wenn Sie Ihren Vertrag unterschreiben, sollten Sie sich Zeit nehmen, ihn zu lesen. Der inzwischen verstorbene Schriftsteller Jean-Claude Charles sagte einmal zu mir: »Wenn Sie drei Jahre gebraucht haben, um das Buch zu schreiben, darf das Lesen des Vertrages, der Sie für Jahrzehnte an einen Verleger bindet, ruhig drei Stunden dauern. Nehmen Sie ihn mit, um ihn mit ausgeschlafenem Kopf zu lesen. Und vertun Sie nicht Ihre Zeit damit zu meinen, alle Verleger wären Diebe und die Schriftsteller Heilige. Lesen Sie lieber Ihren Vertrag sorgfältig durch und wenden etwas ein, wenn es Anlass dazu gibt. Dann setzen Sie sich wieder an die Arbeit.«

Ich lernte zu träumen, als ich in meiner Kindheit zuschaute, wie der Regen fiel, daher schreibe ich besser, wenn es regnet.

55. Der Voodoo heute

Ein schwieriges Thema, da es bei uns so überbelichtet ist. Jeder hat zum Voodoo seine eigene Meinung, auch wer sich nie wirklich mit ihm befasst hat – zumindest fürchtet er ihn. Es ist wie ein Nationalgericht, das wir ein ganzes Leben essen können, ohne übersättigt zu sein. Jedenfalls gibt es tausend Möglichkeiten, es zuzubereiten. Das Entscheidende ist, der Voodoo lässt sich von verschiedenen Seiten betrachten. Man kann ihn sowohl von seiner sakralen wie von seiner profanen Seite nehmen. Wenn man über ihn schreibt, dient dies nicht nur der Vergewisserung über die eigenen Wurzeln und man muss nicht unbedingt so tun, als wäre man ein Anhänger. Der Erzähler kann den Voodoo ablehnen oder annehmen, je nach seiner Einstellung zum Glauben. Er muss sich darin nicht dem Autor unterwerfen. Interessant am Voodoo ist vor allem, dass er so viele Gottheiten, Rhythmen und Zeremonien bietet. Daran kann man anknüpfen. Ähnlich wie im Abendland über Jahrtausende (und bis heute) die griechischen Götter in die Literatur, und damit in die universelle Psyche, eingegangen sind. Gottheiten wie Zaka, Legba, Erzulie, Ogun haben einprägsame zwei- oder dreisilbige Namen, und jeder von ihnen besitzt eine klar umrissene Funktion. Ich benutze sie vor allem, weil mir der Klang ihrer Namen gefällt. Legba ist mein Favorit – er findet sich in den meisten meiner Romane, aufgrund seiner Stellung, die mir höchst modern erscheint. Er ist der Gott an der Grenze zwischen sichtbarer und unsichtbarer Welt. Er öffnet einem die Schranke, wenn man von der einen zur anderen gelangen möchte. Für mich ist er der Gott der Schriftsteller. Erzulie mag ich auch, wegen ihres Muts – eine Frau besetzt einen wichtigen Platz in diesem Pantheon mächtiger Männer. Sie hat einen eigenen Hof, eigene Riten. Sie ist von streitbarer Unabhängigkeit. Keine Jungfrau wie Maria – sie wartet nicht still, bis sie angesprochen wird. Ihr Geschlecht bleibt undefiniert – sie schläft mit Männern wie mit Frauen. Absolut modern. Diese Modernität wird in unserer Literatur nur in der sakralen Sphäre gesehen. Es wäre doch auch möglich, eine alltägliche Figur nach ihr zu formen. Ich finde, bei uns wird die Verwendung des Voodoo im Roman zu sehr betont. Gar nicht nötig, ein Referat zu schreiben. Diese Figuren sind so deutlich gezeichnet, dass ihre Allgemeingültigkeit offenkundig ist. Daher braucht die Erzählung nicht angehalten zu werden, um sie mit einem Trommelwirbel zu empfangen. Lieber einmal mit ihnen spielen. So bleibt das Erbe lebendig. Sonst sterben diese Götter leise dahin. Die Gläubigen sehen die Dinge freilich anders als die Künstler. Keine Angst vor der Konfrontation mit ihnen. Der Voodoo hält das aus. Ich warte auf einen jungen Autor, der diese Götter mit Du anredet, ohne sich vor ihren Repressalien oder denen ihrer Anbeter zu fürchten. Das ist keine Verballhornung. Es hat nichts mit Respektlosigkeit gegenüber dem Volksglauben zu tun, sondern es geht um die Frage, wie ein nationales Kulturgut neu interpretiert werden kann. Der Voodoo gehört allen – den Gläubigen wie den Künstlern. Dieses Erbe sollte weiter Früchte tragen. Sonst überlassen wir das Feld Hollywood mit seinen schlichten Klischees und den Händlern mit Puppen, die um ihres Profites willen Rituale erfunden haben, die es im Voodoo nirgends gibt. In Haiti findet alles noch so statt, wie in der Zeremonie von *Herr über den Tau.* Überraschenderweise (dies unterscheidet den Autor von seinen vielen Nachahmern) hat diese Zeremonie auch eine Bedeutung für die Struktur des Romans. Fonds Rouge, so heißt das Dorf auf Haiti, stirbt in der Dürre. Da ist es nur natürlich, die Götter anzurufen, damit sie Regen schicken. Interessant an dieser Szene ist das Zögern von Jacques Roumain, sein Schwanken zwischen Indigenismus und Marxismus. Ich habe mir immer gewünscht, der haitianische Künstler Jean-Michel Basquiat hätte eine Serie von Porträts der Voodoo-Götter geschaffen. Durch seinen unvoreingenommenen Blick wären sie vielleicht zugänglicher geworden für die jungen Leute, die nur in der Gegenwart leben. Man kann auch *Mumbo Jumbo* lesen, diesen eigenwilligen Roman aus dem Jahr 1972, in dem Ishmael Reed Voodoo und Surrealismus in jazzigen Phantastereien miteinander verbindet.

Spielen Sie nicht zu viel mit dem Unergründlichen, in dieser Welt herrscht schon zu viel Aberglaube.

56. Der Abstand

Stellen Sie den Text eine Weile kalt. Die Zeit arbeitet für uns. Wenn wir ihn wieder aufnehmen, springen die Fehler sofort ins Auge. Sie treten etwa auf, wenn wir die Narration manipuliert haben, um an einer Nebenfigur festzuhalten, die wir mögen. Oder an einer Seite, die wir zu schön finden, um sie in den Papierkorb zu werfen. Sie ist vielleicht schön, aber sie verursacht Schwierigkeiten. Sie muss gestrichen werden, obwohl wir es vermeiden wollten. Ihretwegen haben wir am Motor der Handlung herumgespielt. Mit dem Abstand bekommen wir einen Blick für die Schwachpunkte und wie sie zu verbessern sind. Wie die zu langen Abschweifungen gekürzt werden können. Wie eine neue Schicht darüber zu legen ist. Ein erstaunlicher Fall mangelnden Abstands ist der von Norman Mailer. Er hat bekanntlich einen umfangreichen Roman über den Koreakrieg verfasst (*Die Nackten und die Toten*). Mit diesem Erstling, den er mit fünfundzwanzig schrieb, gelangte er sofort unter die wichtigsten amerikanischen Schriftsteller seiner Zeit. Er wollte diesen Erfolg mit einem Roman über den Vietnamkrieg wiederholen (*Am Beispiel einer Bärenjagd*).[24] Er schrieb die ersten Kapitel, versuchte jahrelang weiterzuschreiben, doch ihm gelang kein einziger weiterer Abschnitt, bis er eines Tages feststellte, dass das Buch bereits fertig war. In *Why are we in Vietnam?* (er behielt den Titel) wird Vietnam nicht ein einziges Mal erwähnt. Und dennoch spürt der Leser, dass diese archaische Energie, diese allgegenwärtige Brutalität, sowie der fehlende Schutz vor Gewalt im täglichen Leben, am Ende zu diesem Krieg führte. Damit will ich sagen, wenn Mailer sein Manuskript mit objektivem Blick durchgelesen hätte, wäre er viel früher darauf gekommen, dass der Roman fertig ist. Dieser Roman in seiner Kürze ist mir einer der liebsten von Mailer.

Wer hätte in unserer Zeit der ungewissen Zukunft des Buches noch den Mut, einen Text zu schreiben, der erst fünfundzwanzig Jahre nach seinem Tod veröffentlicht werden dürfte?

57. Die Anreicherung

Ein gehaltvoller Text besteht aus vielen übereinander gelegten Schichten. Die Worte sollten das ganze Leben dahinter spüren lassen. Im Gegensatz dazu bleibt ein journalistischer Text meist an der Oberfläche. Auch der Zeitungs- und der Romanleser sind verschieden, selbst wenn es sich um dieselbe Person handelt. Der eine hat es eilig, während der andere alle Zeit der Welt zu haben scheint. Die Tageszeitung lesen wir bei einer Tasse schwarzen Kaffees. Das Ziel eines guten Romans ist hingegen, in all die Anspannung und Hetze etwas Ruhe zu bringen. Zwischen seinen Schichten ist es still. In seiner Architektur sollten daher einladende Räume angelegt sein wie Parks, in die der Leser zum Nachdenken und Träumen geht. Jedesmal wenn der Schriftsteller den Text weglegt und wieder aufnimmt, trägt er eine neue Schicht auf. Irgendwann schafft diese Anreicherung etwas, das ihn übersteigt. Die Summe dieser Emotionen bringen eine neue Sensibilität hervor. Plötzlich zeigt sich etwas Unerwartetes. Diese Welt birgt so Vieles, dass es sich nicht mehr ohne weiteres zusammenfassen lässt. Nun können wir sagen, es ist ein Buch. Überladen Sie es bitte nicht. Bei meiner Bemerkung zum Unterschied zwischen dem Zeitungs- und dem Romanleser dachte ich an den Beginn des Romans *Wie ein Reisender in einer Winternacht* von Italo Calvino. Calvino erläutert in diesem denkwürdigen Romananfang, mit welcher Haltung der Leser das Buch zur Hand nehmen sollte. Hier geht es nicht um die intellektuelle Aufnahmefähigkeit, sondern um die konkrete Situation beim Lesen. Einen Roman liest man nicht zwischen Tür und Angel. Sie sollten bequem sitzen, denn schließlich beginnen Sie den neuen Roman von Calvino.

Ein Leser kann den Brief an seine Mutter nicht zu Ende schreiben, verschlingt aber 600 Seiten, die jemand geschrieben hat, den er nicht kennt.

58. Eine Meinung

Debatten sind beliebt, ich weiß. Einer lässt eine etwas kontroverse Bemerkung fallen und alle Blicke richten sich auf ihn. Man möchte ihm antworten. Dringend. Warum eigentlich? Wozu diese Eile, wo doch die unüberlegten Worte sich bis zum Nachmittag in Luft auflösen werden. Es ist immer besser, in sich hineinzuhorchen, um eigenständig zu denken. Dieser Gedanke entsteht zwar auch nicht aus sich selbst, aber immerhin reagiert er nicht übereilt auf einen anderen. Er ist erwogen und überlegt. Das heißt nicht, dass wir in der Öffentlichkeit schweigen müssen, aber es ist klar, dass es wegen dieses Überzeugungsdrangs zu den üblichen Diskussionen aus dem hohlen Bauch kommt. Wenn wir diesen Wortgefechten zu viel Bedeutung beimessen, schließen wir uns, ohne es zu merken, der Meute an. Auf diesem Mist wachsen dann die Sprachticks, Modewörter und -ansichten, die eine bestimmte Zeit prägen. Wir halten uns für originell, aber wir müssen nur ein zwanzig Jahre altes Foto finden, um zu wissen, wir waren wie die anderen. Wenn wir die gleiche Kleidung trugen und das gleiche aßen, dachten wir auch wie sie. Interessant wäre (mit dem entsprechenden Datum) in einem kleinen Heft all die Meinungen zu notieren, die wir an jenem Tag gehört haben. Unnötig dazuzuschreiben, wer sie geäußert hat. Die kleine Sammlung wird uns später über unsere Geisteshaltung in dieser Zeit Auskunft geben.

Wir können gut allein denken, aber um wirklich zu verstehen, was wir uns ausgedacht haben, sollten wir mit jemandem darüber sprechen.

59. Die Freunde

Beim ersten Roman sind wir nie allein. Unsere Freunde stehen uns bei. Sie kennen die Geschichte bis in die kleinste Einzelheit, sie meinen fast, sie gehört ihnen. Manchmal fließen kleine Porträts von ihnen ins Buch ein, dann sind sie stolz. Sie finden das drollig, machen Sie zu ihrem Idol. An manchen Abenden lachen sie auf Ihre Kosten, aber am nächsten Morgen entschuldigen sie sich und versichern, wie sehr sie das Buch schätzen. Dabei ist es bisher nur ein Manuskript. Aber für die Freunde ist es bereits fertig. Sie vergleichen Sie mit jedem neuen Schriftsteller im Literaturbetrieb – und finden Sie besser. Nach einer Weile wird Ihnen mit einiger Verwunderung klar, dass die vielen Komplimente Sie eher behindern als weiterbringen. Sie stehen vor einer Wand, Sie brauchen etwas anderes als Wärme und Freundschaft. Sie merken, dass niemand in Ihrer Nähe ist, mit dem Sie über das reden können, was Sie bewegt. Schon gar nicht über das schwarze

Loch. Sie verspüren das immer dringender werdende Bedürfnis, Leute zu treffen, die Ihren Beruf kennen und wissen, wie schwierig, um nicht zu sagen unmöglich, es geworden ist, ein Buch zu veröffentlichen. Offen gestanden, Sie sind ratlos – allein werden Sie es nicht schaffen. Sie haben genug von den Schmeicheleien, Sie wollen endlich die Wahrheit hören, über Ihre Arbeit, worum es in diesem Beruf geht, über das Leben. Sie müssen mit dem Richtigen ein Gespräch führen, um die Sache für sich zu klären. Aber Sie kennen niemanden. Sie sehen ein, Sie werden den Roman fertigschreiben müssen, ihn an einen Verlag (oft mehrere) schicken, er wird ihn entweder ablehnen (in den allermeisten Fällen), oder unter seinem Lektorat umschreiben lassen (da knallen die Sektkorken), oder aber voll Begeisterung veröffentlichen (das heißt, Sie gehen nackt auf die Straße). Schon stehen Sie mitten im Gefecht: zuerst die Presse, dann der Buchhandel, schließlich die Leser. Das alles kommt auf Sie zu! Sie sehen ein, um Erfolg zu haben, müssen Sie den Schutzraum von Freunden und Familie verlassen. Sonst wird Ihre Stimme nicht durchdringen. Viele andere wollen ebenfalls Gehör finden. Was Ihnen bisher fehlte, war der klare Blick. Ein gewisser Abstand. Doch wen sollen Sie ansprechen, schließlich ist Ihr Buch noch nicht fertig. Nicht alle Autoren beschreiten diesen Weg. Sie sind sehr unterschiedlich. Das andere Extrem ist der stille Autor. Er schreibt seinen Roman heimlich. Und an einem Freitagabend schalten seine Freunde den Fernseher ein und ertappen den großen Schweiger dabei, wie er über seinen ersten Roman spricht. »Was, dieser Nichtstuer ist ein kleines Genie!«, staunt eine der Mütter.

In diesem Beruf bleibt man noch lange nach dem Tod aktiv. Die heutige Zeitung berichtet über einen unveröffentlichen Text von Dumas.

60. Der gescheiterte Schriftsteller

Sagen wir es deutlich: Der gescheiterte Schriftsteller sieht sein Buch überall. Er zerpflückt die Kritiken in den Zeitungen, um herauszufinden, wer wieder einmal seinen Stil imitiert oder aus seinem Manuskript einen Gedanken, eine Wendung, eine Farbe gestohlen hat. Es entgeht ihm nichts. Sein Buch findet er überall, aber sein Name steht nirgends. Schon seit fünfzehn Jahren schickt er sein Manuskript an alle Verleger (kleine wie große) am Markt. Sie antworten ihm nicht einmal mehr. Doch was muss er feststellen? Diese Verleger geben sein Manuskript an ihre Stars weiter. Wenn ihnen die Ideen ausgehen oder die Energie, bedienen sie sich bei ihm und nehmen seinen Platz in den Buchläden, den Medien und in der Achtung der Leser ein. Natürlich müssen ihm seine Freunde hin und wieder zustimmen. Beispielsweise steht eine heiße Liebesgeschichte ganz zentral in seinem Manuskript – und was findet sich im Roman von X: eine ganz ähnliche Liebesgeschichte. Ein seit zwanzig Jahren verheirateter Professor (mit drei Kindern, auch das) verlässt seine Frau wegen einer Studentin, genauso steht es seit der ersten Version in seinem Manuskript. Ein Zufall ist ausgeschlossen. Die vielen Einzelheiten (Professor, verheiratet, Studentin, drei Kinder) sind doch zu auffällig. Seine Freunde sagen ihm, er muss reagieren, zumal das Buch an die Spitze der Bestsellerliste hüpft, es ist die Rede von einem Film, von Preisen. Wenn es kein Diebstahl ist, dann auf jeden Fall Missbrauch, eindeutig kriminell und unerhört. Er schreibt einen wütenden Brief an den Verleger und fordert Schadenersatz. Hält sich aber noch eine Hintertür offen: Er ist bereit, Ruhe zu geben, wenn sein Buch mit dem gleichen Werbeaufwand erscheint. Der Verleger antwortet ihm lieber nicht. Der Verkannte ruft den Kritiker an, der jenes Buch am meisten gelobt hat. Der hört ihn eine Weile an und bemerkt schließlich, ein Plagiat sei nicht bewiesen, »denn, mein Herr, Ihr Buch ist ja bisher nicht erschienen.« Unser Autor wird laut und entgegnet, er habe Beweise, sein Manuskript sei genau an diesen Verlag geschickt worden. Wann? Vor fünfzehn Jahren. Da hört er das kleine Lachen, das er dem Kritiker nie verzeihen wird, den er bis dahin für kompetent und ehrlich gehalten hat. »Wie dem auch sei, ich kann nichts für Sie tun, mir reichen die veröffentlichten Bücher.« Der Ausdruck »veröffentlichte Bücher« ist für ihn schlimmer als ein Stich mit dem Messer ins Herz. Der Geschädigte nimmt sich einen Anwalt, der ihm erklärt, das alles sei schwierig zu beweisen. Doch er sieht keine Schwierigkeit: Professor, zwanzig Jahre Ehe, drei Kinder, junge Studentin. »Ich verstehe«, sagt der Anwalt, »aber das kostet Sie viel Geld und über den Ausgang bin ich mir nicht sicher.« Der Geschädigte will dem Verleger mitteilen, ein Anwalt sei eingeschaltet, nun erwarte er eine Antwort, aber die Sekretärin hat am Telefon seine Stimme erkannt und lässt ihn abblitzen. Er läuft in seinem Zimmer im Kreis. Er kennt nur noch ein Thema, das stört seine Freunde. Er verkracht sich mit ihnen. Am Ende schreitet er zur Attacke. Überall, wo sein Rivale sprechen soll, geht er hin und sorgt für einen Skandal. Er beschuldigt den anderen öffentlich des Plagiats, des Diebstahls, verschiedener krimineller Machenschaften. Da die Zuhörer nicht seinetwegen gekommen sind, werfen Sicherheitsleute ihn aus dem Saal. Er prügelt sich mit ihnen. Geht wieder hinein, wird erneut rausgeworfen. Jetzt sitzt er allein in seinem Zimmer. Am Ende schlägt er das Buch des beschuldigten Autors auf. Er liest es, denkt daran, sich eine Pistole zu besorgen, zerreißt aber stattdessen den Roman, bevor er sich schlafen legt. Er hat seit drei Monaten nicht mehr geschlafen. Eine Nacht ungestörten Schlafs braucht er dringender als ein Buch.

Einen müssen Sie unbedingt von Ihrem Talent überzeugen, er befindet sich in diesem Zimmer, obwohl sie glauben, Sie wären allein.

61. Briefwechsel

Ich habe mich immer gefragt, was zwei große Schriftsteller einander zu sagen haben. Vor allem über etwas so Persönliches wie den Stil. Da finde ich diesen Brief von Stendhal an Balzac. Stendhal schreibt am 30. Oktober 1840: »Ich versuche wahrheitsgetreu und klar zu erzählen, was in meinem Herzen vorgeht. Ich kenne nur eine Regel: klar sein. Wenn ich das nicht bin, stürzt eine Welt für mich zusammen.«[25] Ich weiß nicht, was Stendhal unter »wahrheitsgetreu und klar« verstand, ich bin überzeugt, dieselben Worte hätten aus der Feder eines Malraux eine andere Bedeutung. Es rührt mich, dass Stendhal Balzac seine Ängste offenbart. Erstaunlich, dass ein fast banal wirkender Brief mit diesem Ausbruch »stürzt eine Welt für mich zusammen« endet. Daran zeigt sich, für Stendhal ging es nicht um Worte. Für ihn stand alles auf dem Spiel. Aber am meisten hat mich das Datum bewegt, der 30. Oktober 1840. Ich würde gerne diesen ganzen Tag wiederauferstehen lassen, um den Moment in all seiner Frische wiederzufinden, an dem Stendhal auf diese Weise Balzac sein Herz geöffnet hat.

Warum fühlen wir uns heute Abend diesem Dichter so nah, obwohl er schon so lange tot ist? Die Poesie fasziniert, weil sie sich außerhalb der Zeit stellt.

62. Ein reizvoller Gegenstand

Wir sollten ein anderes Denken wiederbeleben, ein Denken mit Lust, dem am Ende keine Meinung angehängt werden muss. Wir verbreiten unaufhörlich Meinungen, alle zusammen bilden dieses unerträgliche Gerede. Wir sollten frühmorgens aufwachen und noch im Bett langsam über ein Problem nachzusinnen beginnen, das nicht mehr in den Nachrichten, aber noch nicht gelöst ist. Versuchen, die Frage von allen möglichen Seiten zu betrachten, als handelte es sich um einen reizvollen Gegenstand, den wir in einer Schublade entdeckt hätten, aber über dessen Sinn und Zweck wir noch rätseln.

Manchmal müssen wir einfach nur aufhören zu denken. Wir knipsen eine nach der anderen die kleinen Leuchten in unserem Gehirn aus, bis es völlig dunkel ist. Auf diese Weise werden neue Einfälle sofort sichtbar.

63. Bitter und süß

Bleibt jeder wie er ist oder kann er sich mit der Zeit verändern? Was wäre gewonnen, wenn man süß würde, obwohl man eigentlich bitter ist? Da ist dieser Fluss von Schlamm und Blut, dessen Ursprung wir nicht kennen. Gerade lese ich in der Zeitschrift der Buchhändler von Quebec ein Interview, das der Autor der *Bob Morane*-Bücher, Henri Vernes, mit seinen 94 Jahren dem Journalisten Stanley Péan gegeben hat. Darin verfolgt Vernes seinen belgischen Landsmann Hergé mit erbittertem Hass – freilich ohne ihn zu offen zu zeigen. Auf die Frage zur Bedeutung der beiden wichtigsten Figuren der belgischen Jugendliteratur (*Tintin* und *Bob Morane*), antwortet er ganz ruhig: »Wenn Sie wirklich meine Meinung hören wollen, ich finde, Tintin war ziemlich schnell veraltet; bei ihm treten keine Frauen auf. Das mag Sie schockieren und Sie müssen entschuldigen, aber trotz all seines Erfolgs finde ich Tintin eher mittelmäßig.« In seinem langen Leben hat sich Vernes wohl viel Lob über Hergé anhören müssen. Nach dessen Tod (vor nun fast dreißig Jahren) nahm das noch zu. Vielleicht gab es auch eine Zeit, als sich Hergé über den Erfolg von Vernes ärgerte. Doch die Figur von Tintin ist unbestritten universeller, während *Bob Morane* nach der

Pubertät nicht mehr als akzeptabler Lesestoff gilt. *Tintin* ist für Leser von 7 bis 77, sagt die Werbung und in diesem Fall lügt sie nicht. Heute führt Vernes seinen Kampf gegen Hergé alleine weiter. Ich frage mich, ob nicht eben die finstere und tiefsitzende Abneigung ihm half, seinen alten Rivalen so lange zu überleben. Passt bitter besser zu einem Künstler als süß?

Ein nahezu farbloser Stil bei der Schilderung einer Tragödie regt die Phantasie des Lesers am Ende viel mehr an als der emphatische Ton, der in diesen Fällen meist angeschlagen wird.

64. Der große Autor

Ein seltsamer Ausdruck: Dergroßeautor. Heißt das, er kann nichts Schlechtes mehr schreiben? Dabei weiß er genau, es gelingt keine Zeile ohne die Angst, die in der Brust sitzt wie eine kleine Kugel. Schriftsteller mit der Gelassenheit des Zen gibt es nicht. Wir können vielleicht so tun. Aber dann müssen wir vergessen, wie wir einmal darauf brannten auszudrücken, was uns umtreibt. Unsere Sicht der Welt. Es ist oft die Rede von der Verbindung zwischen Schriftsteller und Leser, aber Schreiben kann auch zum Monolog werden. Schreiben macht dies sogar über längere Zeit möglich. Man führt Selbstgespräche, doch keiner kommt, um einen in die Zwangsjacke zu stecken. Man schreibt nicht nur, um die anderen zu beeindrucken. Manchmal schreibt man auch, um der »Eigenliebe«, die blind macht, einen Dämpfer aufzusetzen. Um das Problem anzugehen, versenken wir uns noch tiefer in uns. Ständig sind wir nur mit uns selbst beschäftigt. Wenn wir so zwangsläufig ein Selbstbewusstsein erlangen, werden wir zu einem Herrn oder einer Dame. Dergroßeautor oder Diegroßeautorin. Was passiert, wenn es soweit ist? Nichts. Sie werden gebeten, Vorworte für Luxusausgaben der Klassiker oder Ausstellungskataloge zu schreiben. Vorträge vor einem erlesenen Publikum in den Salons der vornehmen Viertel zu halten. Alles sehr gut bezahlt. Auf diese Weise hofft der Verleger, Sie zu halten. Sie werden zu einer Qualitätsgarantie, aber dafür weniger gelesen. Man zwingt Sie Jugendlichen als Abiturstoff auf, die Wichtigeres zu tun haben oder Autoren mögen, die ihre eigene Zeit beleuchten. Die jungen Leute lesen Ihr Buch diagonal, zitieren daraus bei Tisch vor geladenen Gästen, zur Freude des Vaters, aber wollen eigentlich nichts mit Ihnen zu tun haben. Bei Gegenwartsautoren sind Sie gefürchtet, denn Ihr Wort gilt noch etwas bei gewissen einflussreichen Kritikern. Die nachfolgende Generation wartet nur auf Ihren Tod, um endlich freier zu atmen. Alle Welt scheint Sie zu kennen. Ist von Literatur die Rede, fällt Ihr Name. Er ist bis in Bereiche vorgedrungen, in denen die Literatur etwa so bekannt ist wie die Nuklearphysik. Die Leute auf der Straße begrüßen Sie leise als Dergroßeautor. Und gehen weiter. Haben sie etwas von Ihnen gelesen? Die Passanten bejahen dies und nennen sogar ein oder zwei Titel. Doch Sie wissen, dass kann nicht stimmen, denn die Vorworte zu den Klassikern bringen Ihnen mehr ein als Ihre eigenen Werke. Gott weiß, Sie haben viele geschrieben. Die Leute erzählen Ihnen nicht mehr ihr Leben, sie interessieren sich mehr für das Ihre. Im Journalismus gilt, wenn der Reporter zur Nachricht wird, sollte er aufhören. Kann ein Schriftsteller abtreten? Seinen Posten verlassen? Solange es einen einzigen Leser gibt, der sich an Sie erinnert, bleiben Sie im Dienst. Selbst wenn Sie seit zwanzig Jahren kein Buch mehr geschrieben haben, das diese Bezeichnung verdient. Sie können nichts mehr ausrichten, außer auf den Nobelpreis zu warten, doch der kommt vielleicht nie. Aber Sie denken unwillkürlich daran, seit die alte Dame auf der Straße Ihnen sagte, Sie hätten ihn verdient. Sie hat nie etwas von Ihnen gelesen, das spricht sogar für ihre Glaubwürdigkeit. Als kämen ihre Worte von oben. Tatsächlich liegt Ihr Name seit einiger Zeit in der Luft. Fast überall spricht man von Ihnen, selbst unter Politikern. Irgendwann wird auch das Nobelpreiskomitee von Ihnen hören. Manche Leute lehnen dies wütend ab, hauptsächlich die Schriftsteller Ihrer eigenen Generation. Die mühen sich, Ihr Werk Stück für Stück niederzumachen. Das Publikum ist auf Ihrer Seite und hält die anderen für Neidhammel. Da schweigen sie endlich. Aber ohne Gegner wird es auch still um Sie. Irgendwann verschwindet Ihr Name in der Versenkung, aber eines Morgens steht er wieder auf der ersten Seite. Eine Herzattacke am Vortag, nach dem Abendessen. Dergroßeautor hinterlässt eine Katze und ein riesiges Werk. Letzte Gemeinheit: Sie sterben am selben Tag, an dem Ihr schlimmster Feind den Wälzer veröffentlicht, an dem er dreißig Jahre geschrieben hat. Jetzt ist es an ihm, zu warten. Dergroßeautor zu sein, ist nicht schwer, man braucht einen bestimmten Ton und ein bestimmtes Alter, schwierig ist nur, ein guter Autor zu sein.

Hoffen Sie nicht, ein uneitler Schriftsteller zu werden, denn die das versuchten, wurden bestenfalls Mystiker.

65. Ein starkes Lustempfinden

Sobald man müde wird, sollte man aufhören zu schreiben. Es ist das Zeichen, dass der Geist nach Ruhe verlangt. Es ist nichts mehr aus ihm herauszuholen. Da ist er richtig dickköpfig. Schließen Sie die Fensterläden. Schalten Sie den Fernseher, das Radio, alle Geräusche der Umgebung ab. Versuchen Sie, an nichts zu denken. Nur an konkrete Eindrücke aus der Vergangenheit. Beim Mittagsschlaf gehe ich häufig zurück in meine frühe Teenagerzeit. Ich war damals oft mit meinen Cousins hinter dem Friedhof am Bach zum Krebsefangen. Einmal rollte sich ein kleiner Aal um meine Ferse. Das war ein so erstaunliches Gefühl, dass ich es noch heute spüre. Plötzlich versinke ich in die tausend Nuancen dieses starken Lustempfindens, das sich am Grund meines Gedächtnisses eingenistet hat. Ich würde es gerne in meine Bücher einfließen lassen. Nur das.

Versuche nicht zu überzeugen, sondern zu verführen.

66. Der Jahresroman

Ich möchte gerne das Jahr betrachten, als wäre es ein episch breiter Roman. Wie bei den großen russischen Romanen des

19. Jahrhunderts, die Lektüre dauert 365 Tage, beginnt gewöhnlich mit einer Kavallerie der Geburten und endet mit einer Kavalkade der Toten. Die Zeitungen haben die gute Angewohnheit, Bilder von den ersten Babies im neuen Jahr zu zeigen. Die hellen Gesichter, die die Polarnacht zum Leuchten bringen und denen wir im Frühjahr in den Parks wiederbegegnen, sie bilden das erste sonnige Kapitel. Die anderen, vor allem die elektronischen Medien, haben die schlechte Angewohnheit, den Roman Ende Dezember mit einem Kapitel abzuschließen, in dem wir nur berühmte Verstorbene sehen. Dabei ist die wichtigste Funktion des Todes in unserem Leben, daran zu erinnern, dass wir namenlos und vergänglich sind. Wenn man in diesem Jahresroman im Januar geboren ist, kann man nur im Dezember sterben. Alles spielt sich also zwischen Januar und Dezember ab. Die Einheit von Zeit und Raum. Ich möchte bei der russischen Literatur des 19. Jahrhunderts bleiben, denn ihre drei großen Autoren (Tolstoi, Dostojewskij, Gogol) bieten mir den Stoff für diesen Jahresroman. Wie bei Tolstoi beeinflusst die Landschaft die Figuren viel stärker, als sie denken. Tolstoi hat als einer der ersten herausgefunden, wie stark die Landschaft den Menschen prägt. Auf die Jahreszeiten haben wir keinen Einfluss, wir können nur auf sie reagieren. Der Mensch, der sich im Zentrum des Geschehens glaubte, muss erkennen, dass er nur ein schwarzer Punkt in der Landschaft ist. Die einzige Möglichkeit, das Kommando wieder zu übernehmen, ist, eine Menge zu bilden. Für Tolstoi ist die entscheidende Figur das Volk, nur das Volk kann die Landschaft verändern. Warum? Tolstois Antwort: weil es leidet. Der Motor der Geschichte ist

das Unglück der kleinen Leute. Der Historiker Pierre Miquel, Autor von *La grande révolution,* drückt es klar aus: »Die Geschichte ist nicht die der Großen, die sie schreiben, sondern der Kleinen, der Vergessenen, die sie erleiden. Denn die Geschichte ist aus ihrem Unglück gemacht.«[26] Wenn die Medien am Ende des Jahres nur die Gesichter der berühmten Verstorbenen zeigen, haben sie nicht verstanden, worum es im Roman der Wirklichkeit geht. Dostojewskij hingegen dringt in den nicht fasslichen Bereich der Neurosen des Individuums ein, sie führen zu den gewöhnlichen Morden, den Alltagsverbrechen, die bis zum Ende des Jahres ein Blutbad anrichten. Während Tolstoi uns den Wald zeigt, ist Dostojewskij der Holzfäller, der die Bäume eigenhändig, einen nach dem anderen abhackt. Wir beginnen ein neues Jahr ähnlich wie einen Roman mit der ganzen Arglosigkeit eines neugierigen Lesers, gespannt, obwohl wir nicht wissen, was uns erwartet. Mit Dostojewskij verlassen wir die Landschaft mit ihren weiten Flächen und ihren Jahreszeiten, um in eine andere fremde Zone vorzustoßen: die innere Landschaft des Menschen. Alle Gefühle sind bis ins Äußerste getrieben: die Liebe, die Eifersucht, die Macht, das Mitleid, der Neid, der Hass, der Krieg, die Freude. All dies geschieht, ohne dass die Abfolge der Jahreszeiten davon berührt wäre. Ob wir lieben oder hassen, der Frühling wird immer auf den Winter folgen. Die Überlegenheit der Landschaft gegenüber den ständigen Umtrieben des Menschen könnte ihm vielleicht ins Ohr flüstern, dass er gar nicht der Hauptgegenstand des Romans ist; aber er scheint zu solcher Demut nicht fähig, und vielleicht hilft ihm das sogar, in diesem Dschungel zu überleben. Da kommt der dritte

Russe im Bunde: Nicolai Gogol. Verzweifelt darüber, nicht der Hauptgegenstand des Romans zu sein, führt Gogol den Wahnsinn ein, die Fähigkeit, ein Anderer zu werden oder eine Nase. Gogol bemerkt, dass der menschliche Geist nicht nur aus Gefühlen besteht, selbst wenn sie ins Äußerste getrieben werden wie bei Dostojewskij. Bei Gogol verhilft der Geist der Figur zur Flucht. Er hilft ihr, sich eine Welt auszudenken, die ihren Träumen eher entspricht als das Leben. Doch die Realität der Jahreszeiten holt sie ein, denn ohne Mantel erfriert die Romanfigur, und Gogol verfällt in eine unerfreuliche Spiritualität. Ich frage mich, ob das Lesen eines Buches, dessen Abfassung den Autor sein ganzes Leben gekostet hat, nicht ebenfalls ein ganzes Jahr in Anspruch nehmen sollte. Bei mir war 2012 das Jahr, in dem ich nichts las außer *Krieg und Frieden.* Ich habe dabei einen Autor getroffen, der keinerlei Angst vor der Lächerlichkeit hatte, diese souveräne Freiheit erlaubte es ihm, ein Meisterwerk zu schreiben.

Wenn Sie einem Schriftsteller auf der Straße begegnen, ist es nicht verboten, mit ihm über sein Buch zu sprechen, aber geben Sie ihm keine zu genauen Ratschläge, denn wir schreiben nicht nach Maß.

67. Starke Leser

Häufig lesen wir in der Pubertät, die bei mir bis fünfundzwanzig dauerte, mit dem größten Eifer. Wir haben keine Angst vor den Giganten. Wir verschlingen *Don Quichote* (Cervantes), *Der Zauberberg* (Thomas Mann), *Die Wahlverwandtschaften* (Goethe), die *Dialoge* von Plato, alles durcheinander, ein paar Stücke von Shakespeare, *Fiktionen* von Borges, literarische Kuriositäten, die wir beim Stöbern in Kisten fanden, *Die drei Musketiere* (Dumas), ein paar Werke von Balzac und Zola, Lezama Lima, Dante (auch!), Hemingway, lieber noch Steinbeck, Salinger, Jorge Amado, Italo Calvino, eine Menge Lyriker, unter ihnen Neruda, wir meiden T.S. Eliot, eine Weile bleiben wir an ein paar Mystikern hängen, wir schämen uns über unser großes Interesse am *Propheten* von Khalil Gibran, wir schaffen es nicht, ein einziges Buch von Virginia Woolf zuende zu lesen, wir sind beeindruckt von Marguerite Yourcenars *Ich zähmte die Wölfin*, wir schwärmen für den *Candide* von Voltaire, wir mögen von Hemingway nur *Paris – ein Fest fürs Leben*, während wir seine anderen Bücher weglegen, wir beginnen nach der Lektüre von *Hundert Jahre Einsamkeit* wie verrückt zu tanzen, wir verstehen das Spektakel um *Der Fremde* von Camus nicht ganz (diese Liebe kommt später), wir meiden wie die Pest die bleichen Skandinavier (Strindberg und Ibsen), wir verweilen lange bei den Russen, letztendlich verbringen wir die meiste Zeit mit Lesen, wir gehören jetzt zu einer Leserelite, fähig, eine ernsthafte Meinung über Tolstoi abzugeben, der uns anödet, wenn er in sein mystisches Fabulieren gerät. Zwanzig Jahre später sind wir nicht mehr so in Form. Wir lesen keine ernsthaften Bücher mehr, nur solche, über die etwas in der Zeitung steht. Noch schlimmer, wir lesen, um in der Kneipe oder im Büro mitreden zu können. Und unsere Meinung ist keinen Pfifferling mehr wert, denn wir sind zum mittelmäßigen Leser geworden. Je weniger wir lesen können, umso strenger urteilen wir. Wir schlüpfen nicht mehr in das Buch hinein. Wir sprechen von außen. Wir lieben oder hassen. Als würde das dem Buch irgendetwas ausmachen. Es hört Sie nicht. Es geht nicht um das Buch, es geht um Sie. Das Buch ist bereits in anderen Händen. Im Grunde sind wir zu einem Leser geworden, der schlecht altert.

Schlagen Sie ein Buch auf, das Sie schätzen. Lesen Sie es. Legen Sie es nicht weg, bis Sie es ausgelesen haben. Es geht um Kopf und Kragen, um Sie als Leser.

68. Das Buch nach Maß

Um dem bequemen Leser das schlechte Gewissen zu nehmen sagt Pennac[27], er solle das Buch weglegen, wenn es ihn nicht mehr interessiert. Der Grund ist klar, es gibt so viele Bücher, die auf Sie warten, warum sollen Sie mit diesem Ihre Zeit vertun? Mit gleichem Recht könnte ein Schriftsteller sagen: Es gibt schon so viele Bücher, warum also Zeit verlieren, um dieses zu schreiben? Hätte Kafka das gedacht (es wird von ihm berichtet), hätten wir den Schaden, oder Shakespeare (er bleibt noch versteckt), hätten wir Pech gehabt, oder Plato (dessen Ideen eigentlich von Sokrates stammen), dann könnten wir einpacken. Pennac tut so, als ob der Leser (jemand, den er kennt) seinen Segen bräuchte, um ein Buch wegzuwerfen. Natürlich muss sich ein bekannter Schriftsteller beim Signieren so manches anhören (»Ich schäme mich, dieses oder jenes Buch nicht zuende gelesen zu haben« – häufig ist es Joyce oder Proust), aber er wäre völlig bescheuert, wenn er denkt, dass die betreffende Person Joyce oder Proust je aufgeschlagen hat. In dem Moment ist der Schriftsteller froh, im übervollen Herzen der Leserin Joyce ausgestochen zu haben, so dass er sie anlächelt und ihr mit lauter Stimme sagt, damit die ganze Schlange diese kostenlose Lektion hört: »Meine Liebe, Sie dürfen Joyce beiseite legen, wenn er Sie langweilt.« Doch sie hört nicht auf, sie hat die Aufmerksamkeit des Stars: »Aber ich habe ein schlechtes Gewissen … er ist ein so großer Autor.« Da streichelt der Star des Tages die Hand der Leserin und sagt: »Man sollte nie ein schlechtes Gewissen haben.« Falsch, falsch, falsch. Wir haben ständig ein schlechtes Gewissen und zwar nicht, weil wir christlich-jüdischen Glaubens sind. Ein Mensch steht immer vor schwierigen Entscheidungen, er weiß nie, ob er richtig entschieden hat. Ich spreche nicht von Entscheidungen zwischen einfachen Alternativen: jemanden zu töten oder nicht, obwohl er Ihnen nichts angetan hat, oder einen Verrat zu begehen, mir geht es um kniffligere Entscheidungen. Das komische Gefühl bei einem Buch, das einen langweilt, ist normal. Wir fragen uns tausendmal, soll ich weiterlesen oder nicht? Vertue ich meine Zeit, wenn ich weiterlese? Was würden Sie stattdessen tun? Ein besseres Buch lesen. Sie denken, dieser Autor könnte gut sein. Aber wenn auch er sie langweilt, werfen Sie ihn ebenfalls aus dem Fenster. Irgendwann werden Sie nicht mehr nur das Buch hinschmeißen, sondern die Lektüre. Herr Pennac, mit Ihren beknackten Ratschlägen gefährden Sie das Lesen. Wegen solcher unausgegorenen Vorstellungen muss ein Schriftsteller sich ständig rechtfertigen. »Ich habe Ihr

Buch gern gelesen, aber der Anfang war so schwierig, ich bin erst ab Seite 50 reingekommen.« Darauf wird auch noch eine Antwort erwartet. »Wenn Ihnen das Buch gefallen hat, sollten Sie die ersten fünfzig Seiten nochmal lesen. Der erste Teil ist mit Wiederholung.« »Was heißt das?« »Er ist zweimal zu lesen.« Schweigen. »Das wusste ich nicht. Ich werde es versuchen.« Lächeln. »Geben Sie mir Bescheid.« Später hören Sie zufällig ihr Gespräch: »Der Anfang ist mit Wiederholung, Suzanne, du musst Joyce nicht auf Anhieb verstehen.« Doch nicht nur der erste Teil, sondern das ganze Buch, der gesamte Autor ist zweimal zu lesen. Um ihn zu verstehen, brauchen Sie ein zweites Leben. Was ich damit sagen will, jeder Autor, selbst Tolstoi war versucht, das Manuskript von *Krieg und Frieden* aus dem Fenster zu werfen. Hätte er es getan, wir hätten nichts davon erfahren. Wir sollten also mit unseren kleinen Schwierigkeiten zurückhaltender sein. Und ein letztes: Jedesmal, wenn einer in einem Salon verkündet, Flaubert habe ihn in der Schule gelangweilt, ist er inzwischen ein berühmter Kritiker und verbringt seine Nächte mit *Madame Bovary.* Die Eliten wollen es der Arbeiterklasse immer leicht machen. Lesen die Leute viel Flaubert, werden sie danach viele andere nicht mehr lesen wollen. Ich meine, wir sollten nicht aufhören, selbst wenn es anstrengend oder schwierig wird. Müssen wir gleichzeitig nicht auch die Bücher beachten, die für uns als Zielgruppe verfasst wurden? Das ist der Weg des geringsten Widerstandes, der zur schiefen Bahn werden kann, wenn zu viele ihn gehen.

Der Gedanke einer Nachwelt, vor der nur die guten Bücher be-

stehen, ist genauso falsch wie jeder Glaube an die Reinheit einer Idee.

69. Die Provokation

Wir können uns im Buch selbst darstellen, aber ebensogut einen Anderen. Es gibt keine »Wahrheit«, die zählt, denn nur wir allein wissen, ob es stimmt. Schreiben gibt uns die Möglichkeit, aus dem üblichen Rahmen zu fallen. Das heißt nicht, wir sollten um jeden Preis ein Skandalbuch verfassen. Aber schließlich sind Sie nicht in einem Salon unter der Beobachtung von Jungfrauen, die schnell Anstoß nehmen, sondern in einem besonderen Raum, wo Sie jemanden ansprechen, der Sie nicht sieht (und den Sie sich mühsam vorzustellen versuchen). Sie sind frei, einen Striptease hinzulegen, vorausgesetzt er gelingt Ihnen so, dass er den Leser überzeugt. Eine junge Schauspielerin regt sich häufig auf, wenn sie im Drehbuch eine Nacktszene entdeckt (ungeschickterweise steht die Szene schon in der Version, die sie mit der Vertragsunterzeichnung erhält). Natürlich will sich die junge Frau nicht ausziehen, »höchstens wenn es notwendig ist.« Der Regisseur lädt sie zu einem Glas ein, um ihr zu erklären, dass es sich um einen entscheidenden Moment im Film handelt. Nach zwei Flaschen Wein und einigem Argumentieren, bei dem mehrfach das Wort »Kunst« fällt, willigt sie endlich ein, die gewagte Szene zu spielen – häufig gegen den Willen ihres Agenten, der zu dem mit Chianti begossenen Gespräch nicht geladen war. Wenn die besagte Szene gedreht wird, geht sie in ihrem Spiel sogar über das hinaus, was der Regisseur sich erhoffte. Aber nachdem der Film angelaufen ist, wundert sich die Schauspielerin, dass das Publikum die Feinheiten ihres Spiels übersieht und nur die Szene mit dem scharfen Sex wahrnimmt. Denn ein schöner nackter Körper schaltet bei uns jede Reflexionsfähigkeit aus. Wenn wir eine scharfe Sexszene wollen, sollten wir sie nicht hinter einer intellektuellen Nebelwand verstecken. Was Ihnen beim Schreiben ein wenig sündhaft erschien, wird bei der Lektüre so wirken, da helfen auch die Freudschen Analysen nichts, die Sie darüberkleben können wie Feigenblätter.

Es wird schlechte Bücher geben, solange es schlechte Leser gibt.

70. Die lange Reise

Ich lese gerade *Krieg und Frieden.* Das soll nicht heißen, dass ich das Buch zum zweiten Mal lese. Es ist wie mit den *Elenden* von Victor Hugo[28] – wenn wir sie in der Jugend nicht gelesen haben, wird es später nahezu unmöglich, wenn man von allen Seiten mit Anfragen durchlöchert wird wie ich. Es werden Ihnen viele Bücher angeboten, die Sie kein bisschen interessieren, aber niemand ruft an und fordert Sie auf, Tolstoi zu lesen. Die Lektüre will vorbereitet sein, denn für *Krieg und Frieden* brauchen wir freie Zeit. Gerade sie fehlt uns am meisten. Solche Romane nahm man einst ins Sanatorium mit. Sie wurden während des endlosen russischen Winters in einer Datscha geschrieben, um auf dem Krankenlager gelesen zu werden. Damals konnte man drei Monate im Krankenhaus und drei Jahre im Krieg verbringen. Heute gibt es diese lange Muße nicht mehr wie die damalige Zeit der Genesung. Es gibt also auch nicht mehr die endlosen introspektiven Bücher für die Langstreckenlektüre. Proust, der nicht einmal krank war, hatte die längste Genesung. Wollen wir ihn verstehen, müssen wir uns in seine Lage versetzen. Ich lese also *Krieg und Frieden*, dabei entdecke ich etwas fast Vergessenes: einfach zu lesen. Wir schlagen ein Buch auf und vor uns liegt eine Welt. Wir möchten am liebsten den anderen mitteilen, wie es diesen Figuren ergeht, die vor unseren Augen agieren. Zu Anfang sind sie nicht größer als die Buchstaben, die sie bezeichnen. Im Laufe der Lektüre wachsen sie zu natürlicher Größe. Auf einmal überragen sie uns. Wir sehen ihnen beim Leben zu. Wir leiden mit ihnen. Wir lachen mit ihnen. Am Ende sagen wir: »Das ist es! Genau so wollte ich schreiben.« Wir würden gerne unter unseren Händen eine Welt entstehen lassen, die gar nicht so verschieden ist von dieser alten Welt. Dazu brauchen wir Geduld. Keine Seite überspringen. Hören Sie nicht auf die Schmeichler, die Ihnen sagen, Sie könnten ohne sie auskommen. Sie werden Tolstoi nicht erfassen, bevor sie nicht jede Zeile lesen. Ohne die langen Beschreibungen eines Festes, einer Landschaft, eines Gefühls gelesen zu haben, meinen Sie, Sie dürften diese Seiten weglassen. Damit geben Sie Auskunft über Ihr Leseverhalten, aber Sie lernen Tolstoi nicht kennen. Dies ist kein Gebirge, das man zum Training erklimmt. Wenn Sie nur noch lesen, was Ihnen gefällt, werden Sie möglicherweise einen Luxus verlieren, der ohnehin am Aussterben ist: die Langeweile. Bei Tolstoi wechseln sich die Feste ab mit Szenen, in denen Langeweile herrscht. Die Langeweile, oder wie sie gelebt wird, sagt mehr über eine bestimmten Epoche aus als alles andere. Wenn sie nicht mehr in unsere Vorstellung vom Leben passt, konsumieren wir nur noch. Die Langeweile bildet, in heute geradezu obszöner Weise, die leere Zeit zwischen zwei intensiven Momenten. Diese Art der Langeweile ermöglicht die Kontemplation. Es ist ein Luxus, den sich die Literatur gönnen kann, im Gegensatz zum Journalismus. Eine geadelte Zeit, die nicht gefüllt werden muss. Dies ist es, was ich bei Tolstoi finde und was in der heutigen Literatur fehlt. Der Leser, der nur eilig leben will, mag es jedenfalls nicht mehr. Hierin liegt sein größter Einfluss auf das Schreiben.

Unsere Art zu gehen (zu schwimmen, zu lachen, zu tanzen) kann einen gewissen Aufschluss darüber geben, wie wir schreiben.

71. Der Krieg der Worte

Damit Sie nicht denken, Tolstoi sei nichts als ein Gebirge aus Langeweile, komme ich auf *Krieg und Frieden* zurück. Beim Lesen stelle ich mit Erstaunen fest, wie die Peinlichkeit im Gespräch bei ihm die Spannung erzeugt. Spannung hat gewöhnlich das einzige Ziel, den Leser bis zum Schluss in Atem zu halten. Allerdings wird meist linear erzählt. Ein Verbrechen hat stattgefunden, also muss der Schuldige gefunden werden. Es kann noch viel passieren bis zur Verhaftung, aber wir können erst schlafen, wenn wir wissen, wer der Mörder ist. Wir versuchen, das vorher herauszufinden, aber wenn es gelänge, wären wir enttäuscht. Der Ehrgeiz spielt eine Rolle in dieser Art von Lektüre. Es ist ein Duell zwischen Autor und Leser. Das ist bei Tolstoi anders. Natürlich streben wir auch bei ihm einem Ende zu, aber eher einem Ende der Welt als der Handlung. Um diese Welt zu beschreiben, setzt Tolstoi zunächst lange ruhige Passagen ein, wo die Landschaft kaum in Bewegung ist und die Gefühle zu schlummern scheinen. Plötzlich ein Erwachen, zeitgleich mit der Ankunft einer neuen Jahreszeit, und die Gefühle brechen auf wie die Knospen im Frühling. Tolstoi weiß sehr gut, dass der Rhythmus (der Jahreszeiten) nicht ausreicht, um die Leute in Atem zu halten und dass er noch etwas anderes finden muss. Etwas, das außerhalb der Natur liegt oder in der Natur des Menschen. Seine Fähigkeit, in einem geschützten Raum, wie etwa einem Salon, peinliche Situationen entstehen zu lassen. Und was für ein Salon das ist! Der vornehmste, den man sich denken kann, der Salon der russischen Aristokratie. Durchdrungen von der französischen Kultur. Ein Salon mit gepflegter Konversation. Hier stellt Tolstoi seine Kamera auf, in diesem Raum mit vielen Zirkeln, schließlich sind nicht alle Adligen von gleichem Format. Nicht einmal die vielen Fürsten haben das gleiche Gewicht. Jeder kann in den Salons von Petersburg herumstolzieren, wenn er Ländereien und einen guten Stammbaum besitzt. Doch man wechselt in dem Salon nicht einfach in einen höheren Zirkel. Jeder kennt seine Grenzen. Tolstoi genügt es nicht darzustellen, welche Personen den Adel bilden, er zeigt uns vielmehr die Bewegung der Worte im Gespräch und ihre Wirkung auf die Beteiligten. Die Konversation bleibt freilich nicht auf den

Salon beschränkt, sie reicht bis ins Schlafzimmer, mit einem Umweg über den Garten. Tolstoi lässt die Handlung durch diese Konversationszwischenfälle voranschreiten. Es beginnt mit einem (kleinen oder großen) Fest und während die Leute im Saal sich vergnügen, spielt sich im Nebenraum eine Tragödie ab. Alles liegt in den Worten. Es fällt nicht etwa jemand in Ohnmacht, sondern durch ein Wort kippt die Stimmung. Alles geschieht im Inneren der Figuren. Zuweilen haben sie dabei unterschiedliche Interpretationen. Es kommt sogar vor, dass eine Person unglücklich wird über Worte, die sie nur zu hören vermeint (Natascha Rostow in der Verlobungsszene mit Fürst Andrej). In dieser noch klar geregelten Welt, auch wenn sich in Adelskreisen gerade viel bewegt (in Kriegszeiten verliert man in einem Wimpernschlag Besitz oder Prestige), kann alles von einem Wort abhängen. Vom gesprochenen wie vom zurückgehaltenen. Die Figuren interpretieren unaufhörlich, was nicht gesagt aber ausgedrückt wurde, wenn man genau hinhörte. Wir gewinnen den Eindruck, als fände der Krieg nicht an der Front, sondern im Salon statt. Dort wird über die Geschicke der Menschen entschieden. Tolstoi hat etwas Grundlegendes für den Roman entdeckt: den Ort. Der Ort ist der Salon (oder das Wort), die Zeit ist die des Krieges. Die Bühne ist das Herz des Menschen.

Leute, die nicht lesen können, wissen nicht, dass gerade sie sich häufiger in Büchern wiederfinden werden als jede andere Gruppe von Menschen.

72. Was es Wichtiges zu sagen gibt

Geben Sie Acht auf den Raum des Romans. Er ist nicht Ihr Privatbesitz. Ein Buch ist ein öffentlicher Raum oder sollte dazu werden. Solange er Ihnen gehört, ist es nicht fertig. Ein gutes Buch gehört dem, der es aufschlägt. Ein Klassiker gehört allen, auch denen, die ihn nie in die Hand genommen haben. Er lässt sich nicht für Propagandazwecke missbrauchen. Oder um persönliche Ansichten bekannt zu geben. Eine begrenzte Zahl Bemerkungen über die jeweilige Epoche sind annehmbar. Ein wenig Gift erhöht die Spannung, aber Vorsicht, die Überdosis ist tödlich. Die Fiktion kann ein gewisses Maß an Ideen aufnehmen, sind es mehr, wird sie zum Thesenroman, und das ist unbedingt zu vermeiden. In dem Fall ist es besser, einen Essay zu schreiben, den der Leser kauft, falls er die Ansichten des Autors teilt. Einen Essay liest man zur Bestätigung der eigenen Meinung. Nur wenige Leute interessieren sich für Ansichten, die von ihren eigenen abweichen. Bei einem Essay schauen wir auf den Klappentext, das entscheidet über den Kauf. Häufig kennen wir den Autor bereits. Beim Roman sollte der Text auf dem Cover nicht zu ausführlich sein, damit auch ein Leser eine Chance hat, der Ihre Ideen nicht teilt. Die wichtigen Dinge, die Sie zu sagen haben, sollten Sie lieber im Roman aufzeigen. Oder wenn Ihnen so viel daran liegt, verteilen Sie sie unauffällig im Text. Wenn Sie Ihre Auffassungen verbreiten möchten, rate ich dazu, ein Nachwort zu schreiben. Dort sprechen Sie sich aus und damit Schluss. Danach können Sie sich wieder dem Roman zuwenden. Er ist gelungen, wenn er am Ende anders geworden ist, als Sie anfänglich planten. Ein Roman ist keine Abhandlung. Der Erzähler ist geglückt, wenn der Autor nicht alle seine Ansichten teilt. Was im Roman ausgesagt wird, deckt sich nicht völlig mit dem, wie der Autor darüber denkt. In diesem kleinen Unterschied liegt die ganze Überraschung der Literatur. Der berühmteste Fall war Balzac, der mit *Die menschliche Komödie* der Restauration (der Monarchie) ein Denkmal setzen wollte. Glücklicherweise passt sein großer Roman (in neunzig Büchern) in keine Kategorie.

Lesen und Schreiben sind zwei unterschiedliche Vorgänge, gute Leser werden häufig zu schlechten Schreibern, weil sie diese Tatsache nicht einsehen wollen.

73. Remy de Gourmont und der Stil

Ich lese, im Pyjama, Remy de Gourmont. Ich finde bei ihm alles wieder, worüber ich seit einiger Zeit ständig nachdenke. Er formuliert das so endgültig, dass ich ihn nur zitieren kann. Schrieb er so gut über den Stil, weil er sich hässlich fand? Angesichts dieser Ungerechtigkeit der Natur, die ihn das Licht meiden ließ (er ging nur bei Nacht aus dem Haus), setzte er alles auf seinen Geist. Der sonst so zurückhaltende André Gide sagte über ihn: »Er kannte den genauen Wert jedes literarischen Werkes«. Ich zitiere also, was er in *La culture des idées*[29] über den Stil schreibt: »Der Schriftstellerberuf ist ein Handwerk und mir wäre wohler, wenn er nach seiner Stellung im Wortschatz zwischen dem Schreiner- und dem

Schuhmacherhandwerk eingeordnet würde, statt als eine der Aktivitäten des Menschen ganz allein und für sich zu stehen. Wenn dieser Beruf in seiner Sonderstellung, vermeintlich um ihn zu ehren, nicht mehr als Handwerk angesehen wird, entrückt man ihn womöglich so weit von allem Leben, dass er in der Isolierung stirbt. Steht er dagegen auf seinem Platz in einer der symbolischen Nischen der großen Galerie, wird er mit einer Lehrzeit und mit Werkzeug verbunden, und damit von unsinnigen Ansprüchen befreit. Er ist streng und entmutigend.« Und weiter unten: »Der Schriftstellerberuf ist ein Handwerk; aber der Stil ist keine Wissenschaft.« Und noch weiter unten: »Die Kunst des Schreibens unterscheidet sich sehr von Malerei oder Bildhauerei. Das Schreiben nutzt wie das Sprechen eine ursprüngliche, nicht bewusste Fähigkeit, die notwendigerweise allen Menschen zur Verfügung steht. Sie lässt sich nur anhand einer umfassenden Anatomie der Geistestätigkeiten analysieren; aus diesem Grund können alle Traktate zur Kunst des Schreibens, ob sie zehn oder tausend Seiten umfassen, nur nutzlose Skizzierungen sein. Die Frage ist so komplex, dass man nicht weiß, von welcher Seite sie anzupacken wäre; sie hat so viele Spitzen, ist ein so dorniges und stacheliges Gebüsch, dass wir es umgehen wollen, statt uns hineinzustürzen; und das ist vernünftig.« Als ich diese Gedanken notierte wie ein Jünger zu den Füßen seines Gurus, habe ich mich gefragt, ob ich nicht den Ast absäge, auf dem ich sitze. Zwischen Remy de Gourmont und mir besteht aber ein großer Unterschied, denn ich muss nicht Rücksicht nehmen auf eine alte Kultur mit so strengen Codes, dass sie am Ende noch die beweglichsten Geister lähmten.

Können wir über eine Sache schreiben und dabei an etwas ganz anderes denken? Wovon sprechen Sie genau? Von nichts.

74. Die Zeit der Frauen

Kürzlich traf ich mich mit einer Freundin, einer jungen Romanautorin, die gerade ihr zweites Buch verfasst. Eine entscheidende Hürde. Natürlich ist ihr größtes Problem, die Zeit zum Schreiben zu finden. Sie hat zwei Töchter und einen Mann, außerdem noch eine Mutter. Sie hat mir an einem Spätsommertag auf einer sonnigen Bank im Park ihr erstes Kapitel vorgelesen. Sie hat Talent, aber offensichtlich kann sie sich nicht genügend konzentrieren. Dem Roman fehlt es an Dichte. Es gibt eine Lösung: sie muss weitere Schichten der Emotion und der Wahrnehmung auftragen. Dazu braucht sie Zeit. Wir haben ihren Tagesablauf durchgekämmt. Die einzige Zeit, die sie hat, ist am späten Abend. Dann ist sie erschöpft. Der Alltag lässt ihr keine Minute zum Träumen übrig. Die Leute im Park, die ihre Hunde an uns vorbei spazieren führten, ahnten nicht, dass wir eine Revolution planten. Die Neuordnung der Zeit für eine junge Mutter, die schreiben will. Ich rate ihr, einen kleinen Mittagsschlaf zu halten (zwanzig Minuten), bevor sie sich zum Schreiben hinsetzt. Das brächte ihr die nötige frische Energie. Aber der Gedanke an einen Mittagsschlaf hat sie erschreckt. Ein solcher Luxus scheint ihr völlig ausgeschlossen. Das Mittagessen könnte sie am Vorabend kochen, dann bliebe ihr am Morgen freie Zeit. Diese Idee erscheint ihr umsetzbar, aber sie fühlt sich schuldig, wenn sie ihren Traum dem Wohlergehen ihrer Kinder vorzieht. Wir haben auch über die Möglichkeit gesprochen, sich ein Zimmer in der Stadt zu mieten, um nicht jede Minute gestört zu werden. Sie hat laut gelacht und gesagt, dann könnte sie sich auch einen Liebhaber nehmen. An ihrem spontanen Lachen erkannte ich, dass ihr Wunsch zu schreiben mit dem Begehren zu tun hat. Die Revolution ist also nicht mehr fern.

Die Lust zu schreiben oder auf Sex kann einen jederzeit und an jedem Ort überkommen, ohne dass es auffällt. Erstaunlich, dass derart intime Regungen sich so stark auf das Leben der Gemeinschaft auswirken.

75. Das Geheimnis

Es ist gefährlich, in einem Roman das Geheimnis zu lange hüten zu wollen. Haben wir nicht die Geschicklichkeit eines Krimiautoren parat, werden wir den Leser enttäuschen. Besser ist es, ihn im Unklaren zu lassen, bis er sich selber fragt. Er will, dass sich der Nebel lichtet. Genau da packen wir ihn mit einem Geheimnis. Schnapp! Es gibt auch die Technik der Matrjoschka, der russischen Puppe. Im Inneren des Geheimnisses verbirgt sich ein weiteres. Eine Figur mit einem Geheimnis muss übrigens nicht bedrückt wirken. Ich kannte einmal ein sehr fröhliches junges Mädchen, dabei hatte sie in ihrer Vergangenheit so viele Leichen, dass ihr Gedächtnis wohl wie ein Friedhof aussah. Hauptsächlich Todesfälle durch Gewalt. Dennoch lachte sie schallend, als würde sie von jedem meiner Worte gekitzelt. Eines Abends zeigte sie mir ihre andere Seite. Wir saßen in der Augusthitze in einem Zimmer ohne Klimaanlage, trotzdem fror ich bis in die Knochen. Nicht alle Geheimnisse sind blutrünstig oder auch nur makaber. Es gibt hübsche Geheimnisse, nur beschützt durch ihre Banalität. Sie erhalten Bedeutung, weil die anderen sie lüften wollen.

Bei sehr verschwiegenen Menschen ist ihr Leben vielleicht geheim, aber nicht unbedingt frei von Sünde. Schriftsteller sind wild auf Figuren dieser Art.

76. Die Sozialklischees

Ein Reicher ist nicht zwangsläufig ein Schweinehund. Manche werden reich, ohne dass sie andere ausbeuten – ich weiß, Balzac meinte, hinter jedem Vermögen stecke ein Mord. Auch beim Reichtum gibt es Abstufungen, die sollten wir nicht außer Acht lassen. Das Wort *reich* ist zu ungenau, um die großen Unterschiede zu bezeichnen. Ein Armer ist nicht unbedingt ein netter Kerl. Auch unter den Armen gibt es Schweinehunde. Der Gegenstand des Schriftstellers ist vor allem die Natur des Menschen. Im Leben gibt es nicht nur Klassengegensätze. Man müsste einen Reichen beschreiben können, der weder ein Schwein ist noch ein Idiot. Wenn uns das gelänge, hätten wir eine große Hürde genommen. Ein Revolutionär, der wie ein Fisch im Volk schwimmt, dieses bei uns häufig vorkommende Motiv ist zu revidieren, denn alle, die sich in der Realität daran hielten, haben es später bereut, der Autor Jacques Stephen Alexis an erster Stelle. Er beteiligte sich an einer Landung auf Haiti, um Papa Doc zu stürzen, im Glauben, die Bauern würden sich spontan seinem Vorhaben anschließen. Mit dem Ergebnis, dass er fast den gleichen Tod fand wie Hilarion Hilarius, die Hauptfigur in seinem Roman *Compère Général Soleil.*[30] Jacques Stephen Alexis versuchte Fiktion und Realität in Übereinstimmung zu bringen. Jedoch in dem ergiebigen Milieu des Lumpenproletariats rekrutiert das Regime den Großteil seiner Spitzel. Wie? Indem es sie bezahlt. Der Leser erwartet vom Romanautor ein bisschen Abstand. Er sollte vermeiden, sich auf eine Seite zu schlagen, als ginge es um eine Diskussion in der Kneipe. Ein Roman braucht Nuancierungen. Sorgen Sie sich nicht um Ihre Ideen, es gibt andere Orte, um sie zu verbreiten. Im Text scheinen sie ohnehin durch. Über dieses Thema könnte man eine große Debatte führen. Überlastet es nicht unsere haitianischen Romane, dass sie offensichtlich so häufig politisch gefärbt sind? Sollten wir damit nicht zurückhaltender sein, so dass andere Themen in den Vordergrund treten können? Zwei große Diskurse durchziehen die haitianische Literatur seit der Diktatur der Duvaliers: das politische Engagement und der Voodoo. Der haitianische Schriftsteller ist seinem Wesen nach gegen das Regime – und sagt es unaufhörlich. Der Voodoo ist die gemeinsame kulturelle Wurzel. Seit gut fünfzig Jahren lesen wir nichts anderes als Voodoo-Zeremonien. Wir brauchen eine andere Perspektive. Das heißt nicht, die politische Einstellung zu ändern, es würde genügen, diese

Themen aus einem anderen Blickwinkel zu betrachten. Es ist das Vorrecht des Künstlers, starre Formen aufzubrechen. Etwas frecher sein. Gegen den Strom schwimmen. Sonst hören wir bei diesem eintönigen Geräusch nicht mehr hin, obwohl wir die Ansichten teilen. Wir sollten Schriftsteller lesen, die gegen die eigene Kultur schießen: Das *Tagebuch*[31] von Witold Gombrowicz und die Romane von Thomas Bernhard, selbst wenn sein Hass auf Österreich einem manchmal die Luft abschneidet.

»Weil ich arm bin, steht mir Talent zu«, dieser Satz beruht auf einer falschen Analyse der Güte Gottes.

77. Fachsimpeln

Neulich verbrachte ich den Nachmittag bei einem befreundeten Schriftsteller. Wir tranken Wein und sprachen die ganze Zeit über den Literaturbetrieb. Die Rede war von Schriftstellern, die mit uns angefangen haben und noch im Geschäft sind. Eine große Zahl dieser jungen Romanautoren der 1980er Jahre, die damals ungeduldig mit den Hufen scharrten, haben bereits aufgehört. Doch nicht unbedingt die Lieblinge der Kritiker sind geblieben. Wir zählten die Toten und die Lebenden auf. Ich bemerkte, dass wir bei jeder neuen Flasche das Thema wechselten. Wir sprachen über e-books, verließen dieses unergiebige Thema jedoch schnell wieder. Wir gingen zu den Schriftstellern über, deren Bücher im Laufe der Zeit schlechter werden – ohne dass sie es merken. Und haben uns versprochen, dem anderen zu sagen, wenn wir bei ihm ein Absinken seiner Ausdruckskraft wahrnehmen. Ich mag diese Gespräche, wo jeder weiß, dass der andere lügt. Es käme mir komisch vor, einen Freund anzurufen, um ihm zu sagen, er sollte aufhören zu schreiben. Man kann nie wissen, es gibt schließlich Schriftsteller, die nach einer langen Durststrecke wieder an Kraft gewinnen. Überdies ist man mit den Anderen immer strenger. Beim Öffnen der letzten Flasche kamen wir auf das Thema der Schriftsteller, die mit einem glänzenden Buch starten, beim zweiten weniger guten ins Straucheln geraten und dann nichts mehr zustande bringen. Ihr Leben muss die Hölle sein, aber durch dieses Schweigen gewinnt ihr Werk manchmal an Dichte. Am Ende sprachen wir über Sex, wer mit wem schläft, da war es Zeit zu gehen, denn wir waren schon betrunken.

Jedes schlechte Buch, das wir nicht geschrieben haben, bereichert unser Werk.

78. Arbeiter mit ihren Maschinen

Beim Suchen einer Information im Internet bin ich auf die Seite von Natalie Lenoir gestoßen, die Schriftsteller mit ihrer Schreibmaschine zeigt. Sie wirken wie aus einer alten, versunkenen Welt, obwohl ich vor nicht allzu langer Zeit noch so stolz war auf meine Remington 22. Ich fühlte mich an der Spitze einer Avantgarde, nur weil ich auf der Maschine tippte, allerdings benutze ich, von meinen Anfängen bis heute auf dem Computer, nur einen Finger. Natalie Lenoir hat die Fotos zusammengestellt, aber angesichts des Alters einiger dieser Autoren wurden sie vermutlich nicht von ihr aufgenommen (George Bernard Shaw war vielleicht schon tot, als Natalie Lenoir geboren wurde). Auf jeden Fall verdanke ich es ihr, dass ich dieses Nest der Arbeiter mit ihren Maschinen entdeckte. Ich entdeckte auch, dass die Fotografie einen Schriftsteller nicht bei der Arbeit erfasst. Der Kamera (ein beweglicher Gegenstand in der Hand des Fotografen) gelingt es nicht, das klopfende Herz der Maschine einzufangen. Man sieht nur Stillstand. Die Schriftsteller sind zu gut gekleidet und es riecht nicht nach Schweiß. Aber wir können unmöglich von zeitgenössischer Literatur sprechen ohne Erwähnung des Gegenstands, der so viel Einfluss auf den Stil ausgeübt hat. Da die Schreibmaschine zum Schriftsteller in einer ähnlichen Beziehung steht wie ein Hund zu seinem Herrn, möchte ich beide im Porträt vereinen:

1) Ernest Hemingway

Er ist der Schlimmste. Ich kann nicht glauben, dass das Hemingway sein soll, dieser Hampelmann in einer zu engen Hose. Mit seinen gegelten Haaren sieht er aus wie ein Steptänzer. Der dichte schwarze Schnauzer macht ihn wiederum zum Latino. Alles ist gestellt, selbst das eingespannte weiße Blatt in der Maschine. Mit einem Glas in der rechten Hand kann er nicht tippen. Man trinkt und vögelt, sagte Bukowski, der davon träumte, wie Hemingway zu sein. Mit seiner Pose möchte Hemingway uns einreden, dass er gleichzeitig schreiben und trinken kann. Er trägt eine neue Navajo-Jacke. Mit zugekniffenen Augen fixiert er die Seite, das soll das Image seiner legendären Konzentration bestätigen. Aber er wartet offensichtlich auf das Klicken der Fotoapparats, um sich zu entspannen. Man sieht auch ein zur Kugel geknülltes Blatt unter dem Tisch vor der Jagdhütte.

2) Carson McCullers

Ein kleines Schwarzes für einen eher kühlen Abend. Der Kopf sitzt fest auf den Schultern, sie hält eine Zigarette in der rechten Hand und schaut ins Objektiv, ohne so zu tun, als ob sie schreiben würde. Das ist schon ehrlicher. Wir hätten es von dem großen, etwas verstörten Mädchen auch nicht anders erwartet, das für seine Bücher die wehmütigsten Titel seiner Generation fand: *Das Herz ist ein einsamer Jäger* und *Die Ballade vom traurigen Café*. Das muss einen in den Suff treiben und so war es auch. Die Thermosflasche auf dem Marmortisch enthält bestimmt keinen Tee. Doch der Stuhl, auf dem sie sitzt, wirkt recht stabil. Die Entschiedenheit, die sie ausstrahlt, ist die eines Alkoholikers, der all seine Energie sammelt, um ohne zu wanken durch den Salon zu gehen. Amerikaner haben manchmal dieses gesunde Äußere, auch wenn sie innerlich ausgehöhlt sind. Carsons McCullers' Werk offenbart ihre Verzweiflung. Ihre düstere Schönheit drängt die Schreibmaschine in den Hintergrund.

3) William Faulkner

Ich dachte, Hemingway wäre der Schlimmste, ehe ich Faulkner entdeckte. Offenbar weiß er nicht, dass man sich so nicht anzieht. Er sieht aus wie eine Imitation von Hunter S. Thompson, nur dass Faulkner 1897 und Thompson 1937 geboren ist. Borges behauptete einmal, ein Autor könne auch seinen Vorgänger beeinflussen. Faulkner ist ein Thompson mit Bäuchlein. Er sitzt da mit nacktem Oberkörper und Sonnenbrille. Bis zur halben Wade hochgezogene Wollsocken in Wildlederschuhen. Die Schreibmaschine thront etwas lächerlich waagrecht auf einem Kissen, das sicher von einem der schönen geflochtenen Sessel stammt, die man auf den Veranden der Südstaaten findet. Perfekt für einsame Alkoholiker. Ich habe allmählich den Eindruck, dies wird eine Abhandlung über das Thema Schreibmaschine und Alkohol. Die Maschine verführt zum Saufen. Keiner wird glauben, dass dieser Typ schreibt. Er hat noch nicht einmal ein Blatt Papier in der Maschine.

4) John Cheever

John Cheever sieht aus wie ein dem Trunk verfallener Schriftsteller (was er auch ist). Ich spreche nicht von jemandem, der ein wenig trinkt, bis das Zimmer leicht zu zittern beginnt. Diese Typen trinken aus anderen Gründen. Ich weiß nicht, wie er es geschafft hat, in seinem Terminkalender einen nüchternen Vormittag für dieses Foto zu finden. Haben Sie etwas vor?, fragt der Fotograf. Ja, ich trinke. Wann kann ich kommen wegen des Fotos? Lassen Sie mich im Terminkalender nachschauen. Kommen Sie am 15., zwischen 12 und 14 Uhr, nach dieser Pause werde ich drei Monate lang wieder untertauchen. Die Angst im Alkohol ersäufen. Cheever gönnt sich nicht einmal diese Ausrede. Schöne, etwas trockene aber kraftvolle Hände. Hände eines Mannes mit zittrigen Beinen aber starkem Herzen. Er liebt seinen Nachbarn, will ihn aber nicht sehen. Seine Hände umschließen die Maschine, wie um sie zu wärmen. Sein einziger Kontakt. Er legt all seine Zärtlichkeit hinein. Man könnte ihn für einen Schauspieler halten, mit diesem zugleich nackten und trauerumflorten Gesicht. Eine nüchterne Traurigkeit. Bogart hätte seine Rolle im Film spielen müssen.

5) Tennessee Williams

In Tennessee ist alles doppelt (zweimal n, zweimal s, viermal e). Er trinkt nur doppelten Scotch. Tatsächlich sieht er mit seinem Hawaiihemd und diesem gezwungenen Lächeln aus, als käme er von einer ausgedehnten Tour durch die Bars, oder als wollte er gerade zu einer solchen aufbrechen. Ich wähle die zweite Option. Er sitzt vor seiner alten klapprigen Maschine, die ganz offenkundig schon länger nicht mehr funktioniert. Ein großer Haufen zerknitterten Papiers spielt die Rolle des Manuskripts. Alles wurde schnell an den Rand des Tisches geschoben, damit die Maschine Platz hat. Der Fotograf fand das nicht nötig, aber Tennessee hält an seinem Image des netten Jungen fest, um darüber hinwegzutäuschen, dass er der Klassiker des modernen Theaters ist. *Tod eines Handlungsreisenden* und *Die Glasmenagerie.* Er wird wohl kaum an diesem Tisch und in diesem Aufzug schreiben. Ein zerrissener Morgenmantel würde besser zu ihm passen.

6) Nicolas Bouvier

Der übellaunige Reisende, der sich dauernd beklagt, wirkt zerbrechlich in diesem viel zu großen Strickpullover. Man spürt sein großes Zärtlichkeitsbedürfnis. Eine Zigarette im

Mund, Notizbücher über den ganzen Tisch verstreut und ein Aschenbecher neben einem leeren Glas. Sein Glas ist immer leer, denn er trinkt schnell und ohne Unterbrechung. Er trinkt, raucht und tippt Reiseerzählungen in die Maschine. Sonst füllt er seine Notizbücher. Man spürt, er strengt sich für das Foto wirklich an zu schreiben, besessen von seinem Glauben an die Aufrichtigkeit.

7) Patricia Highsmith

Sie ist so glücklich über den letzten Absatz, dass man meint, sie isst ihre Zigarette. Schöner Pullover, er passt gut zu ihren wilden Haaren. Eine Frau, die gewohnt ist, unvorteilhaft zu erscheinen, das gibt ihr diese echte Präsenz. Ihr eng an den Oberkörper geklemmter Arm zeigt, dass ihr die Haltung unangenehm ist. Sie ist Schmerz gewohnt, das sieht man. Aber sie scheint keinen Schmerz zu kennen, den ein Gläschen nicht lindern könnte.

8) Philip Roth

Auf dem Foto sieht er aus wie Anfang vierzig. Ein Mann von Welt, der sich damit bestraft, wie ein Einsiedler zu leben. Es hatte ihn damals bestimmt ein Schriftsteller beleidigt, den er schätzte. Er schaut das Blatt, das er abschreibt, schief von der Seite an, als ginge es um Leben oder Tod. Im Leben dieses jungen Mannes läuft etwas schief, seit seine Beine ihn nicht mehr über die Trottoirs von Manhattan tragen. Aber man hatte ihn zu oft in Gesellschaft gesehen (unter anderem am Arm von Jackie Kennedy), als dass er mit Salinger konkurrieren könnte. Die Schreibmaschine vor ihm wirkt so selbstverständlich wie ein Feuerzeug in der Hand eines Gewohnheitsrauchers. Tatsächlich weiß ich nicht, ob Philip trinkt oder raucht. Aus seinem Körper werde ich nicht schlau, er scheint mir ein Problem mit der Schwerkraft zu haben. Als könnte er jeden Moment zu Boden stürzen. Doch da ist dieser Stolz, der ihn aufrechthält. Auf dem Foto schützt er seinen Unterleib mit der linken Hand, wie ein Cowboy im Western, der gleich der Tür zum Saloon einen Tritt geben wird. Genau in diesem Moment kommt einer heraus und er kriegt einen Schlag auf die Nase. Die Beschreibung dieser Nase sind die besten Seiten von *Portnoys Beschwerden*, Roths berühmtestem Roman.

9) Hunter S. Thompson

Faulkner, nur zwanzig Jahre später, ausnahmsweise ohne Sonnenbrille. Seine Schreibmaschine sieht aus wie ein weißer Hai, gleich wird sie das riesige Maul mit ihren scharfen Zähnen, den Buchstaben des Alphabets, aufreißen. Mir ist nicht klar, wo das Foto aufgenommen wurde. In einem Weinkeller? In einer Garage, oder auf einem Dachboden, wo Hunter S. Thompson gerade die Kisten durchwühlte, auf der Suche nach einem Halloween-Kostüm? Er verbreitet gerne Angst und Schrecken. Er benutzt die Schreibmaschine als wäre sie eine Kalaschnikow. Mit zugekniffenen Augen beschießt er das konservative Amerika, wo Schweinehunde schamlos den anständigen Leuten Lektionen erteilen.

Seitdem die Zigarette und die Schreibmaschine nahezu ausgestorben sind, fehlt dem Schreibakt das Ritual. Der Schriftsteller kommt sich ziemlich nackt vor in seinem Taschentheater.

79. Das Unkraut

Sparen Sie mit Synonymen. Sie dürfen das Wort wiederholen oder auch »*truc, chose, ça*« (Dingsda, Sache, dasda) verwenden. Man spürt, wenn der Schriftsteller die Wörter von der Straße fürchtet. Seine Prosa wirkt zu glatt. Neuerdings streichen die Korrektoren jedes wiederholte Wort an. Seitdem man im Internet so bequem Listen mit Synonymen findet, wird kein Wort mehr wiederholt. Jetzt habe ich das Verb *wiederholen* mehrfach wiederholt und bin nicht tot umgefallen. Wenn kein Wort zweimal vorkommt (jetzt schon fünfmal *Wort*), gleichen wir einem Gärtner, der wütend das kleinste Unkraut ausrupft, das aus dem Boden lugt. Manchmal fühlt der Leser sich wohler bei einem saloppen Autor. Das hat Leuten wie Bukowski, Miller und Cendrars ein Vermögen gebracht, ebenso wie unserem Zeitgenossen, dem kubanischen Romancier Juan Gutiérrez. Sie alle wollen die Straße in den Roman hereinholen. Ich erinnere mich, wie ich das Wort *ça*[32] entdeckte. Dieses kleine, so harmlos erscheinende Wort hat meine Schreibhaltung völlig verändert. Es erlaubt mir einen ungezwungenen Stil, der meiner Sensibilität näher liegt. Doch es hat lange gedauert, bis ich dieses kleine Wort schreiben konnte. Nach meiner Auffassung war es nicht literarisch genug. Ich fand es sogar vulgär. Ganz allmählich hat dieses Wort mich in die neue Schreibhaltung eingewöhnt. Kein Wort ist vulgär, das kann nur ein Verhalten sein. Zum Beispiel finde ich Arroganz unsäglich vulgär. Nun (das Wort *nun* bietet mir eine knappe Überleitung), das soll nicht heißen, dass es nur einen Stil geben darf. Ein salopper Stil macht noch keinen guten Autor aus Ihnen. Die Poesie erscheint in den verschiedensten Kostümen. Ich mag sie am liebsten im Minirock, aber das geht nur mich etwas an.

Es kann ein ganzes Leben dauern, bis man mit dem Ernst eines spielenden Kindes zu schreiben vermag.

80. Metaphern und Zitate

Die jungen Schriftsteller gebrauchen Metaphern so oft, dass sie vergessen, wie die Dinge einfach auszudrücken sind. Der Trick ist, die Metapher hinzuschreiben, wie sie einem einfällt, und sie dann wegzustreichen. Wenn ohne sie verständlich ist, was Sie sagen wollen, ist sie überflüssig. Ich habe nichts gegen Metaphern, aber auf Dauer wirken sie ermüdend. Für manche gehören sie zu ihrer gängigen Ausdrucksweise. Sie können nichts mehr direkt ausdrücken. Sie brauchen jedesmal eine Vermittlung. Eine der Funktionen der Literatur (wenn es sie denn gibt) ist, den Erscheinungen den Schleier wegzureißen. Die Metaphern sind wie Schleier. Ihre Ausdruckskraft wächst, je seltener sie sind. Gleiches gilt für das Zitat (einer meiner Fehler). Seine Emotionen ausdrücken, indem man sich hinter einen berühmten Autor versteckt. Das Argument, er formuliere es besser, gilt nicht immer. Man will Ihre Stimme hören.

Man wird Ihnen ein-, zwei-, drei-, vier-, fünfmal vorwerfen, Sie wiederholten sich, bis man merkt, es ist Ihre Besonderheit.

81. Die Bibliothek des Autors

Es ist bekannt, die Bücher, die Sie gelesen haben, gehen lange in Ihnen um, sie haben Sie gewissermaßen geformt. Daher ist niemand überrascht, ihre Spuren in Ihren Büchern zu finden. Trauen Sie dem Schriftsteller nicht, der behauptet, er wäre eine Insel. Die Anleihen brauchen nicht sehr deutlich zu sein. Man kann sich auf den Leser verlassen, er wird auch sehr feine Anspielungen auf andere Werke verstehen. Falls er den gleichen literarischen Geschmack hat. Wir sind immer froh, wenn unsere Lieblingsbücher von einem Schriftsteller erwähnt werden, den wir bewundern. Ein Buch besteht aus vielen anderen Büchern. Aus solchen, deren Spuren sichtbar werden und anderen, die incognito reisen. Ein Buch ist eine Taschenbibliothek. Wenn wir einen Schriftsteller aufmerksam lesen, kennen wir seine literarischen Vorlieben. Manche Autoren führen dem Leser ihre Bibliothek vor. Alain Mabanckou zögert nicht, die Titel seiner Lieblingsbücher zu erwähnen. Sie fügen sich flüssig ein in die Bewegung seiner Sätze ohne Interpunktion (*Zerbrochenes Glas*)[33]. Und der Leser schaut nach. Mir war das schon im Kino begegnet, in dem Film *Wir waren so verliebt* von Ettore Scola. Scola hat eine kleine Anthologie der italienischen Filme, die ihn prägten, in die Handlung eingebaut. Er tat dies mit Augenmaß und es ist ein bezaubernder Film entstanden. Bei Mabanckou ist das jedoch mehr als ein Spiel, es ist seine Methode, ständig seine Privatbibliothek mit sich herumzutragen. Er führt auch die Namen eines großen Teils seiner Schriftstellerfreunde auf. So ist sein Werk eine kleine Bibliothek, bestehend aus den

Büchern, die er wiederlesen möchte, gleich neben einer Kneipe, wo er sich mit seinen Freunden trifft, um die Sache zu bereden.

Jedesmal wenn wir einen Schriftsteller zitieren, um eine Behauptung zu untermauern, tun wir so, als hätten wir vergessen, dass es hundert andere, ebenso wichtige, gibt, die das Gegenteil geschrieben haben.

82. Die tägliche Anstrengung

Häufig lesen junge Schriftsteller wie Schmetterlinge, die pausenlos Pollen sammeln. Wenn man schreiben will, ist es ratsam, einen Schriftsteller, den man schätzt, auszuwählen, und alles von ihm zu lesen. Sie werden erkennen, dass er nicht mit jedem Buch ein Schlüsselwerk schreiben wollte. Es gibt auch das Brückenbuch zwischen zwei Schreibperioden. Denn ein Schriftsteller wechselt manchmal das Thema. Nachdem er lange über die Kindheit geschrieben hat, will er vielleicht eine andere Zeit seines Lebens behandeln. So entsteht ein Buch, das zwischen den beiden Zeiträumen vermittelt. Andere werden zur Erholung verfasst, als hätte er eine Vergnügungsreise im Sinn, häufig nach einem Werk, das ihn mehrere Jahre beanspruchte. Er will die Lust am Schreiben wiederfinden. Er schreibt es, ohne jemand davon zu erzählen, wie ein Kind, das die ganze Zeit in einer Ecke sein Heft ausmalt. Er will nichts beweisen. Er will niemanden überzeugen. Er spielt. Manchmal gefällt den Lesern dieses Buch, das meist am Rande des Gesamtwerks steht, bedeutend besser als die anderen. Aber halt: ein solches Buch kann nicht allein bestehen. Es ist verständlich, weil es die anderen gibt. Ein berühmtes Beispiel ist *Die Wörter* von Sartre. Es gibt auch das Buch, das man schreiben muss, um vom Establishment anerkannt zu werden. Ein Werk, das Eindruck schindet, das aber niemand lesen möchte. Wie ein überdekorierter Salon, doch eigentlich sitzt man lieber in einer Ecke, wo es schlichter und wärmer ist. Ich könnte hundert solcher Bücher anführen. Es gibt auch das bilanzierende Buch, das im Handumdrehen das Werk zusammenfasst. Es gefällt besonders den Professoren und Kritikern, weil sie dann nicht mehr alles lesen müssen. Der Autor gibt es an, wenn ein Leser fragt, womit er beginnen soll. Kurz gesagt, ein echtes literarisches Werk folgt dem Lauf der Zeit. Doch für den, der Schriftsteller werden will, bedeutet es eine tägliche Anstrengung. Sie frisst ihn auf. Der Leser muss die Bücher nicht in der zeitlichen Abfolge lesen (er kann wie er will). Es ist aber interessanter, sich an sie zu halten. Wir folgen dann dem gewundenen Verlauf des Schreibens, allerdings lassen wir die angsterfüllten Nächte des Autors aus.

Vielleicht dienen Lesen und Schreiben, wie Träumen und Denken, nur dazu, den Geräuschpegel auf der Erde zu dämpfen.

83. Die Knute von Truman Capote

Truman Capote erscheint meist als ein Lebemann, der von Party zu Party eilt. Stets in den besten Gesellschaftskreisen von Manhattan. Nur die Reichen und Schönen konnten seine Freundinnen sein: Jackie Onassies, ihre Schwester Lee Radziwill, Babe Paley, Marcella Agnelli, Gloria Vanderbilt sowie die Eigentümerin der *Washington Post* Katharine Graham, für die er den berühmten Schwarz-Weiß-Ball inszenierte … Diane Vreeland sagte über ihn, er könne endlos über jedes beliebige Thema reden und am Ende sei »alles gesagt aber nichts klar.« Also ein glamouröser Weltmann im Stil von Oscar Wilde. Die folgenden Reflexionen aus dem Vorwort zu *Musik für Chamäleons* zeigen aber, dass seine ganze Leidenschaft dem Beruf gehörte: »Und dann fing ich eines Tages an zu schreiben, ohne zu ahnen, dass ich mich auf Lebenszeit einem noblen, aber erbarmungslosen Handwerk verschrieben hatte. Wem Gott eine Gabe verleiht, dem gibt er auch eine Knute; und diese Knute ist ausschließlich zur Selbstgeißelung bestimmt.« »Der Spaß hörte auf, als ich den Unterschied zwischen guter und schlechter Schriftstellerei erkannte und dann eine sogar noch beunruhigendere Entdeckung machte: den Unterschied zwischen sehr guter Schriftstellerei und wahrer Kunst; der ist zwar subtil, aber gravierend. Und da kam die Knute!« »Meine literarische Arbeit hielt mich vollauf beschäftigt: meine Lehrzeit am Altar der Technik, das Handwerk, die teuflischen Schwierigkeiten beim Gliedern in Absätze, bei der Interpunktion, der Dialogaufteilung. Ganz zu schweigen vom Gesamtentwurf, dem großen, strengen Bogen von der Mitte zum Anfang und zum Ende. Es gab so vieles zu lernen und aus so zahlreichen Quellen, nicht nur aus Büchern, sondern auch von der Musik, von der Malerei und aus ganz einfachen, alltäglichen Beobachtungen.« »Inzwischen sitze ich hier allein in meinem dunklen Wahn, ganz allein mit meinem Spiel Karten und natürlich der Knute, die Gott mir gegeben hat.«[34]

Wenn Sie die Wahl hätten, wären Sie lieber Jack Kerouac, der Unterwegs *geschrieben hat, oder Neal Cassidy, den Kerouac in dem Buch als die Hauptfigur des Dean Moriarty zeichnete? Heute möchte man gerne zugleich der Autor und die Hauptfigur sein, wie ein knauseriger Kaufmann, der immer im Laden sitzt, damit er keinen Angestellten bezahlen muss.*

84. Ein Notizbuch

Es ist ein ebenso notwendiges Werkzeug wie der Hammer für den Schreiner. Man muss es immer bei sich haben, um kleine Szenen, einen Vorfall, einen witzigen Dialog oder eine Landschaftsbeschreibung zu notieren. Es gibt Verhaltensweisen, die einem nie einfallen würden. Sie werden uns von der Realität geschenkt. Das normale Leben ist die Quelle jeder Fiktion. Daher der Ausdruck: unglaublich aber wahr. Wenn ein Notizbuch voll ist, wirft man es in eine Schublade und nimmt ein neues. Es kann Ihnen helfen, wenn Sie später einmal den Eindruck haben, dass ihnen nichts mehr einfällt. Ausgeschrieben! Notieren will gelernt sein. Objektive Observation. Ohne schriftstellerischen Ehrgeiz. Hinschreiben was man sieht. Die Dialoge wie man sie hört. In diesen Fällen zählt der Standpunkt der anderen, nicht der eigene. Wir denken, wir allein geben die Wirklichkeit wieder. Bei den Notizen wird uns klar, wir stehen nicht allein in der Landschaft. Es wimmelt um uns herum. Andere blicken uns an – auf ihre Weise. Ihre Bemerkungen werden laut. Emotionen prallen aufeinander. So lernen wir beobachten. Im Schreibberuf sind drei Dinge besonders wichtig: sehen, hören, spüren. Die amerikanische Romanautorin Eudora Welty hat zu diesem Thema ein schönes Bändchen geschrieben: *Eine Stimme finden.*[35] V.S. Naipaul, sonst immer so bissig, hat sich in einem freimütigen kleinen Buch *Das Lesen und das Schreiben*[36] gerührt seiner Anfänge erinnert. Da können wir beobachten, wie sich die Maschine langsam in Bewegung setzt. Und wir erspähen diese Raubtiere (Welty und Naipaul) im Dschungel der Worte.

Wir können denken was wir wollen, aber nicht alles schreiben, was wir denken. Wenn wir so weit gekommen sind, nur das zu denken, was wir auch schreiben können, sind wir ein Sprachrohr der Mächtigen.

85. Die Moral des Märchens

Wenn wir unser Leben als Leser mit den Märchen begonnen haben, ist das kein guter Anfang. Sie beginnen immer mit »Es war einmal« und folgen dann einem unabänderlichen Muster. Dabei geschieht nichts im Leben nur einmal. Das Leben ist ein ewiger Neubeginn oder eine dauernde Fortsetzung (doch diese Debatte überlasse ich Kant). Die Moral am Ende des Märchens ist noch verheerender, da sie uns vorspiegelt, wir könnten uns aus den unmöglichsten Situationen befreien, wenn wir uns nur an die Regeln halten. Die wichtigste Regel: die Prinzessin ist das schönste Mädchen im Königreich und Schönheit ist gleichbedeutend mit Reinheit. Es soll den Geist der Kinder formen, aber das ist keine gute Schule. Manche haben zu sehr diese pädagogischen Mythen im Sinn, wenn sie zu schreiben beginnen. Natürlich träumt jeder Schriftsteller davon, eine Erfahrung als einzigartig darzustellen. Aber nicht jeder vermag eine Geschichte mit dem berühmten »Es war einmal« zu beginnen, das unsere Kindheit verklärte. Das Leben hält so viele Überraschungen bereit, dass die Moral, genau wie die Kavallerie, immer zu spät kommt. Trotz alledem vermögen wir bis heute die Spuren der Märchen immer noch nicht aus unserem Alltag zu verbannen (wie etwa *Aschenputtel*), die unser Gedächtnis mit dem Anspruch belasten, alles müsse mit einer Moral enden, die inzwischen von Hollywood vorgegeben ist. Es wird versucht, den Leser auf den letzten Seiten an den immer gleichen Punkt zu bringen, wo das Gute das Böse besiegt. Dabei wäre es spannender, sich dem Alltagsleben anzunähern, das so viele Facetten hat, dass es sich nie auf einen so simplen Ausgang reduzieren ließe. Ich vermute, Geschichten setzen sich in neuen Geschichten fort. Der Übergang vollzieht sich manchmal vor unseren Augen, ohne dass wir es merken.

Wir können uns oft besser durch Bücher ausdrücken, als wenn wir uns an diesem wirren und kurzlebigen Gerede beteiligen, das unserem Alltag den Rhythmus vorgibt.

86. Hollywood

Wir setzen uns nicht ins Kino, um anzuschauen, was wir eben auf der Straße erlebt haben. Wir wollen etwas sehen, was dem allem einen Sinn verleiht. Die Antwort ist die Liebe. Wie ein Kind kommt der Zuschauer, um im dunklen Saal von ihr zu träumen. Im Gegensatz zum Märchen von Disney, das in einer unbestimmten Zeit spielt, nutzt das amerikanische Kino für seine Fiktionen die kleinen Geschehnisse unseres Alltagslebens. Das Problem wird kurz vor dem Schluss gelöst. Die letzte Szene gibt dann einen banalen Dialog zwischen den Protagonisten wieder, als sollte das Märchen in das reale Leben eingehen. Die beiden sitzen in ihrem Viertel in einem Restaurant und essen Hamburger. Sie führen ein Allerweltsgespräch, von dem wir nicht einmal alle Worte hören. Soll das alles gewesen sein?, fragen wir uns. Und erkennen, dass wir nichts verpassen, wenn wir keine Helden sind. Es ist das Märchen vom normalen Leben.

Wir sind auch die Autoren der Bücher, zu denen wir uns imstande fühlen, die wir aber nicht schreiben.

87. Der Tunnel des Alltags

Ein Buch hat zwei wichtige Momente: Anfang und Schluss. Es ist besser, als Schaf anzufangen und als Löwe zu enden, als umgekehrt. Wenn Sie mit zu viel Kraft beginnen, fragt sich der Leser beim geringsten Nachlassen der Intensität, ob Sie nicht ein zu großes Gewicht stemmen wollen. Ich bevorzuge es, als Schaf anzufangen und als Schaf zu enden. Dann bleibt mir viel Kraft für die Mitte. Doch wird sie so unauffällig angewandt, dass der Leser gar nicht merkt, wie er in einen Treibsand gerät, aus dem er sich nicht mehr alleine befreien kann. Dann haben Sie ihn in der Hand.

Sind Sie Leser geworden, um herauszufinden, was die Leute in ihrem Intimleben treiben? Vergessen Sie die Frage und lesen Sie weiter.

88. Das Konzept der karibischen Literatur

Der junge Autor aus der Karibik, der häufig sehr früh anfängt, hat große Angst vor der Realität, vor dieser schrecklichen Wirklichkeit, in der er sich abzappeln muss. Es ist klar, dass man eine gewisse Distanz von dieser Lebenssituation braucht, wenn man sie genau wiedergeben will. Der Feind ist leicht auszumachen: die Herrschenden. Hier soll es aber einmal nicht um die berechtigte Forderung gehen, die Verhältnisse zu verändern, sondern nur ums Schreiben. Wir wissen, der junge Romanautor lebt viel mehr in seiner Phantasie als im wirklichen Leben. Einer der Gründe dafür ist, dass er mit Gedichten angefangen hat, oder, wie ich, im Feuilleton. Dann sieht man das Leben durch die schillernden Metaphern, die uns die tropische Natur liefert. Wie oft habe ich den Duft der Ylang-ylang-Blüten eines Abends in Port-au-Prince erwähnt. Der Sonnenuntergang ist in diesen Texten nie der Moment, wenn der Tagelöhner von der Arbeit kommt, sondern immer ein ergreifendes Bild. Dabei wird doch vom Schriftsteller erwartet, dass er uns sehen lässt, was sich hinter dem farbenfrohen Schleier verbirgt. Dass er seinen scharfen Blick auf alles wirft, was sich um ihn herum abspielt. Dass er aufhört zu kommentieren statt etwas aufzuzeigen. Seine Chronik ist durchsetzt von wütenden Ausfällen gegen die Regierung. Manchmal wird auch die Klassenfrage angeschnitten, aber zumeist ganz allgemein (die Bourgeoisie ist an allem schuld). Das Wort *Elend* kommt häufig vor, aber es wird nicht gesagt, worin dieses Elend besteht. Alles bleibt recht abstrakt. Darin zeigt sich, auf wie fatale Weise in dieser Literatur das Alltagsleben fehlt. Es wäre zu erwarten, dass der junge Schriftsteller die Leute in Aktion beobachtet. Und sich alles in seinem Notizbuch aufschreibt. Jedoch in seinem Buch spüren wir nichts vom pulsierenden Leben. Zu viel Kommentar. Wir erkennen, der Ernst der Lage zwingt ihn dazu, sich direkt einzumischen, er benutzt das Buch als Waffe. Jeder andere Zweck ist in seinen Augen inakzeptabler Luxus. Das Problem ist nur, man verliert den Leser, wenn man aus seiner Realität einen endlosen Leitartikel macht. Ich weiß nicht mehr, in welchem Moment ich bemerkte, wie die Leute um mich herum sich verhielten.

Gerade sah ich einen Film über den Dichter John Keats im Fernsehen, daraufhin las ich seine »Ode an eine Nachtigall« wieder, mit einem Glas Rotwein, das war der beste Moment des Tages.

89. Die Schule der Krimis

Lesen Sie Krimis und vergessen Sie dabei die Aufdeckung des Verbrechens. Lesen Sie mit dem Blick des Schriftstellers. Krimis sind eine gute Schule, denn sie fangen das Leben ein. Leute essen Gerichte wie in ganz normalen Lokalen. Die Kleidung der Figuren wird beschrieben. Wir sehen Orte, die wir in der Stadt wiederfinden können. Nun betrachten wir eine Sammlung von Romanen aus dem Süden und versuchen, darin Spuren vom Alltagsleben zu entdecken. Zum Beispiel wie einer sich duscht, ein vorbeifahrendes Auto, wie eine Frau ein Kleid anzieht, ein schwitzender Mann, Kinder, die durch eine Menschenmenge rennen, oder einfach ein Taxi, das vor einem Fahrgast hält. Dinge, die nicht direkt zum Thema gehören – der Mann im Taxi fährt nicht zu einem geheimen Treffen gegen die Regierung. Freilich gibt es in diesen Geschichten auch Beschreibungen der Städte, aber man hat den Eindruck, dort gibt es keine Restaurants, keine Taxis, keine Kinos, nur ein Hintergrundgeräusch. Eines Tages habe ich vom Fenster meiner Wohnung in Montreal aus jemanden vorbeigehen sehen. Ich schaute, was er anhatte. Ich wusste, er wollte in die Kneipe. Ich konnte nicht erkennen, was er dort trank, Kaffee oder Wein. Da hatte ich zum ersten Mal jemanden aus dem Blickwinkel eines Schriftstellers betrachtet.

Was banal wirkt, weil es sich wiederholt, wird zu einem Wunder, wenn wir uns fragen, was wäre, wenn es nie wieder einträte.

90. Das Gedächtnis der Kindheit

Jede Erzählung ist notwendigerweise autobiographisch, selbst wenn die Geschichte mit unserem eigenen Leben überhaupt nichts zu tun zu haben scheint. Sie ist dennoch etwas, das wir uns ausgedacht haben und daher Teil von uns. Zuweilen lassen wir vage Erinnerungen einfließen, ohne es zu merken. Wir meinen, einen neuen Einfall zu haben, dabei war er schon in uns eingeschrieben. Manchmal kommt er mit seinem ganzen Gefolge von Worten zu uns – ohne dass wir uns anstrengen müssen. Auch bei der Beschreibung einer Figur sucht man im Gedächtnis nach einem Bekannten, der ihr ähneln könnte. Manchmal wählt man nur seinen Tick. Die übrigen Charakterzüge nimmt man für einen anderen. Das Gedächtnis ist wie eine Bank, in der wir ständig etwas abheben oder anlegen. Sobald wir zu schreiben beginnen, wird unser Gedächtnis zu einem Arbeitsmittel, genau wie der Bleistift, die Schreibmaschine oder der Computer. Lockerungsübungen sind nötig, damit es gut funktioniert. Ich werde häufig gefragt: Wie stellen Sie es an, dass Ihnen so viel aus Ihrer Kindheit einfällt? Zu Anfang erinnerte ich mich nicht mal an ein Tausendstel davon. Aber das Wenige, woran ich mich erinnerte, reichte aus, um Leute zu beeindrucken, die ihr Gedächtnis nicht genügend nutzen. Dabei ist alles vorhanden, im Schatten verborgen wie eine Raubkatze und bereit, auf das weiße Blatt zu springen. Man muss das Fädchen zu fassen kriegen und daran ziehen. Wir alle besitzen denkwürdige Erlebnisse aus der Kindheit. Vor allem hatte sie Zeugen, nämlich unsere Eltern, Großeltern, manchmal unsere Geschwister, die uns helfen können, wenn wir sie danach fragen. Diese Goldgrube an Fakten wird zu selten genutzt (der Schriftsteller muss nicht alles aus seiner Phantasie herausholen). An Dinge, die uns direkt betreffen, werden wir uns nur erinnern können, wenn wir die notwendige Zeit und Energie darauf verwenden. (Schreiben ist auch eine aufreibende, repetitive Tätigkeit). Jeden Morgen saß ich da und wühlte in meinem Gedächtnis, um bestimmte Farben und Gerüche oder einen ungewöhnlichen Geschmack wiederzufinden. Ich ordnete meine Regentage. Ich rekonstruierte meine ganze Straße mit allen Häusern und ihren Bewohnern. Ich wurde zu einem der Dauergäste auf dem Platz. Ich verbrachte ganze Tage mit meinen Freunden, dabei leben viele von ihnen schon nicht mehr. Ich habe herausgefunden, die Kindheit hat vor allem ein besonderes Licht. Ich schloss die Augen und sobald ich dieses Licht sah, wusste ich, jetzt nähere ich mich der alten Heimat. Man sollte die Kindheit nicht analysieren. Sobald man sie zu packen versucht, um über sie zu schreiben, fällt alles in sich zusammen. Diese Welt der Empfindungen scheint allergisch zu sein gegen die Reflexion. Ich verstehe Schriftsteller nicht, die mitten in eine Erzählung aus der Kindheit Kommentare einschieben. Sie ist kein Schauspiel, zu dem wir geladen sind. Sie ist ein Ort, den wir bewohnen. Entweder stecken wir drin oder es ist nichts. Wir sollten auch nicht glauben, dass wir die Kindheit einfangen, indem wir die netten Geschichten aneinanderreihen, die uns die Mutter erzählt. Das ist nicht die Kindheit, es ist ein gerührter Rückblick auf sie. Ein Erlebnis kann eine bestimmte Empfindung wiedererwecken. Alles Nachfragen bei der Familie dient nur dem Zweck, die Atmosphäre der

Kindheit wiederzuentdecken. Die Bibliothek mit Büchern über die Kindheit ist unendlich groß. So viele Schriftsteller haben über ihre Kindheit geschrieben. Sie versuchen damit die Frische der ersten Erlebnisse wiederzufinden. Aus ihnen entstehen die persönlichen Mythen.

Die Kindheit ist die Zeit im Leben, die am schnellsten vorbeigeht, die man aber am längsten in sich bewahrt. Jene, die sie nicht gekannt haben, erinnern sich am deutlichsten.

91. Tiere

Offenbar hat man die Tiere der Kinderliteratur überlassen. Autoren, die hauptsächlich für Kinder schreiben, wussten zu allen Zeiten über die enge Verbindung zwischen Kindern und Tieren Bescheid. Kinder sprechen die Sprache der Hunde, der Katzen, der Elefanten, ja sogar der Schlangen. Sie fühlen sich dem Reich nahe, in dem die Doppelzüngigkeit nicht so verbreitet scheint. Denn sie haben schon bemerkt, die menschliche Sprache ist nur deshalb so raffiniert, um das Lügen zu erleichtern – die Sprache der Tiere wirkt dagegen echt. Doch hierbei handelt es sich um eine Idealisierung, auch bei den Tieren gibt es die Lüge – wie die Fabeln von Lafontaine bezeugen. Um zu überleben, lügt der ganze Dschungel. Der Tiger schleicht heimlich an das Tier heran, das er jagt. Das Chamäleon übt gekonnt die Verstellung. In der Brunftzeit spielen die Männchen dem Weibchen mit ihren Tänzen pausenlos etwas vor. Die Spinne, die im Netz versteckt auf ihre Beute lauert, ist ausgesprochen heimtückisch. Kurz gesagt, Kinder lieben Tiere und es ist ratsam, sie in einem Buch unterzubringen, das sich an Kinder wendet. Aber warum geschieht dies nicht in Büchern für Erwachsene? Weil denen die Welt der Tiere zu einfach erscheint. Die Tiere haben die Bühne des Romans verlassen, außer bei John Irving, er vergisst nie, irgendwann einen Bären auftreten zu lassen. Aus den Tieren werden Beziehungsobjekte. Erwachsene sammeln solche Objekte wie Kinder die Tiere. Das heißt, die Tiere erhalten eine Funktion. Der Hund ist ein Freund oder ein Held. Die Katze sitzt häufig auf dem Schreibtisch des Autors oder in der Bibliothek, daher ihr intellektueller Ruf. So existiert zum Verhältnis zwischen Katze und Schriftsteller ebenfalls eine Bibliothek. Fliegen kündigen den Sommer an oder den Tod. Krokodile, wie übrigens auch Elefanten, Zebras, Affen, Tiger, Giraffen und Flusspferde, kommen eher in schlechten Romanen vor. Um das Thema Casting ein für allemal abzuschließen, hat Rudyard Kipling sie alle in seinem Meisterwerk *Das Dschungelbuch* vereint. Die einzige gute Rolle für ein Kaninchen bot *Alice im Wunderland.* Natürlich ist kein dickes Buch, das auf dem Land spielt, denkbar, ohne dass eine Kuh gemolken wird, oder dass ein Hund ein Kind wiederfindet, das sich verlaufen hat. Die Tiere wären meines Erachtens wohl kaum beleidigt, wenn sie nicht als Figuranten in schlechten Romanen auftreten müssten.

Mit zu viel Selbstironie, einer gehobenen Form der Eitelkeit, geben Sie am Ende Ihren Feinden recht.

92. Ein neuer Beruf

Seit einiger Zeit beginnt man auch in weniger entwickelten Ländern von der Schriftstellerei als einem Beruf zu sprechen. Das bedeutet, dass Literatur als Leistung gesehen wird und nicht als das Sprungbrett für den Autor, um sich einen Platz in der Gesellschaft zu erobern. Früher konnte man nach ein paar auf Selbstkosten gedruckten Gedichtbänden und vor allem nach zwei oder drei Romanen in einem angesehenen Verlag sicher sein, eine Stelle als Kulturattaché in Paris oder Madrid zu bekommen. Das mit seiner Arbeit zusammenhängende Prestige erlaubte es dem Schriftsteller, seine Meinung zu allen möglichen Themen abzugeben. Er wurde in den Salons des Bürgertums empfangen. Der neue Autor war noch lange nicht reich, aber er wurde überall gefeiert. Um heute in Haiti oder im Senegal als Romanautor angesehen zu werden, braucht man mindestens ein halbes Dutzend Bücher über die selbst gesetzten Themen – und einen erkennbar eigenen Prosastil. Dieser Beruf erfordert viel Strenge, starke Nerven und große Leistungsfähigkeit. Ein Arzt, der am späten Abend schreibt, ist kein Schriftsteller, sondern ein kultivierter Mann. Einer, der Klavier spielt, wird sich nicht gleich für einen Musiker oder Konzertpianisten halten. Auch wenn es manchen Honoratioren, die in Privatclubs mit ihren Büchern prahlen, nicht gefällt, mit ein oder zwei Werken, selbst wenn sie gut sind, ist man noch nicht Schriftsteller von Beruf (Breton konnte den Ausdruck »Schreiben als Beruf« nicht leiden). Der Schriftsteller entwirft ein Universum, er weiß nur noch nicht, dass er sich damit auf eine endlose Reise begibt.

Es gibt nicht viele, die wie wir eine gute Seite wichtiger finden als alles andere.

93. Die Freude am Schreiben

Mir fällt auf, jedesmal wenn ein Schriftsteller in der Öffentlichkeit von der literarischen Arbeit spricht, schildert er apokalyptische Szenen in einer Folterkammer. Wenn man ihm privat begegnet, klingt es völlig anders, er scheint sich nur an die helle Freude zu erinnern, die ihm das Schreiben bereitet. Beides ist übertrieben. Wir empfinden Freude und Leid. Manchmal kommt die Freude daher, dass man weitergesucht hat, trotz der Schmerzen. Auf jeden Fall besteht eine Verbindung zwischen ihnen: wir empfinden abwechselnd Freude und Leid. Sie erzeugen sich gegenseitig. Mal mühen wir uns stundenlang und bekommen die Seite einfach nicht fertig. In einem solchen Fall bleibe ich untätig sitzen. Wenn ich weitermache, wird es nur schlimmer. Ich warte. Ich schenke mir ein Glas Wein ein, trinke (alles in Zeitlupe) und schaue dem Treiben auf der Straße zu. Noch ein Glas. Nichts tut sich. Beim sechsten Glas wird die Luft leichter. Die Autos scheinen zu schwimmen. Ich kehre an den Schreibtisch zurück, ein frohes Lächeln auf den Lippen, ich weiß nicht, woher es kommt. Nie habe ich so fröhlich geschrieben. In meinem Kopf ein Feuerwerk der Einfälle. Ich tippe wie ein Wahnsinniger auf meiner Remington. Es läuft so gut, dass ich von Panik ergriffen plötzlich aufhöre. Die Fröhlichkeit macht der noblen Traurigkeit des Spätnachmittags Platz. Ich stehe auf und tanze durch das Zimmer, bis ich aufs Bett falle.

Wählen Sie Ihr Schreibwerkzeug gut aus (die Hand, die Schreibmaschine oder den Computer), Ihr Stil hängt mehr davon ab, als Sie denken.

94. Die Wirkung von Sexszenen

Über Sex schreiben kann besser sein als Sex haben. Wir können alles ausradieren und so oft neu beginnen, wie wir wollen. Und es mit jedem treiben. Solange das glaubhaft ist. Tatsächlich ist es nicht einfach, über Sex zu schreiben. Sie müssen sich darüber klarwerden, wie er in den Salons wirken soll. Wollen Sie einfach nur schockieren? Da müssen Sie früher aufstehen, denn de Sade war schon hier. Er hat gewissermaßen verbrannte Erde hinterlassen. Sobald der Leser merkt, dass ihn der Text schockieren soll, lehnt er ihn ab. Keiner will als verklemmt dastehen. Der Leser weiß genau, wie er Sie treffen kann: »Zu Anfang hat es mich gereizt, aber ich habe bald aufgehört, es war zu schlecht geschrieben.« Wenn man andererseits seine Meinung über den Film eines Freundes nicht offen sagen will, eiert man drum herum: »Die Musik war ausgezeichnet und diese Landschaftsbilder, einfach wundervoll.« Im Gesellschaftsleben ist es eben üblich, den Kern der Sache zu meiden. Da würde man gerne fragen: »Wenn Sie sagen *gereizt*, heißt das, die scharfen Szenen haben Sie *erregt*?« Schweigen. Ich gehe übrigens von einer Frau aus, denn ein Mann würde kaum zugeben, dass eine Hard-Core-Stelle ihn »gereizt« hat. Die zweite Methode über Sex zu schreiben ist, Erotik und expliziten Sex mit ausgewählten Zitaten von eher ernsthaften Schriftstellern zu mischen, etwa von Blanchot. Das kommt in den Salons besser an. Das Gespräch läuft über Anspielungen, die den unerfahrenen jungen Frauen entgehen. Vor allem, wenn dabei Sätze mit einem aktuellen politischen Bezug zitiert werden. Bis einer in die Runde wirft, das sei doch alles abgeschmackt, er kenne keinen, der im Bett so redet. Alle lachen und wechseln das Thema. Da ist nur das junge Mädchen, das nachdenklich dasitzt. Am Ende gibt sie zu, dass sie das Buch nicht gelesen hat. Alle Herren eilen zu ihr, aufs Sofa, um ihr zu sagen, worum es geht. Außer einem, der wird sie später nach Hause begleiten. Den Schwachköpfen fällt es schwer zu erklären, was zwischen den Zeilen steht. In dem Roman geht es um ein gesellschaftliches Thema (Hunger in Kenia), eine junge Amerikanerin begleitet ihren milliardenschweren Vater (ein Philanthrop aus New York) auf einer Safari (wenn ich richtig informiert bin, gibt es in Kenia immer eine Safari). Plötzlich verbindet das junge Mädchen die Gewandtheit des Tigers mit dem jungen Mann, der sie durch den Busch führt (kurz: der sich der Gefahr stellt). Sie versteht nicht, wie ihr geschieht. Sie träumt sich als Antilope, die vom Tiger zerfleischt wird. Die ganze Nacht rennt sie, verfolgt von dem Tiger, durch die Wüste, bis er sie im Morgengrauen fängt. Sie wird immer abgespannter, bis ihr Vater sich Sorgen macht und abzureisen beschließt. Sie will unbedingt bleiben. Diese Geschichte von der Figur, die nach einer wilden Jagd zerfleischt wird, funktioniert noch immer. Von solchen Büchern erzählt man sich aber nur beim Rendezvous. Keiner redet gerne offen über seine feuchten Träume. Außerdem kann der Gegensatz der Klassen und der Rassen ins Spiel kommen, dann wird die Diskussion schnell politisch. Ist das nicht nur eine andere Art der Ausbeutung der Armen oder der Schwarzen? Sogar, wenn das krasse Gegenteil der Fall ist, wenn der junge Schwarze die arme weiße Studentin in den Wahnsinn treibt. Nur höchst selten wird diese Anziehung zugegeben. Man lebt mit ihr und wartet darauf, dass etwas passiert. Da führt gerade in der Küche der junge Tiger eine Diskussion über Schopenhauer mit dieser Studentin vom McGill-College. Wenn Sie wollen, dass ein Buch über Sex auf dem Markt bleibt (am Anfang verkauft es sich gut, aber bleiben ist etwas anderes), müssen Sie es so schreiben, dass es hinterher heißt: »Auf der reinen Sexebene war ich ein bisschen enttäuscht, aber es ist sehr gut geschrieben.« Wir kehren zum Anfang und zur Schwierigkeit zurück, über Sex zu schreiben, vielleicht gerade weil es möglich ist, Sex zu haben. Ein letzter Ratschlag: Mischen Sie den Sex nicht mit zu viel Humor, denn dieser steht für die geistige Perspektive. Das erfordert ein besonderes Talent wie das von Philip Roth in *Portnoys Beschwerden*.

Halten Sie in der Beschreibung einer tragischen Szene Ihre Tränen zurück, damit der Leser glaubt, er sei der erste, der über diese Tragödie weint.

95. Eine Stadt fällt in sich zusammen

Ich habe überall, wo ich hingehe, das schwarze Notizbuch bei mir. Ich notiere darin, was auch immer in mein Blickfeld gerät. Wie eine Kamera, die alles am Wegesrand filmt. Die Emotion kommt dann beim Schreiben hinzu. Zur Zeit des Erdbebens, an jenem 12. Januar 2010, war ich vor Ort in Port-au-Prince. Zehn Minuten nach den heftigen Erschütterungen der Stufe 7,3 holte ich mein Notizbuch heraus, um alles festzuhalten. Zwei Monate später veröffentlichte ich ein Buch, das von der Katastrophe erzählte. Zehn Minuten lang war ich also Teil des kollektiven Taumels. Sobald ich anfing zu schreiben, war ich wieder bei Verstand. Die Stadt fiel in sich zusammen. Um mich herum stürzten die Häuser ein. Die Leute rannten in alle Richtungen. Ich hatte den Eindruck, sie bewahrten trotz allem ruhiges Blut, denn ich sah keine Plünderungen. Und mir wurde bewusst, dass wenigstens einer unbedingt Abstand zu diesem Ereignis gewinnen, die eigenen Gefühle ausschalten musste, um alles festzuhalten. Feuerwehrleute müssen das Feuer löschen; die Polizei hat die Aufgabe, für die Sicherheit von Menschen und Sachen zu sorgen: die Pflicht des Schriftstellers ist es, den Augenblick auf eine sehr persönliche Art einzufangen, die sich vom Journalismus unterscheidet. Denn an manche Orte kann der Journalist, ob er fürs Fernsehen, fürs Radio oder für die Zeitung arbeitet, nicht vordringen. Nur die Literatur kann ins Herz einer Frau sehen, die gerade ihre Familie verloren hat. Im Unterschied zu ihr müssen die Journalisten die Leute befragen, um zu wissen, was sie empfinden. Die Ausrüstung des Schriftstellers ist leicht zu transportieren (das Gedächtnis) und die Wirkung auf den Leser kann dauerhaft sein (der Stil). Ich werde häufig gefragt: Wie kommt es, dass Sie Ihr Notizbuch dabei hatten? Ich hatte es an jenem Tag zur Hand, weil ich es immer bei mir trage. Und zwar aus dem Grund, weil ich den gegenwärtigen Moment einfangen will. An jenem Tag war es eine Katastrophe. Wenn in einem solchen Moment nicht von größter Bedeutung für Sie ist, wie Sie ihn beschreiben, wird alles unerträglich oberflächlich wirken. Ich wusste immer, die Literatur ist kein Luxus und kein Thema der Oberschicht. Sie ist in meinen Augen ein wesentlicher Bestandteil des Lebens.

Wenn ein Theaterstück den Rahmen sprengt, müssen die Hauptakteure angewiesen werden, sich im Ton zurückzuhalten, ohne den Angriff der Sätze auf die Nerven der Zuschauer zu mindern.

96. Der Mut sich zu exponieren

Heute morgen schreibt mir ein junger Mann einen Brief voll Humor und Energie, er bittet mich, seinen Roman zu lesen und ihm zu sagen, ob er der Veröffentlichung wert sei. Ich antworte ihm umgehend, dass ich ihn nicht lesen werde. »Ich habe Ihren schönen, humorvollen und selbstironischen Brief gelesen. Ihr Thema bietet sich an und das Buch ist bestimmt gut geschrieben. Nehmen Sie Ihren ganzen Mut zusammen und suchen Sie einen Verlag.« Ich füge hinzu: »Wenn mich einer bittet, sein Buch zu lesen, kommen mir Zweifel, weil ich denke, dass ihm etwas Entscheidendes zum Schriftsteller fehlt: der Mut. Denn es erwartet ihn ein Hürdenlauf, erst der Verlag (die Ablehnungen), dann die Kritik, schließlich die Leser. Nachdem Sie das Buch geschrieben haben, sind Sie erst auf halbem Weg. Kämpfen Sie weiter, denn die Schriftstellerei besteht nicht nur im Sätzedrechseln. Ich möchte Ihren Roman in der Buchhandlung sehen.« Er antwortet mir noch am selben Tag: »Sie weisen mich auf etwas hin, das mir sehr wohl bewusst ist: Man kann nicht davon träumen, Schriftsteller zu sein, ohne den Mut, sich zu exponieren.« Ich frage mich, ob ich genauso viel Mut habe wie der junge Mann, der sich nach diesem harten Brief so schnell wieder aufgerappelt hat.

Wenn Sie wollen, dass Ihr Buch überlebt, dürfen Sie nicht rechnen.

97. Erste Bücher

Eine gute Übung, die ersten Bücher von ein paar Schriftstellern zu lesen. Manche haben schon den Stil der künftigen. Die gleichen Qualitäten und Fehler, die sie hervorzuheben oder zu verbergen trachten. Wie wir in manchen Kindern schon den Erwachsenen sehen. Andere Schriftsteller, unter ihnen die besten, erkennt man an ihren Anfängen noch nicht. Sie sind noch so ungelenk, dass man sich wundert, später aus ihrer Feder so treffend formulierte Sätze zu lesen. Für manche war das ein endloser Kampf. Wir sehen den steten, mühsamen Aufstieg. Ein Gutteil der Schriftsteller debütieren mit ihrem besten Buch. Nichts ist entmutigender. Manche verschwinden nach einem glänzenden Start völlig von der Bildfläche. Geblendet von den Blitzlichtern hatten sie vergessen, dass sich die Schriftstellerei im Halbdunkel abspielt. Zuweilen sind auch die aggressiven Verleger schuld, die sie zwingen, dasselbe Buch noch einmal zu schreiben, weil sie denken, sie könnten die Frische des ersten wiederfinden. Doch jenes erste Buch wurde in völliger Freiheit verfasst. Ohne etwas zu erwarten – nun hat der Erfolg die Sensibilität mitgerissen, durch die der Autor die Welt auf eine eigene Weise sah. Wir müssen aufpassen, nicht alle unsere misslungenen Bücher gleich ins erste zu packen. Es ist nicht der Friedhof der gescheiterten Träume. Am besten beginnt man nach dem ersten schlafwandlerisch sofort ein neues zu schreiben, ohne nach einem Thema zu suchen. Und schickt beide an den gleichen Verlag, um zu sehen, wie er reagiert. Erstaunlicherweise interessiert er sich mehr für das zweite. Beim ersten Buch ist man immer etwas steif. Ein erstes Buch, das mir eine ganze Welt eröffnete, war *Blaue Linien auf transparenter Haut*[37] von Ryū Murakami. Es zeigte Tokio, wie ich es nicht kannte. Danach hat er diesen unverstellten Blick nie mehr erreicht. Er hat eine Dringlichkeit, die mich an Basquiats Blick auf New York erinnert.

Bei der Veröffentlichung eines Erstlings hat man von der Kritik dreierlei Reaktionen zu erwarten: 1. Gleichgültigkeit, 2. »Genial!«, 3. »Satteln Sie um!«. Welche ist nach Ihrer Einschätzung am besten für die Zukunft?

98. Die Stimme von Miller

Ich erinnere mich noch, wie erstaunt ich über meine Stimme war, als ich sie zum ersten Mal von einem kleinen Aufnahmegerät hörte. Ich hätte mir nie gedacht, dass ein schmächtiger Körper wie der meine eine so tiefe Stimme hervorbringen kann. Einen Moment saß ich verblüfft da und fragte mich, ob es an mir noch andere Dinge zu entdecken gab, die mich derart in Erstaunen versetzen würden. Miller erzählt eine ähnliche Geschichte, sie betrifft nicht seine Stimme sondern seinen Stil. Dieser war in den Augen seiner Freunde zu geschraubt, sie meinten, ihn nicht in dem zu erkennen, was er schrieb. Eines Tages setzte sich Miller an seinen Schreibtisch, schaute lange aus dem Fenster, schenkte sich ein Glas Wein ein, um schließlich ein Blatt Papier in seine Schreibmaschine zu spannen. Er klimperte ein paar harmlose Sätze. Plötzlich ging das Pferd mit ihm durch. Er steckte halsüberkopf in der Geschichte. Es sollte nur eine kleine Erzählung werden zu seinem eigenen Vergnügen. Bald brach der Abend herein, aber er schrieb in der Dunkelheit weiter. Er tippte, bis er seine Finger nicht mehr sah. Er trank die Weinflasche aus (ich hole mir ein Glas), dann sank er vom Stuhl auf den Fußboden und fiel sofort in Schlaf. Am nächsten Morgen las er den Text noch einmal durch, da hörte er zum ersten Mal seine eigene Stimme. Die Stimme aus dem Bauch. Sie war nicht durch sein von Zitaten angefülltes Gedächtnis gegangen (Miller ist ebenfalls ein Autor, der die Bücher der anderen liebt). Danach hat er nur noch nach dem Diktat dieser Stimme geschrieben. Ist das der Grund, weshalb er so schnell ein Bündnis mit dem Leser erreicht? Die Leute meinen, ein Freund spricht zu ihnen. Doch wohlgemerkt, der Schriftsteller muss nicht der Freund des Lesers sein und umgekehrt. Es gibt Bücher, die wir gerne lesen, obwohl wir den Autor nicht leiden können.

»Wenn ich Ihr Buch vor dem Einschlafen lese, habe ich den Eindruck, Sie sind bei mir im Zimmer.« Man ist beschämt, derart in die Intimität der Menschen einzudringen.

99. Die Sekte

Wenn Sie über etwas schreiben, das Sie gut kennen, haben Sie eine solide Grundlage. Die Erzählung wird aufgebaut wie ein Haus mit Zimmern, Türen und Fenstern. Von draußen sehen wir Leute darin herumgehen: die Figuren. Der Schriftsteller müht sich, Lücken in der Wand zu schließen. Dazu muss er Wahres und Erfundenes so dosieren, dass sie nicht mehr voneinander zu unterscheiden sind. Wir haben die Wahl: die Geschichte ist wahr und das Drum und Dran erfunden oder umgekehrt. Der Autor muss sich nicht alles ausdenken. Die Realität ist in Reichweite, sie ist die Fabrik des Fiktiven. Sie stellt sogar manchmal eine Fiktion her, die ihrerseits Realität produziert. Im Augenblick schreibe ich an diesem Buch. Als Schriftsteller bringe ich Zeichen hervor, winzigkleine schwarze Punkte, die sich akkumulieren, bis sie ein Bild ergeben. Hunderttausende dieser Bilder ergeben ein Buch. Aber um das Buch auf den Markt zu bringen, müssen viele Leute aktiv werden. Ein Verleger, ein Lektor, ein Grafiker, ein Vertrieb, Buchhändler, Kritiker (manchmal auch Anwälte). Alles, um das Buch zum Leser zu bringen. Sie halten es jetzt in der Hand. Es ist ein rechteckiger Gegenstand mit einem bestimmten Gewicht. Wenn Sie es lesen, schließen sie sich direkt an mein Hirn an. In diesem Augenblick fallen alle Vermittler weg. Endlich sind wir vereint. Ich kenne Sie nicht. Sie kennen mich nicht. Dennoch erleben wir einen höchst intimen Moment. Ich übertrage Ihnen meine Energie, Sie verwandeln sie in Vergnügen. Dieses Buch kann Sie zum Schreiben veranlassen, das heißt, Ihre Energie jemand anderem zu übertragen. Den Sie nie gesehen haben. Das ist wie eine Sekte.

Erinnern Sie sich an Ihr Gefühl, als Sie zum ersten Mal ein Buch in den Händen hielten? Gerade in diesem Moment lassen Sie diese Magie wieder wirken.

100. Tabu

Das erste Beobachtungsfeld für einen Schriftsteller ist seine Familie. Eine ganze Welt wird uns zum Geschenk gemacht. Alles ist greifbar. Es genügt, hinzuhören, um so einiges über die menschlichen Beziehungen zu erfahren. Innerhalb des Familienclans überwachen sich alle gegenseitig (manche können sich nicht leiden), aber sobald der Clan von einer Gruppe außerhalb bedroht ist, wird zum Sammeln geblasen. Ist der Feind abgewehrt, gehen die inneren Kämpfe weiter. Ein richtiges Labor für einen Schriftsteller, er muss sich nur bücken, um die in diesem Dunkel glänzenden Goldkörner aufzulesen: Krisen, Geheimnisse, Verschwörungen, Leiden. Beobachten und notieren Sie. Aber diskret. Halten Sie ihr Notizbuch gut versteckt. Ein Schriftsteller in der Familie ist ein Spion in geheimer Mission. Die Familie ist ein Bohrloch, das lange nicht versiegt, nicht einmal bei hundert Romanen pro Tag. Immer besser, in der ersten Version die echten Namen zu behalten – auf diese Weise sieht man gleich, auf wen die Figur sich bezieht. Außerdem ist der Name als Konzentrat von Informationen stark emotional aufgeladen, daher seine Wirkung. Sie wissen, wer sich hinter den Namen verbirgt, schließlich haben Sie lange genug an den Türen gelauscht. Ein Schriftsteller ist die Schlange, die die Familie an ihrem Busen nährt. Denken Sie vor der Veröffentlichung darüber nach, die Namen zu ändern – es hängt nur von Ihnen ab. Sie müssen auf gewisse Reaktionen gefasst sein. Tun Sie am Anfang so, als ob Sie nichts verstehen. Stellen Sie sich dumm. Es nimmt Ihnen sowieso keiner ab. Ich wundere mich immer, dass man diesen Mikrokosmos in bestimmten Regionen der Welt so wenig nutzt. Es ist die Welt in Kleinformat. Man hat Angst, ausgeschlossen zu werden. Aber wir müssen etwas wagen. Dieser Beruf ist kein Ruhebett. Der Leser möchte ungeahnte, möglichst blutige Tatsachen erfahren. Die Realityshows im Fernsehen treiben gegenüber der Literatur einen unlauteren Wettbewerb. Was passiert, nachdem bei Ihnen die Haustür zufällt? Wir wollen es wissen. Die Familie bleibt beispielsweise in der Karibik ein unbeackertes Feld, während sie in Europa oder Amerika das Terrain der angehenden Schriftsteller ist. Dort gewinnt man den Eindruck, niemand habe ein glückliches Familienleben gekannt. Tolstoi hat den Satz geschrieben: Glückliche Familien haben keine Geschichte.[38] Wollte er damit andeuten, dass es keine glückliche Familie gibt? Denn da ist immer eine Geschichte. Der Mensch produziert geradezu Geheimnisse. Mit jeder Ordnung zieht die Heimlichkeit ein. Das Doppelleben. Doch beenden wir diese Diskussion, sie führt nirgendwohin, nur noch Folgendes ist zu bemerken: Der erste Schriftsteller aus der Dritten Welt (V.S. Naipaul ausgenommen), der alles, wirklich alles auspackt, wird der Literatur dieser Erdgegend neue Perspektiven eröffnen.

Nichts ist lebendiger als eine alte Dame, die an einem Sommernachmittag auf ihrer Terrasse sitzt und liest.

101. Der Bösewicht im afrikanischen Roman

Bekanntermaßen wird häufig der Erzähler mit dem Autor verwechselt, vielleicht wird deshalb die Rolle des Protagonisten und Erzählers in Afrika nie an eine eindeutig negative Figur vergeben. Selbst wenn er diabolisch gezeichnet ist, wird er am Schluss immer erlöst – außer er ist ein Diktator. Da kann man lange draufhauen, nicht wahr, Kourouma?[39] Man gelangt lieber vom Bösen zum Guten als umgekehrt. Die Ordnung wird, gegen Ende des Romans, mit Hilfe einer plötzlichen Erleuchtung hergestellt. (Schon der Katholizismus hat diese plötzliche Umkehr überstrapaziert). In der afrikanischen und karibischen Literatur hat praktisch jeder Roman einen guten Ausgang. Die Kunst soll hier Ausgleich schaffen für die Katastrophen, die das Leben den Menschen zufügt. Doch dadurch erhält der afrikanische Roman etwas Rigides (die Rede ist hier vom gängigen Roman, nicht von Büchern kosmopolitischer Autoren, die sich an eine internationale Leserschaft richten). Es ist fast so, als ob in Afrika der Leser dem Schriftsteller seine Moral aufzwingt. Außerdem wird in den öffentlichen Debatten hauptsächlich die Frage nach dem Engagement des Künstlers gestellt. Bei solchen Diskussionen über Literatur steht immer einer im Publikum auf und fragt mehr oder weniger wütend: »Wozu brauchen wir Literatur, wo unser Kontinent eine so hohe Analphabetenrate und Kindersterblichkeit hat?« Nicht zu reden von Hungersnot und Kriegen. Was antworten wir auf diese beklemmenden Fragen? Sogar Dostojewskij drohte Schluss zu machen, wenn Gott nicht fähig wäre, ein Kind vor dem Leiden zu bewahren. Der Schriftsteller bei uns verbietet es sich, dem Protagonisten eine zu zwielichtige Rolle zu übertragen, aus Angst, die Achtung des Publikums zu verlieren. Doch es ist eine Tatsache, weil der Teufel derart von der Erzählung ausgeschlossen bleibt, wirkt der ganze literarische Raum etwas nichtssagend. Dieser Literatur fehlen die Schattenseiten, dabei gibt es auch schöne Romane, wie den von Cheikh Hamidou Kane, *L'Aventure ambiguë*[40], der zu einem Klassiker geworden ist. Die Schattenseiten hingegen werden nur von afrikanischen Schriftstellern dargestellt, die sich auf das Düstere spezialisiert haben: Kannibalismus, Hexerei, Ritualmorde, Klitorisbeschneidung, Putsche am laufenden Band, Hungersnot oder Massentötungen. Sie wollen ihre geistige Unabhängigkeit beweisen, indem sie die schlimmsten Klischees über Afrika neu auflegen. Themen, die der westliche Intellektuelle nicht mal mit der Pinzette anzurühren wagt, aus Furcht vor den Angriffen der Schriftsteller, die sie mit ziemlichem Gewinn ausbeuten. Doch dieses Schauspiel findet nur auf der europäischen Bühne statt. In der Heimat bleibt die Literatur häufig in einem gut beleuchteten Raum, der nicht verlassen werden darf. Alles was nicht in die Norm passt, ist eine Regelverletzung (übrigens nicht nur in Afrika). Es gibt, wenn der Erzähler homosexuell ist, kaum einen Roman, wo er nicht nach Heilung von seiner Homosexualität sucht. Es fällt aber auf, dass diese strikte Moral nur das Individuum und seinen Körper betrifft. Als Kollektiv darf man sich auf alle Abwege begeben (Bürgerkriege, Korruption, Folter, Mord an Oppositionellen etc.), solange dies in der politischen Sphäre bleibt. Man müsste einen Erzähler erfinden, der den Tumult aus dem politischen in den abgeschlossenen Raum des Privatlebens hineinträgt. Der malische Schriftsteller Yamo Ouologuem ist dem mit seinem Buch *Das Gebot der Gewalt*[41] recht nahe gekommen. Aber der Roman, in dem eine gewisse persönliche Verantwortung aufscheint, ist im historischen Rückblick geschrieben. Eine solche Geschichte würde man gerne in einem zeitgenössischen Rahmen lesen.

Sie versuchen sich seit drei Stunden zu konzentrieren, aber es kommt nichts. Fällt Ihnen heute wirklich nichts anderes ein, als zu schreiben? Sie könnten einen Zaun anstreichen oder einen Freund besuchen?

102. Horizontale und vertikale Literatur

Wie hat man sich das vorzustellen? In der horizontalen Literatur agiert der Schriftsteller auf einem weiten Feld. Von allen Seiten kommen die Figuren. Er scheint sich auf der Welt wohlzufühlen. Seine Bibliothek ist riesig, er steht mit den größten Autoren auf Du und Du. Er ist ein Kosmopolit. Bei der vertikalen Literatur gräbt der Schriftsteller, wo er steht, in die Tiefe. Seine Welt ist begrenzt, fast menschenleer. Er gräbt noch tiefer. Er will nicht in die Breite gehen. Er gräbt immer weiter. In den Augen derer, die so viel Platz brauchen, kommt er nicht voran. Er gräbt so lange, bis er auf eine Quelle stößt. Ich denke bei der Beschreibung dieser Obsession an Beckett. Seine Theaterstücke sind karg. Kaum Dekor, wenig Worte. Aber er geht in die Tiefe. Mein Lieblingsstück ist *Glückliche Tage*. Es passiert nichts. Das Leben, nichts als ein Loch.

Der Romanautor ist ein Zauberer, der Dinge erscheinen und wieder verschwinden lässt, aber kein Pädagoge, der sie erklärt.

103. Der Gegenwartsroman

Der Roman, oder eher die Vorstellung, was ein Roman ist, hat sich sehr verändert, seitdem er ebenso berühmt geworden ist wie der Hundertmeterlauf in der Leichtathletik. Nur er wird gekauft. In den Medien ist nur von ihm die Rede. Den Romanautor erkennen wir auf der Straße, denn wir haben ihn im Fernsehen gesehen. Den Dichter kennen nur seine engsten Freunde, die selbst Dichter sind. Aus all diesen Gründen hat sich seine Bedeutung so ausgeweitet. Es genügt, das Wort *Roman* auf den Einband zu schreiben, schon interessieren sich Buchhändler, Kritiker und sogar Leser für das Buch. Es geschieht daher ohne Hemmungen. Beispielsweise dieses Buch hier könnte man ebenfalls leicht in einen Roman verwandeln. Man müsste nur ein paar Kindheitsanekdoten einfließen lassen. Irgendetwas hineinbasteln. Zeigt sich die kleinste Emotion, fühlt sich der Leser mit dem Autor verbunden. Er braucht nichts weiter als die Stimme eines Freundes in der Nacht. Der Gegenwartsroman ist genau das und nicht mehr. Ich revidiere, was ich zuletzt sagte, eigentlich stimmt das Gegenteil. Der Romanautor möchte heute der Freund des Lesers sein. Der Leser hat ihm kaum die Hand gedrückt, da öffnet er schon die Schleuse seiner Klagen. Früher einmal war der Romanautor ein Vater, der den Leser an die Hand nahm und durch die Fallstricke des Lebens führte. Heute ist er ein Sohn, den der Leser die ganze Zeit beschwichtigen muss. Was der Autor schreibt, sind keine Romane, sondern Briefe von der Front. Als hätte der Leser in seinem Leben keine Probleme. Man muss ganz schön durchtrieben sein, sich auf die Couch zu legen, in aller Ausführlichkeit seine Schwierigkeiten zu erzählen, und dann den Analytiker bezahlen zu lassen, bevor man geht. Etwas hat sich verändert in der emotionalen Beziehung, die schon so lange zwischen Autor und Leser besteht.

Ich stehe früh auf und schreibe bis zehn Uhr morgens. Abends arbeite ich von sieben bis zehn Uhr weiter. Zwischen den Arbeitszeiten tue ich so, als wäre ich anwesend.

104. Der Schriftsteller und der Schwindler

Bücher waren für mich das Fenster, durch das ich bis ans andere Ende des Dorfes sehen konnte, ohne mich aus meinem Bett zu rühren. Jahre später entdeckte ich den großen Genuss der Lektüre in der Badewanne und wurde zu einem aquatischen Leser. Schreiben erweitert die Welt, die wir durch die Bücher entdecken. Wenn wir dann fähig werden, eine besondere literarische Sprache zu schätzen, öffnet sich ein weiteres Fenster. Wir sind vielleicht nicht einverstanden mit dem Blickwinkel des Autors, wir können seinen Stil in Frage stellen oder über die Aussage des Buches streiten, dennoch wissen wir genau, ob wir es mit einem Schriftsteller zu tun haben. Wir fragen uns sofort, wie er eine derartige Gewandtheit erreicht. Um genau auszudrücken, was man denkt, muss man wie ein Sportler trainieren. Wir sagen nämlich spontan nicht unbedingt die Wahrheit. Ich erinnere mich an einen Freund, mit dem ich in meiner ersten Zeit in Montreal eine ziemlich enge Wohnung teilte. Er erfand die ganze Zeit Geschichten. Wenn ich angerufen wurde und gerade schlief, erzählte er, ich sei unter der Dusche. Wenn ich ihm dies vorhielt, zuckte er nur mit den Schultern. Im Laufe der Zeit fiel es ihm immer schwerer, zwischen wahr und falsch zu unterscheiden. Auf den ersten Blick könnte man zwischen einem Schriftsteller und einem Schwindler eine gewisse Ähnlichkeit entdecken. Doch wer Geschichten erfindet, rutscht immer weiter ab auf seiner schiefen Bahn. Am Ende verliert er jede Glaubwürdigkeit, während man dem Schriftsteller Beifall klatscht, obwohl er ebenfalls flunkert.

Der Unterschied ist, man muss vermeiden, an der falschen Stelle zu lügen.

Das Buch ist ein Fenster, durch das sich der kleine sechsjährige Dieb mit dem Alphabet aus dem Staub macht.

105. Unsere Weggefährten

Manche Schriftsteller bringen uns etwas bei. Manche werden unsere Freunde. Es sind Menschen mit einer ähnlichen Sensibilität, das gilt für die Literatur wie für das Leben. In der Literatur kann unser Freund auch aus dem Mittelalter sein. Ich erinnere mich an meine Begeisterung für Rabelais. Ich konnte seinen starken Duft über all die Jahrhunderte hinweg riechen. Jede seiner Figuren (Gargantua, Pantagruel) stand mir nah. Es war häufig vom Bauch die Rede, für einen hungernden Teenager ein traumhaftes Thema. Dann kam Villon. Wieder eine Passion. Mir gefiel, dass er sich nicht anpasste. Und nie seine einfache Herkunft verbarg. »Pauvre, je suis«.[42] Wir waren lange befreundet, dann verlor ich ihn ein bisschen aus den Augen. Aber von Zeit zu Zeit höre ich ganz hinten in meinem Kopf seine *Ballade von den Gehenkten*. Ich habe auch Baldwin geliebt, der immer aufgeregt verstehen will, was um ihn herum geschieht. Dann ging ich von Haiti nach Montreal. Henry Miller half mir in den ersten schwierigen Zeiten. Er hatte ebenfalls Abgründe kennengelernt, in Paris (er erzählt davon in *Stille Tage in Clichy*). Ich muss nur ein Buch von Miller aufschlagen, schon finde ich mein Leben in der Rue Saint Denis gleich nach der Ankunft in Montreal wieder. Miller war schuld, dass ich in einem Künstlerviertel lebte. Er stellte mich seinen Freunden vor, sie leisteten mir Gesellschaft in meiner Einsamkeit: Blaise Cendrars, Anaïs Nin, Delteil[43] und viele andere. Durch ihn lernte ich auch Isaac Bashevis Singer und vor allem Isaac Babel kennen. Welcher Luxus! Schriftsteller, die mir durch ihre Themen und ihren Stil nahestehen, sind meine Freunde, und Romanfiguren, die mich berühren, sind in meinen Augen lebendige Menschen. Wenn ein Schriftsteller an Fiktionen nicht glaubt, glaubt er nicht an das, was er schreibt. Ich streite nicht ab, dass wir auch im Leben Freunde gewinnen können, aber es dauert länger. Wenn man eine gewisse Affinität zu einem Schriftsteller verspürt, kann man ihm schreiben. Auf diese Weise finden manche Freunde unter den Literaten. Das ist nichts für mich, denn es widerstrebt mir, dass Menschen, die ich liebe, zu einer Gruppe gehören, denn ich bin nicht gerne mit einem Rudel unterwegs. Trotzdem bewegen mich Freundschaften zwischen Schriftstellern: Montaigne-La Boétie, Confiant-Chamoiseau, Gogol-Puschkin, Tschechow-Tolstoi, Senghor-Césaire, Horaz-Vergil, Flaubert-Sand. Und Feindschaften zwischen Autoren, die sich so ähnlich sind, dass die Nachwelt sie zusammen im Gedächtnis behält: Rousseau-Voltaire.

Ich muss nur einen Fuß in eine Bibliothek setzen, schon eilen längst Verstorbene herbei, um sich mit mir zu unterhalten. Wenn ich das Wort Bibliothek durch Peristyl (ein Voodoo-Tempel) ersetzte, würde aus diesem Satz ein Witz.

106. Nicht so eilig

Bücher nehmen an keinem Wettkampf teil. Ein Leser kann so viele Bücher lesen wie er will. Und Sie schaden Ihrem Buch keineswegs, wenn Sie ein anderes mögen. Dennoch können diese Fragen Sie zermürben. Es ist nicht schlecht, wenn die kleinen Ärgernisse Sie mit noch mehr Wut zu Ihrem Manuskript drängen. Das ist der Treibstoff, der uns weiterbringt. Ob Galle oder Honig, das wird sich am Ergebnis zeigen. Sie müssen sich nicht derart beeilen, niemand wartet auf Ihr Buch. Statt deprimiert zu sein, sollten Sie sich befreit fühlen. Sie werden schon noch zittern, wenn nach dem Erscheinen Ihres ersten Romans ein Kritiker sagt: »Auf den müssen wir aufpassen.« Weshalb dieser misstrauische Ton, wo doch das Interesse an einem Autor ausgedrückt werden soll? Es gibt schwache Geister, die eine solche Sprache vertreibt.

Man bedenke, 80% seiner Energie verwendet der Schriftsteller auf Dinge, die nicht mit dem Schreiben zu tun haben. Die Sozialarbeiter beklagen sich, dass sie 80% ihrer Zeit mit Schreiben verbringen. Wie wäre ein Tausch?

107. Intimität

In Port-au-Prince ist auch nur ein Moment der Abgeschiedenheit unmöglich. Eine Zeit, in der man mit sich alleine ist. Der Moment, in dem Sie Ihrem Geist freien Lauf lassen können. Vom Aufstehen bis zum Zubettgehen sind Sie stets von Menschen umgeben. Um zu schreiben, muss man sich möglichst aus dem Verkehr ziehen. Es wäre falsch zu behaupten, in Port-au-Prince könne man nicht schreiben, denn es mangelt der Stadt nicht an Autoren. Es ist möglich, ein Gedicht in seinem Kopf zu verfassen (Borges), aber für einen Roman ist ein eigener Raum unerlässlich. Da man in Port-au-Prince nie alleine ist, habe ich erst in dem ruhigeren Montreal die Intimität entdeckt. Ein Empfinden innerer Behaglichkeit. Ich lebte allein. Zu Beginn fand ich tagelang niemanden zum Reden. Einsamkeit bedeutet, wenn man nicht mehr allein sein will, aber nichts an dieser Situation zu ändern vermag. Ungewolltes Alleinsein kann in eine Depression führen. Ich fing in Montreal an zu lesen und zu schreiben, um nicht mehr nur meine eigene Stimme zu hören. Mit Hilfe des Schreibens erfand ich mir eine Welt, die stets bereit war, mich aufzunehmen. Es hing nur von mir ab. Davor hatte ich mich immer gescheut, in mein Zimmer und in meine Einsamkeit zurückzukehren. Jetzt war ich freudig gespannt, weil meine Schreibmaschine auf mich wartete. Wenn ich wollte, war mein kleines Zimmer voller Gäste. Ich brachte alles in meinem Buch unter, was mir im Leben fehlte. Da hatte ich Wein, Freunde, lachende Mädchen, angeregte Gespräche. Wir tranken, aßen und hörten Jazz. Es war das Universum meiner Träume. Ich achtete darauf, nah an der Realität zu bleiben (ich trug nicht zu dick auf), um selbst daran glauben zu können. Die Wörter ermöglichten mir kostenlose Reisen. Ich wollte alles, was erreichbar war und mir ein gewisses Wohlleben brachte. Ich wollte einmal eine gute Zeit haben. Aus meiner schwierigen Situation holte ich also den Stoff für mein erstes Buch. Damals las ich vor allem das herzerfrischende Werk Henry Millers, der behauptete, lachend geboren zu sein. Er hatte stets ein Zwinkern in den Augen und fand den Saft des Lebens in den kleinsten Alltagsgegebenheiten. Bei Henry Miller war das Leben ein unendliches Fest. Er konnte sich über ein Glas frisches Wasser freuen. Er ist ein guter Gefährte für schlechte Tage. Jeder Schriftsteller sollte einmal ein Buch schreiben, um einen Unbekannten glücklich zu machen. Dies hört sich an, als hätte ich damals nur Miller gelesen, aber es fällt mir einfach zuerst sein Name ein, wenn ich an jene Zeit denke.

Es ist immer gut, an zwei Texten zugleich zu arbeiten (einer in Dur, einer in Moll), denn wenn Sie einmal mit dem einen nicht weiterkommen, können Sie sich dem anderen zuwenden. Wenn es bei beiden klemmt, fangen Sie einen dritten an.

108. Die Einsamkeit

Aber da ist auch die reale Einsamkeit beim Schreiben. Sie ist etwas ganz anderes. Wenn wir einen Roman anfangen, lassen wir uns auf eine Abenteurreise mit vielen Hindernissen ein. Wir arbeiten monatelang, manchmal Jahre, auf dem sehr kleinen Raum der Seite. Es geht darum, die vielfältigsten Gefühle, die leisesten Empfindungen, die brennendsten Begierden und dazu furchteinflößende Fragen mit einer beschränkten Zahl von Tönen, Farben und Rhythmen auszudrücken. Man verfügt dabei nur über sechsundzwanzig Buchstaben. Das geht an die Nerven. Am schlimmsten ist die Niedergeschlagenheit nach der tollen Euphorie. Gestern hatte man das Gefühl, auf dem Alphabet alle Musiken der Welt spielen zu können. Heute morgen dann die Enttäuschung. Man weiß nicht, wie es weitergehen soll. Um ein wenig vorzubauen, beginnt man seinen Ehrgeiz herunterzuschrauben, zugleich stellt sich die Frage, wie weit das gehen soll. Man will eben das Handtuch werfen, da beginnt die Euphorie aufs Neue. Man glaubt wieder, dass die Welt einem ihre Geheimnisse enthüllt. Man hört deutlich ihre Musik. Das hält ein paar Tage an. Dann wird es zur Gewohnheit. Man nimmt es hin, dass man sich allein fühlt, denn es gehört zur Schreibsituation. Über diese Abgründe des Schriftstellerdaseins lesen wir in den *Tagebüchern* von Virginia Woolf. Sie notiert darin täglich ihre Emotionen, während sie ihre Bücher verfasst. Jedesmal sinkt sie weiter hinab. Bis sie an einem Tag im Jahr 1941 am Tiefpunkt ist und mit Steinen in der Tasche ins Wasser geht. Nicht alle Schriftsteller bringen sich um. Aber gewiss gehört zu diesem Dasein eine gewisse Sensibilität: Cesare Pavese, Jerzy Kosiński, Klaus Mann, Mishima, Hemingway, Kawabata (die übrigen Japaner lassen wir weg), Hubert Aquin. Der Weg ist mit Leichen gesät. Die Schriftstellerei ist ein Krieg gegen die Ordnung der Dinge. Erstaunlicherweise verüben nur sehr wenige Schriftsteller aus der Dritten Welt Selbstmord. In gewissen Weltgegenden kümmert sich der Staat darum.

Ab dem Zeitpunkt, wo wir ein Wort, nur ein Wort, auf ein Blatt Papier geschrieben haben, gesellen sich sogleich all jene hinzu, die über die Jahrhunderte vor uns dieses Wort benutzt haben. Ich schreibe Religion und die Schlange reicht einmal um den Globus.

109. Der Stuhl

Erste Voraussetzung für einen Schriftsteller ist ein gutes Sitzfleisch. Wenn Sie nicht stillhalten können, suchen Sie sich etwas anderes. Denn Sie werden Ihr Leben im Sitzen verbringen. Um mit dem Roman zu beginnen, nehmen Sie sich einen geraden Stuhl. Geht es auf die Mitte zu, legen Sie sich ein Kopfkissen in den Rücken. Danach eines unter den Po. Gegen Ende auch noch eines in den Nacken. Ich schrieb *Le cri des oiseaux fous* mit fünf Kissen zu Ende. Es war ein Buch voller Emotionen. Es erzählt von meiner letzten Nacht auf Haiti. Eine sehr schmerzhafte Erfahrung. Ich schrieb zum ersten Mal über meinen im Exil verstorbenen Vater und meinen Freund Gaston Raymond, den die Tonton Macoutes ermordet haben. In meinen Büchern sind die Leute viel unterwegs, ich aber bleibe sitzen. Wenn Sie eine wundervolle Beschreibung des Sommers zu lesen bekommen, dann weil der Autor den ganzen Sommer in einem glutheißen Zimmer eingesperrt war, als er sie schrieb. Übrigens ist es nicht verboten, im Winter über den Sommer zu schreiben. In jedem Fall wird man sich dazu auf einem Stuhl niederlassen. Hemingway schrieb im Stehen, aber Daddy machte nichts wie die anderen. Bleiben Sie sitzen!

Wer sehen kann, vergisst manchmal zu hören, und wer hören kann, manchmal zu fühlen. In unserer Zeit möchte man lieber einen einzigen Sinn stark ausprägen, als dass sie sich alle in ein harmonisches Gleichgewicht fügen – daraus erklärt sich der phänomenale Erfolg von Das Parfüm.

110. Bücher entstehen nachts

Entspannt sein und dabei völlig konzentriert. Wir beobachten es bei Jazzmusikern, wenn sie gegen Ende des Konzerts plötzlich zu einer langen Improvisation ansetzen. Aus der Lockerheit entsteht Eleganz. Wie erlangen wir diese Geschmeidigkeit beim Schreiben? Der Schriftsteller nimmt am liebsten gleich nach dem Aufstehen die Seite in Angriff, weil er denkt, genau dann sei er in Spitzenform. Er möchte möglichst bruchlos vom Traum in die Wirklichkeit übergehen, in der Hoffnung, sich so das Fließende des Traums zu bewahren. Wir wollen ihn bei allen seinen scheinbar banalen Gesten begleiten, die aber ebenso notwendig sind wie der Schreibakt an sich. Er langt mit dem Arm auf seinen Nachttisch nach seinem kleinen schwarzen Notizbuch, um die Bilder aufzuschreiben, die ihm noch im Kopf schwirren. Er vertieft sich ganz in sie. Später wird er alles zusammenfügen. Beschreibungen des Alltags werden zu diesen Erleuchtungen aus der Nacht den Gegensatz bilden. Das Herzstück des Buches spielt in dem unentdeckten Land, das wir nur im Schlaf besuchen. In diesen Wassern möchte der Autor angeln, wenn er auch nicht jeden Morgen einen frischgefangenen Fisch auf dem Kopfkissen hat. Er wird richtig wach, macht Lockerungsübungen, bevor er unter die Dusche eilt. Aber das ist noch nicht alles. Jetzt wühlt er in seinen Papieren, um Ordnung zu schaffen. Er steht eine Weile mit hängenden Armen mitten im Zimmer. Als hätte er endlich bemerkt, wo es klemmt, geht er und öffnet das Fenster. Das Licht bringt ihm offenbar die fehlende Energie. Er setzt sich an den Tisch, erledigt zuerst aber die Post. Er tritt wieder ans Fenster, beobachtet die Leute. Dann kehrt er an seinen Arbeitsplatz zurück. Er setzt sich hin und wartet. Die Zeit vergeht. Er springt so plötzlich auf, dass der Stuhl umfällt. Er rennt nach draußen, um die Zeitung zu holen. Er tut, als beschäftigten ihn die Nachrichten des Tages. Er hat alles getan, um den Moment hinauszuzögern. Jetzt ist er endlich da.

*Die Werke, die uns mitnehmen bis ans Ende der Welt (*Emmène-moi au bout du monde! *Cendrars) wurden von Leuten geschrieben, die fast nie von ihrem Stuhl aufgestanden sind.*

111. Einfach vergangen

In früherer Zeit war Vergangenes schlicht überholt. Man blickte in die Zukunft und lebte in der Gegenwart, während im trägen Gedächtnis die Vergangenheit langsam verblasste. Man konnte zuweilen von ihr erzählen (das Privileg des Alters), musste sie aber nie lebendig werden lassen. Man ging im Tunnel der Zeit nicht zurück. Zuerst hat das Kino sich für die emotionale Aufladung der Nostalgie interessiert, es präsentierte uns die Vergangenheit häufig wie in den Rauch einer Zigarette gehüllt. Eine bestimmte Musik half auch dabei, an die glücklichen Tage zu erinnern. Das Vergangene diente nur dem Zweck, das zu harte Licht der Gegenwart weichzuzeichnen. Dann kam das Fernsehen mit seinen schnellen Schnitten und den Schockbildern nach amerikanischem Muster. Da das Fernsehen das Publikum aus der Realität herausreißen und zugleich einschläfern möchte, hat es lange nach einer Möglichkeit gesucht, das Vergangene mit dem Gegenwärtigen zu verbinden. Das TV zeigt die Zeit als ein langes ununterbrochenes Band. Dagegen kommt die Literatur mit der Vergangenheit besser zurecht (ich spreche nicht vom Historischen Roman), denn der Leser kann schneller durch die Zeit reisen als der Zuschauer. Er muss sich nicht erst vergewissern, ob die Kleidung, die Sitten und die Autos in die Zeit passen. Zuweilen versucht der Schriftsteller seine eigene Vergangenheit zu schildern, doch das ist nicht überzeugender, als hätte er einen Blick in seine Zukunft gewagt. Damit es echt erscheint, erzählt er natürlich ein paar Ereignisse aus seinem Leben. In ihrer Aneinanderreihung können diese Anekdoten, selbst wenn sie wahr sind, aber nur gekünstelt wirken, denn das Leben hat nicht die gleiche Struktur wie die Erzählung. Das wichtigste fehlt zumeist: wie die Zeit vergeht.

Wenn wir in einer Erzählung schreiben »Zehn Jahre später«, müsste der Leser mindestens zehn Minuten warten, bevor er weiterliest, um das Vergehen der Zeit zu spüren. Doch das klappt nie, denn auch die Trauerminute in der Öffentlichkeit wird nicht länger als 40 Sekunden eingehalten.

112. Leben oder Schreiben?

Für mich besteht zwischen Leben und Schreiben eine natürliche Verbindung, ständig betone ich das in meinen Büchern. Es ist ganz einfach: ich schreibe wie ich lebe. Zumindest versuche ich das. Die Leute drehen die Sache häufig um und denken, ich lebe so, wie ich schreibe. Aber das ist fast unmöglich, vielleicht auch nicht wünschenswert. Für mich kommt das Leben zuerst. Beim Schreiben schöpfe ich aus meinem Leben und aus dem der anderen. Aber das ist nicht bei allen gleich. Zwei Schriftsteller scheinen außerhalb ihrer Zeit zu stehen. Dennoch ist ihr Einfluss ebenso groß, wenn nicht größer, wie der von anderen, die besonders umtriebig sind. Ich meine Borges und Proust. Borges lebt so eng mit den Büchern (lesend oder schreibend), dass kaum noch Raum für etwas anderes bleibt. Er kann aus den winzigsten Alltagsbegebenheiten ganze Mythologien herausholen. Da er blind ist, geht er meist ins Restaurant zum Essen und wird dort oft von Bewunderern aus der ganzen Welt aufgesucht – seinen Lesern. Sie leisten ihm Gesellschaft, während er isst (schneiden ihm das Fleisch), und Borges erzählt ihnen Geschichten aus seinem unerschöpflichen Gedächtnis. Als einer der wenigen Schriftsteller kann er behaupten: »Ich lebe, um zu schreiben«, damit ist alles gesagt. Nach dem Tod des Direktors der argentinischen Nationalbibliothek schickte Borges zur Bewerbung um dessen Nachfolge den denkbar kürzesten Lebenslauf an die Bibliotheksverwaltung: »Ich habe mein Leben mit Lesen verbracht«, und wurde eingestellt. Dabei ist es eher unüblich, dass ein Blinder eine Bibliothek leitet. In einem berührenden Gedicht ohne Pathos bemerkt er dazu, die Götter hätten ihm mit den Büchern die Nacht geschenkt. Irgendwann findet man im Wald der Worte sich selbst in einem kurzen Satz. Wir haben das ganze Leben nach ihm gesucht, aber es ist der Satz, der uns findet. Bei Proust lautete er: Die Suche nach der verlorenen Zeit. Aber Achtung, verändert man ein Wort, bekommt der Satz eine andere Bedeutung. Da ist ein feiner Unterschied. Macht Proust sich auf die Suche nach der verlorenen Zeit oder auf die Suche nach einer verlorenen Zeit? Der Unterschied ist der zwischen Obsession und Nostalgie. Wenn wir den Satz gefunden haben, der unser Erdendasein rechtfertigt, müssen wir ihm bis ans Ende folgen, um zu sehen, wohin er uns führt. Flaubert reicht dazu den Schlüssel: »Lesen Sie nicht wie die Kinder, zum Vergnügen, oder wie die Ehrgeizigen, um sich zu bilden, lesen Sie, um zu leben.« In jedem Fall gehört alles, was wir tun, zum Leben.

Sie wollen wissen, was ich im Moment tue? Es ist ein warmer Frühlingstag, ich bin auf dem Land in der Toskana und schlürfe ein Glas Weißwein.

113. Was ist ein guter Schriftsteller

Ich höre in den Kneipen, den Salons, wo immer Leute sich zum Gespräch treffen, meist lapidare Definitionen darüber, was einen guten Schriftsteller ausmacht. In neun von zehn Fällen werden sie geäußert, um das Verhalten eines Schriftstellers zu rügen, der ihnen nicht passt. Er war zweimal diese Woche im Fernsehen, schon heißt es »Rübe ab!«.

Ein guter Schriftsteller gibt keine Interviews, er drückt sich lieber in seinen Büchern aus – also ist Borges, der bereitwillig allen Journalisten Antwort gibt, kein guter Schriftsteller.

Ein guter Schriftsteller hält sich fern von der mondänen

Welt – also ist Malraux, der mit einer Dame der feinen Gesellschaft (Louise de Vilmorin) zusammenlebte, kein guter Schriftsteller.

Ein guter Schriftsteller muss ausgehen, Leute treffen, damit er die Welt kennenlernt – also sind Ducharme, Pynchon und Salinger, die wie Einsiedler leben, keine guten Schriftsteller.

Ein guter Schriftsteller mag keinen Klatsch – also sind Truman Capote und Saint Simon keine guten Schriftsteller.

Ein guter Schriftsteller ist nicht eifersüchtig auf den Erfolg seiner Kollegen – mit diesem Satz verlieren wir die Hälfte der Garnison.

Ein guter Schriftsteller hat es immer eilig – also ist Proust kein guter Schriftsteller.

Ein guter Schriftsteller verbringt sein Leben im Bett – also sind Paul Morand, Bruce Chatwin und Nicolas Bouvier keine guten Schriftsteller.

Ein guter Schriftsteller ist ein Humanist mit fester Moral – also ist Sade kein guter Schriftsteller.

Ein guter Schriftsteller hält sich völlig heraus aus der aktuellen Politik– also sind Jacques Roumain und Jacques Stephen Alexis keine guten Schriftsteller.

Ein guter Schriftsteller ist ein Genießer, der gerne tanzt, isst und trinkt – also ist Beckett kein guter Schriftsteller.

Ein guter Schriftsteller kandidiert nie für die Präsidentschaft seines Landes – also ist Mario Vargas Llosa kein guter Schriftsteller.

Ein guter Schriftsteller schreibt alle seine Bücher selbst, auch die schlechten – also ist Alexandre Dumas kein guter Schriftsteller.

Ein guter Schriftsteller mischt sich in die Angelegenheiten der Gesellschaft ein – also ist Montherlant[44] kein guter Schriftsteller.

Ein guter Schriftsteller reist viel – also ist José Lezama Lima, der seine Heimatstadt Havanna kaum jemals verließ, kein guter Schriftsteller.

Ein guter Schriftsteller hasst Schusswaffen – also ist Hemingway kein guter Schriftsteller.

Ein guter Schriftsteller hält sich nicht mit Bekenntnissen auf – also sind Rousseau und Augustinus keine guten Schriftsteller.

Ein guter Schriftsteller ist Mitglied der Résistance – also sind Céline und Pound keine guten Schriftsteller.

Ein guter Schriftsteller bewahrt immer einen klaren Geist – also ist Hölderlin kein guter Schriftsteller.

Ein guter Schriftsteller schwebt in den Wolken – also ist Goethe kein guter Schriftsteller.

Ein guter Schriftsteller ist introvertiert, also ist Frankétienne kein guter Schriftsteller.

Ein guter Schriftsteller sagt die Wahrheit – also ist Curzio Malaparte[45] kein guter Schriftsteller.

Ein guter Schriftsteller kommt zu spät – also ist Kant kein guter Schriftsteller.

Ein guter Schriftsteller ist diskret – also ist Mishima[46] kein guter Schriftsteller.

Ein guter Schriftsteller ist ein überschäumender Mensch – also sind Pessoa und Kafka keine guten Schriftsteller.

Ein guter Schriftsteller ist ein Mann, der … also sind Virginia Woolf und Clarice Lispector keine guten Schriftsteller.

Ein guter Schriftsteller schreibt ein gutes Buch. Da stehen alle auf.

Was der Schriftsteller am dringendsten braucht, ist ein Leser.

114. Der eigene Stil

Manche schreiben rasch, lebhaft und flüssig eine erste Fassung nieder. Es geschieht in einem geradezu orgiastischen Glücksgefühl. Danach fragt sich der Autor verwirrt, was mit ihm geschehen ist. Er weiß, dass Schreiben immer mit Leiden verbunden ist, daher wartet er auf den Schmerz, der ihm hilft, den Text zu verbessern. Alles, was er ohne bewusste Anstrengung schrieb, wird er wegwerfen müssen. Andere polieren so lange an ihrem Manuskript, bis es ein Schmuckstück ist. Um die ursprüngliche Struktur aufzudecken, muss eine dicke Lackschicht abgekratzt werden. Es reicht jedenfalls nicht, seiner Feder freien Lauf zu lassen, um Spontaneität zu erzeugen. Ich kenne Autoren, die Blut und Wasser schwitzen, bis sie diese Geläufigkeit erreichen, die so mühelos wirkt. Als ob sie schon immer auf den Leser gewartet hätte, in einem Hauch von Tinte (wie die Nachtigall von Keats). Es erfordert einige Selbstbeobachtung, um herauszufinden, zu welcher der beiden Gruppen wir gehören: zur ersten, bei der diese Leichtigkeit ein rasches Vorgehen verlangt, oder zur zweiten, die mit geduldigem Durcharbeiten dasselbe Ziel erreicht: einen Stil, der die Seite nur zu berühren scheint. Nicht nur durch das Schreiben finden wir heraus, wer wir sind. Wir sind es in der kleinsten unserer Gesten.

Nachdem die Identität heute zu einer hochbegehrten Ware geworden ist, könnte ich eine verkaufen, denn ich habe zwei (wie jeder Migrant).

115. Borgessche Eleganz

Borges gibt seinem jungen Freund Osvaldo Ferrari (ein Altersunterschied von fünfzig Jahren) in Buenos Aires ein Rundfunk-Interview:

FERRARI: Ich möchte heute mit Ihnen ein Thema anschneiden, auf das viele neugierig sind. Nämlich wie bei Ihnen der Schreibprozess in Gang kommt, das heißt, wie klingt in Ihnen ein Gedicht oder eine Kurzgeschichte an? Wie geht es ab diesem Moment, wo alles beginnt, in dem Prozess, sozusagen der Herstellung, des Gedichts oder der Kurzgeschichte weiter?

BORGES: Es beginnt mit einer Art Offenbarung. Ich benutze dieses Wort aber in aller Bescheidenheit, ohne Ehrgeiz. Plötzlich weiß ich, es kommt etwas, bei einer Kurzgeschichte ist dies häufig Anfang und Schluss. Im Falle des Gedichts ist es eher eine allgemeinere Idee, zuweilen auch die erste Zeile. Etwas wird mir also geschenkt, und dann greife ich ein und verderbe vielleicht alles (*lacht*). Beispielsweise kenne ich von einer Kurzgeschichte Anfang und Schluss, den Ausgangspunkt, das Ende, also das Ziel. Danach muss ich, mit meinen beschränkten Mitteln, herausfinden was zwischen Anfang und Schluss geschieht. Weitere Probleme kommen hinzu. Etwa ob es besser passt, in der ersten oder der dritten Person zu erzählen. Danach muss die Zeit gefunden werden, in der das ganze spielt.«[47]

Von allen diesen reizvollen Gedanken, die mir seit Beginn dieses Abenteuers zuwinken, wähle ich nur zwei oder drei, sie werden in allem, was ich schreibe, immer wieder auftauchen, es sind die Kindheit, das Begehren und die Lektüre.

116. Der filmische Roman

Der Mensch hat mit höchstem Eifer unglaublich Vieles an Wissen und Geheimnis in die kleine Schatztruhe gesteckt, die er als Buch bezeichnet. Wenn wir sie öffnen, fliegt uns ein Schwarm hoch aufgeladener Vokale und Konsonanten entgegen. Manchmal trifft man sogar einen Schreiner an, der ernsthaft und mit Schweiß auf der Stirn in einem Buch eine Lösung für sein praktisches Problem sucht. Damit will ich sagen, das Buch umfasst alle Bereiche. Und wir können es anfassen, das ist beruhigend in einer Welt, die immer virtueller wird. Das Buch ist ein konkreter Gegenstand, dennoch finden wir auf seinen Seiten, was immer der menschliche Geist sich ausdenken kann. Hier spreche ich nicht von Lehrbüchern, nach denen man einen Beruf lernt, oder von Kochbüchern, die sich in der Küche stapeln, auch nicht von Kunstbänden, wenn Leute weit entfernt von Museen wohnen, ich spreche hier ausschließlich von Literatur. In diesem Segment ist bereits eine Vielzahl von Gattungen versammelt, darunter Lyrik, Theater, Essay. Bleiben wir beim Roman, ohne ihn in seine Unterarten aufzugliedern (wie Kriminal-, Science-Fiction-, Liebes- oder psychologischer Roman). Von jedem Schriftsteller wird erwartet, in gewisser Weise das von ihm gewählte Genre zu erneuern. In meiner Küche vermische ich reale mit ersonnenen Dingen auf eine Weise, dass der Leser das Wahre und das Erdachte nicht unterscheiden kann. Wichtig sind die Spuren, die das Werk im Leser hinterlässt. Meine Sehnsucht nach dem Kino hat mich zum Roman geführt. Im Kino kostet die Zeit Geld. Beim Schreiben habe ich so viel Zeit wie ich will. Mit meinen Romanen wollte ich Filme machen – es sind filmische Romane entstanden. Ich hatte vor, nach ihnen Drehbücher zu schreiben. Das verlangt nicht die gleiche Kraft. Ein Drehbuch ist nichts als ein Skelett, es braucht noch die Beleuchtung, die Gesichter, den Atem eines Regisseurs, bevor es laufen kann; ein Roman hingegen ist schon ein vollständiger Körper mit Fleisch an den Knochen und einem pochenden Herzen. Ich trete in den kleinen Spielsalon, wo alles kostenlos ist. Als erstes ziehe ich die Vorhänge auf. Licht flutet herein. An einem Filmset hätte das viel Zeit gekostet. Die Zeit ist das Teuerste beim Film. Ich setze mich an die Schreibmaschine, um die Kulisse zu bauen. Ich schreibe *Montreal*, die Stadt ersteht. Die Gebäude des Stadtzentrums schießen herauf wie Pilze um einen Baumstamm. Die Leute tummeln sich in den Straßen. Dazu die Autos. Eine dynamische Atmosphäre. Schon steht der erste Abschnitt. Ich gehe zur Toilette. Komme zurück und reiße das Blatt aus der Maschine. Beginne neu. Ich brauche ein ruhigeres Viertel. In zehn Minuten habe ich das Universum gewechselt, ohne einen Cent auszugeben. Noch besser, ich mache mich daran, die Jahreszeit zu verändern. Ein kleiner Schneesturm. Beim Film rauft sich der Produzent jetzt die Haare. Damit in einem Roman Schnee erscheint, brauchen wir vier Konsonanten und zwei Vokale. Ein Paar geht gleich nebenan im Park spazieren. Musik. Ich schreibe *Musik* hin. Ich dränge dem Leser nichts auf, er entscheidet, welche Musik er hören will. Wieder habe ich keinen Cent ausgegeben. Meine Figuren setzen sich auf eine Bank. Kinder rennen lachend vorbei. Hinter den Bäumen hört man den Verkehr. Die nächste Szene: wir sind in Tokio. Im Zentrum der Stadt. Gebäude, Autos. Die Leute gehen nach dem Mittagessen in die Büros zurück. Jetzt bekommt der Filmproduzent einen Herzinfarkt. Für mich hingegen ist Tokio nur ein Wort. Meine Arbeit als Autor besteht darin, dem Leser den Eindruck zu vermitteln, in Tokio zu sein. Ich muss die Farben, Gerüche, das Licht finden, die diese Stadt wachrufen. Und die Zeit? Ach die Zeit ist nur eine Emotion zwischen zwei Sätzen. Allein in der Menge versucht der Schriftsteller jede Musik, jeden Rhythmus einer Stadt einzufangen. Den Rhythmus des Lebens.

Ein guter Leser klappt nicht das Buch sofort zu, weil er meint, das Thema wäre nicht nach seinem Geschmack.

117. Woody Allen, Fellini und Scola

Ich übertrage gerne Filmtechniken auf den Roman. Ich verbringe viel Zeit damit zu untersuchen, wie die Regisseure Szenen aufeinander folgen lassen, die an unterschiedlichen

Orten und in völlig anderer Atmosphäre spielen. Bei Woody Allen interessiert mich der Stil seiner Dialoge. Seine besten Drehbücher hat er als Buch veröffentlicht (*Manhattan, Annie Hall*). Woody Allen verwendet unentwegt Humor in seinen Filmen, ohne dass dies den Gang der Handlung bremst. Der Humor ist untrennbarer Bestandteil seiner Figur. Dabei bewegt er sich stets auf zwei Ebenen: in *Annie Hall* reizt schon die Ausgangssituation wegen der Ungeschicklichkeit des Erzählers zum Lachen, zusätzlich ist auch noch das, was er sagt, witzig. Dabei ist er in einer tieftraurigen Lage: seine Frau hat ihn eben verlassen. An Fellini beeindruckt mich seine Phantasie. Mehr noch aber sein Mut. Er kann sich offenbar alles erlauben. Eine zarte Kindheitsgeschichte (*Amarcord*), ein haarsträubendes Porträt von Casanova oder eine bezaubernde Schilderung von Rom (*Fellinis Roma*) – aber es ist die ganz eigene Sicht auf die Stadt Rom von Fellini. Von seiner Schnitttechnik in *Roma* habe ich viel gelernt. Wie mühelos er Vergangenheit und Gegenwart ineinanderflicht. Warme Farben verschaffen dem Zuschauer Zugang zu einer herzerwärmenden Welt. Bergman hingegen gräbt sich in die menschliche Seele. Ich schaue ihm gern dabei zu, wenn er mit seinem Helm auf dem Kopf in die Tiefe der Grube vorstößt. Er lässt seine Figuren vor Schmerz brüllen, wenn er ihre schwärzesten Geheimnisse im Tageslicht ausbreitet. Über seine Arbeitsweise habe ich erfahren, dass er durchaus Freundinnen anrufen konnte (vor allem seine früheren Frauen), um sie hemmungslos nach ihren wildesten Begierden auszufragen. Da er ein Künstler ist, kennt er keine Moral. An Ettore Scola bewundere ich die Leichtigkeit. Bei ihm erscheint alles mühelos.

Etwa *Ein besonderer Tag*. Die Geschichte von zwei Menschen, die eigentlich nichts verbindet (eine Frau, die mit einem Faschisten verheiratet ist; ein Homosexueller). Während auf der Straße eine Parade von Mussolini vorüberzieht, erleben sie zusammen etwas Unvergessliches. Mussolinis Welt ist die der »echten *Männer*«. Frauen und Homosexuelle gehören nicht dazu – haben in dieser Welt nichts verloren. An diesem Film interessiert mich die Behandlung der Zeit. Der Film könnte auch heißen *Ein besonderes Leben*, denn dieser Tag dauert ein ganzes Leben. All die vielen Einzelheiten, die die Handlung verzögern, sind notwendig, damit dieses Drehbuch für einen Kurzfilm einen echten Langfilm ergibt. Dies gelingt nur, weil Scola die Zeit so behandelt, dass der Zuschauer meint, sie vergehe nicht.

Ein Kind, das sprechen lernt, kann uns Schreiben lehren. Jedes neue Wort ist ein Spielzeug, das es ausprobiert, bis es zerbricht.

118. Der Tod im Fernsehen

Das Fernsehen ist für eine Gesellschaft nach wie vor das geeignete Medium, um ihre Sicht von der Welt zu verbreiten. Nicht wenn wir uns die politischen Reden oder die ideologischen Erklärungen anhören, sondern wenn wir uns vor den Bildschirm setzen, werden wir nach einer Weile herausfinden, wie es in dieser Gesellschaft aussieht. Tag für Tag sendet es aus dem Leben gegriffene Geschichten, die die Leute irgendwann prägen. Wir wissen alle, das Fernsehen bildet unseren Alltag ab. Es ist also ein Teufelskreis. Mit der Zeit erscheint es uns völlig natürlich. Wir meinen, so sei der Lauf der Welt. Völlig normal, dass wir mit den vielen heruntergehaspelten Nachrichten geweckt werden, die uns über den Stand auf dem Planeten und in unserer Stadt informieren sollen. Wir halten es auch für notwendig, über das Wetter, die Verkehrslage und die Stimmung in der Stadt Bescheid zu wissen, bevor wir vor die Türe treten. Überhaupt kann niemand diesem Schwung der Sportreporter widerstehen, die mit einer Wahnsinnsenergie aus der Nacht schießen, um uns zu verkünden, was wir schon seit gestern Abend wissen, nämlich dass unsere Mannschaft verloren hat. Schließlich wird uns klar, dass dieser ganze Wirbel nur eines bewirken soll, nämlich uns aus dem Bett zu vertreiben. Im Laufe des Tages wechseln sich die Firmen ab, die uns ihre verschiedenen Produkte verkaufen wollen, plaziert in den scheinbar so praktischen Talkshows oder zwischen zwei Folgen der zuckrigen Serien, die unseren Geist verfetten. Wenn wir unser erstes Glas Wein trinken, gegen 17 Uhr, fängt der Wirbel wieder an. Eine Nachrichtensendung jagt die nächste, als wollte man uns zu verstehen geben, wer das Haus nicht verlässt, hat keinen Anspruch auf echte Neuigkeiten. Wir schlucken, was sie uns vorsetzen, alle halbe Stunde die gleichen Informationen, bis uns schwindelig wird. Erst spät am Abend, wenn wir ins Bett gehen sollten, wird es interessant. Denn jetzt wenden sie sich an ein größeres, ernst zu nehmendes Publikum. Woran wir das merken? An der Qualität der gesendeten Fernsehfilme und -serien. Die amerikanischen Serien werden immer besser. Heute begnügen sie sich nicht mehr, wie früher, dümmlich Werbung für die Polizei zu betreiben oder die Leute wachzuhalten, indem ab und zu ein reizvolles Dekolletée oder ein Hüftschwung à la Jennifer Lopez zu sehen ist. Es genügen auch nicht mehr die Kaskaden von Action-Szenen, die nur ausdrückten, dass Sinn und Zweck dieses Systems die Geldverschwendung ist. Die Drehbücher der neueren Serien sind nicht nur gut gestrickt, sie bleiben von Anfang bis Ende spannend. Und sie sind so angelegt, dass man jederzeit einschalten kann und nach zwei Minuten weiß, um was es geht. Die Beleuchtung ist immer warm. Wir werden mit hochaktuellen wissenschaftlichen Erkenntnissen bombardiert. Noch nie wurde eine solche Meisterschaft in der Narration erreicht. Aber wir erkennen gleich, es ist Wegwerfware. In was für einer Welt leben wir heute, wenn man Geschichten erfindet, zu solch immensen Kosten, denen jedoch keinerlei Bedeutung beizumessen ist? Wir fragen uns auch, was diese neuen Plots bedeuten, die gewiss besser verpackt sind als früher, aber von nichts anderem sprechen als vom Tod? Mit diesen Geschichten saugen wir uns jeden Abend kurz vor dem Schlafengehen voll. Vor wenigen Jahren noch sollte der Tod auf jeden Fall verhindert werden. Alles wurde daran gesetzt, im letzten Augenblick einen Menschen aus höchster Gefahr zu retten. Natürlich mussten Unbekannte auf dem Weg dorthin sterben. Die Erzählung war so konstruiert, dass der Tod nur von Bedeutung war, wenn er eine Person mit einer gewissen Stellung in der Gesellschaft bedrohte. Schon damals sahen wir, der Tod war nicht demokratisch, aber immerhin war er gefürchtet und wurde bis zum letzten Augenblick bekämpft. Indem der Tod so ans Ende der Geschichte gesetzt wurde, gewann das Leben an Bedeutung.

Dann kamen die vielen Serien, angefangen mit *CSI- Den Tätern auf der Spur*, wo der Tod schon mit den ersten Bildern eintritt. Es geht hier nicht mehr darum, ein Leben zu retten, sondern ein Können zu demonstrieren. Es beginnt mit einem Blutspritzer. Häufig wird eine junge Frau aus besseren Kreisen, zumeist blond, mitten im Wohnzimmer eines Reichen oder in einem gut beleuchteten Swimmingpool tot aufgefunden oder auch nur in der Toilette einer Luxusdisco, wo Bürgersöhnchen Kokain schnupfen oder sich mit aufwendigen Sexspielen vergnügen. Es muss unbedingt bei reichen Leuten passieren, denn nun werden alle Hebel in Bewegung gesetzt, um den Mörder zu finden, der ganz bestimmt Mitglied von einer Gang ist, wie sie sich in Miami, New York oder Las Vegas tummeln – denn dort herrscht Freizügigkeit. So kreuzen sich zwei konträre Welten. Tatsächlich dient es dazu, eine bestimmte Ästhetik auszubreiten. Nicht mehr die Spannung des drohenden Todes oder die Nähe eines Mörders hält uns in Atem, sondern es sind die Ausstattung und die Farben, die bei uns Eindruck schinden. Ein warmes Universum, noch dazu ohne Winter. Inzwischen haben wir schon wieder ein neues Stadium erreicht. Der Film handelt nicht mehr von einem Toten, dessen Mörder gefunden werden soll. Es triumphieren die Leichen. Immer seltener sehen wir Kommissare, die mit dem Ruf »Polizei!« eine Tür eintreten. Oder überwältigte Kriminelle in Handschellen legen. Die Hauptrolle hat heute der Gerichtsmediziner. Und alles passiert im Untergeschoss, dort, wo sie sich früher nur im äußersten Fall hinbegaben. Früher stieg man dort nur hinunter, um eine Nebenfigur zu entlarven. Doch heute wird nicht mehr nach dem Schuldigen gesucht, noch seltener wird ein Mord verhindert, im Fokus ist heute die Leiche. Sie wird mit einer Distanziertheit untersucht, als wäre sie schon hundert Jahre tot. Dass sie auf dem Seziertisch liegt, kann banale Gespräche über den Alltag nicht verhindern. Uns wird unaufdringlich eine äußerste Banalisierung des Todes geboten. Ich würde gerne herausfinden, was man uns sagen will, und zwar ohne in Paranoia zu verfallen oder eine überzogene Analyse zu bemühen. Sind wir am Ende des Weges angelangt? Ist das der Übergang zu einem anderen Thema? Oder ist die Botschaft zwischen den Zeilen, dass diese auf Männlichkeit und Energie basierende Zivilisation an ihrem toten Punkt angelangt ist? Von Anfang an habe ich gedacht, man will uns den Tod andrehen.

Dieser Tintenfluss entspringt meiner Nacht.

119. Der Kochtopf

Wenn ich die Romankunst beschreiben soll, fällt mir die Küche ein. Die beiden Künste liegen nahe beieinander. Um ein einfaches Gericht zuzubereiten, einen Eintopf, bringen wir Wasser in einem alten Suppentopf zum Kochen. Dann werfen wir ein Stück Fleisch, das Gemüse hinein, dann die Gewürze. Zuletzt lassen wir es auf kleiner Flamme köcheln. Um den Kochvorgang zu überwachen, müssen wir in der Küche bleiben. Genau das tun wir, wenn wir mit verschränkten Armen vor unserer Schreibmaschine sitzen. Wir haben alle Zutaten hineingetan. Die Gewürze sind der Stil – denn der Stil gibt dem Essen den Geschmack. Wir warten. Wie beim Kochen haben wir unterschiedliche Ingredienzen zusammengebracht, jetzt warten wir auf einen ungewöhnlichen Geschmack, er stammt von keiner der Zutaten, sondern vom Gesamten.

Wenn die Niedergeschlagenheit zu stark ist, weil das Buch nicht vorankommt, hilft nur, ein schlechtes Buch zu lesen, um die Stimmung zu bessern.

120. Die Tasse Kaffee

Eine bessere Romanfigur ist nicht denkbar als meine Großmutter, die sich jeden Tag hinsetzt, mit einer Kaffeekanne zu ihren Füßen. Ich frage mich, wie oft ich diese Geschichte noch erzählen werde. Das erste Mal ist sie wahr oder erfunden. Beim hundertsten Mal ist sie ein Märchen. Kinder können eine Geschichte in ein Märchen verwandeln, indem sie dieselbe Geschichte hundertmal hören wollen. Bis sie Teil ihrer inneren Landschaft wird. Und der Ihren. Die Kindheit ist ein gemeinsames Erleben. Borges weiß, wie das geht. Er erzählt dieselben Geschichten immer wieder neu. Ich verändere an der Geschichte von meiner Großmutter auf der Galerie mit ihrer Tasse Kaffee nur wenig. Wenn ich davon spreche, sehe ich die Szene vor mir und bin gerührt. Nicht traurig. Ich wünschte sehr, dass mein Leben so einfach wäre wie damals. Kommt die Geschichte? Wenn Sie sie schon kennen, lesen Sie ruhig weiter. Sie wird Sie in eine ruhige Stimmung versetzen. Sie bewegen sich auf bekanntem Terrain. Die Kindheit des

Autors: seine Großmutter, die Tasse Kaffee, eine oft gelesene Geschichte. Sie werden weiterlesen, um zu sehen, ob alle Wörter enthalten sind. Denn diese Geschichte gehört Ihnen auch ein wenig. Sie lesen die Passage mit einem Schmunzeln. Diese sentimentalen Autoren sind alle gleich. Ihnen kommen Zweifel: vielleicht versucht er mich über die Gefühle dranzukriegen? Sie merken zu spät, dass der Autor Sie gezwungen hat, seine Gefühle zu teilen. Meine Großmutter sitzt auf ihrer Galerie mit einer Kaffeekanne zu ihren Füßen. Sie bietet den Leuten, die vorbeikommen, Kaffee an. Ein Schluck reicht, damit die Magie wirkt. Und der schweigsame Mann beginnt, von seinem Tag oder von seinem Leben zu erzählen. Meine Großmutter hört ihm lächelnd zu. Die Luft wird plötzlich weicher. Weiße Wolken stehen am reinen Blau des Himmels. Nachdem er den Kaffee getrunken hat, lüpft der Mann den Hut, um den Geschmack des Kaffees zu würdigen, dann geht er weiter. Ein paar Minuten später bleibt eine Frau vor der Galerie stehen, bevor sie den Berg hinaufsteigt, um das Abendessen für ihre Familie zu kochen. Auch ihr wird Kaffee angeboten, sie trinkt ihn offensichtlich mit Genuss, denn sie hat einen anstrengenden Tag hinter sich. Ein vertrauliches Gespräch. Die Frauen tuscheln immer über ernste Dinge. Sie tragen den Alltag auf ihren Schultern, dieses Leben ist voller trauriger Begebenheiten. Ich rühre mich nicht von der Galerie, denn ich habe Fieber. Ich beobachte die Ameisen, ihre Welt fasziniert mich bis heute. Als wäre die Zeit in einer ewigen Kindheit stehen geblieben. Der Leser zählt nach: die Großmutter, die Tasse Kaffee, die Leute, die vorbeikommen, das Gespräch, das Kind, das Fieber, die Ameisen. Alles ist da.

Er ist beruhigt. Auch dies ist eine Funktion der Literatur. Sie soll nicht nur aufwühlen. Ich betone das, weil ich weiß, wie gerne die jungen Schriftsteller provozieren möchten. Mit zu viel Provokation wird die Sache banal.

Die meisten Schriftsteller lesen nicht gerne, genau wie die meisten Seeleute nicht schwimmen können. Sie haben gelesen, aber das war, bevor sie anfingen zu schreiben. Seit sie ihr erstes Buch veröffentlicht haben, lesen sie nur noch die schlechten Bücher ihrer Kollegen, bis zur letzten Zeile – zum letzten Wort.

121. Die Kühnheit

Ein Schriftsteller ist auf der einen Seite ein bescheidener Mensch (vor allem während er seine Zettel vom Vortag liest), aber auch ungeheuer eitel. Malraux sagte einmal, der Künstler sei der Rivale Gottes. Sicher ist, es braucht ziemlich viel Kühnheit, um eine Welt hinzustellen, die vorher nicht existierte. Die Schreibtätigkeit macht Sie zu einem Kollegen von Goethe. Entschuldigen Sie die kleine Übertreibung. Sie war notwendig. Um Ihr Universum zu beschreiben, haben Sie alle nicht mehr als ein paar Grammatikregeln, einen begrenzten Wortschatz und die sechsundzwanzig Buchstaben des Alphabets. Mit diesen Mitteln wurden schon der *Faust, Don Quichote, Die Elenden, Herr über den Tau, Grashalme*[48], *Ich zähmte die Wölfin, Hundert Jahre Einsamkeit* und *Auf der Suche nach der verlorenen Zeit* geschrieben. Ohne einen zusätzlichen Buchstaben. Bevor sie Goethe, Cervantes, Hugo oder

Yourcenar wurden, waren sie arme kleine Jungen (und ein Mädchen), die sich im Dunkeln fürchteten. Nach einem Vortrag in einer Bibliothek von Port-au-Prince kam ein Mann auf mich zu. »Heute bin ich vierzig«, sagte er mit einem Lächeln. Ich wusste nicht, worauf er anspielte. Er erklärte mir: »Es ist länger her, Sie waren in meinem Alter, als Sie zu einem Vortrag an die Uni kamen, wo ich studierte.« Er wirft mir einen Blick freundlichen Einverständnisses zu, bevor er fortfährt: »Gegen Ende sagten Sie damals, Sie fühlten sich auf Augenhöhe mit jedem vierzigjährigen Schriftsteller auf der Welt.« Er machte einen Tanzschritt. »Das war wirklich das Anregendste, was ich je in meinem Leben gehört hatte. Ich nahm mir vor, mich ebenfalls auf Augenhöhe mit jedem anderen vierundzwanzigjährigen Studenten auf der Welt zu fühlen. Ich begann, wie wild zu arbeiten. Denn ich hörte, in welchem Ton in den internationalen Medien über Haiti gesprochen wurde, das kränkte mich. Ich wollte mein Leben selbst in die Hand nehmen. Ihr Satz war in den nächsten Jahren der Antrieb für mich. Sie wollten keine Ratschläge geben, Sie sprachen von sich. Ihre Energie hat mich angesteckt. Das wollte ich Ihnen sagen.« Und er ging weg, mit dem jungen Mädchen, das ihn begleitete.

Manche Schriftsteller wachsen in einem Milieu auf, in dem Schreiben als etwas Normales gilt. Andere müssen um Essen, Wohnung und das Recht zu träumen kämpfen. Das Buch, gefühllos wie es ist, zeigt keine Spur von diesen sozialen Unterschieden.

122. Verschwinden

Das Telefon klingelt mitten in der Nacht. Eine ziemlich junge Frauenstimme. Obwohl sie mir noch nie begegnet ist, scheint sie mich gut zu kennen. Schriftsteller befinden sich recht häufig in dieser Situation (irgendwann wird einer anmerken, dass ich das Verb *sich befinden* zu häufig verwende). Ich treffe immer wieder Leute auf der Straße, die mich ansprechen, als ob sie mich lange kennen. Es erinnert mich jedesmal daran, dass das Buch die Leitschnur ist, die sie davor bewahrt, sich im Labyrinth der Nacht zu verirren. Sie geben mir dann mit einem wissenden Lächeln zu verstehen, dass die Dinge, die uns verbinden (eine liebende Großmutter, die Vorliebe für tropische Früchte, ein Optimismus, den nicht einmal ein Erdbeben kleinkriegt, der Gefallen an jungen Mädchen, die Gewohnheit, in der Badewanne zu lesen, die Kunst, die Zeit anzuhalten), uns schlussendlich zu einer kleinen Gemeinde zusammenschmiedet. Aber dies hier ist anders, denn noch nie hat mich eine Leserin mitten in der Nacht angerufen. Sie möchte mich so schnell wie möglich sehen.

»Worum geht es?«

Sie will es mir am Telefon nicht sagen.

»Und wo?«

»Sie waren vor zwei Monaten hier, aber ich war nicht Zuhause, ich hatte mich gerade mit meinem Vater zerstritten, das kommt übrigens häufiger vor«, fügt sie lachend hinzu.

Das folgende Schweigen gibt mir zu verstehen, dass ihr Verhältnis zu ihrem Vater sich inzwischen gebessert hat, dem alten Schriftsteller im gelben Pyjama mit blauen Streifen.

»Kommen Sie bitte«, beendet sie das Gespräch und legt auf.

Ich verbringe den Rest der Nacht mit der Frage, was sie wohl von mir will. Gleich am Morgen gehe ich hin.

»Haben Sie gefrühstückt?«, überfällt sie mich noch in der Tür.

»Ja.«

»Also Kaffee?«

Ich nicke. Sie erklärt mir die Lage, während sie uns einen Mokka bereitet. Vor zwei Wochen rief sie der Hauswart in ihrer kleinen Wohnung an (für den Notfall hatte sie ihm die Nummer gegeben), um ihr mitzuteilen, dass ihr Vater seit vierzehn Tagen schon die Zeitung nicht mehr geholt hatte. Sie fand den Haushalt in einem betrüblichen Zustand, vor allem die Küche. Ein Berg Geschirr, den ganzen Flur entlang Häufchen mit schmutziger Wäsche, überquellende Aschenbecher und leere Ginflaschen unter dem Bett. Ihren Vater traf sie unter der Bettdecke zusammengekauert an, schlotternd, trotz des überhitzten Zimmers. Das dicke Manuskript, seit dem letzten Mal noch umfangreicher geworden, neben seinem Kopf. Er weinte wie ein kleines Kind.

»Noch nie zuvor hatte ich meinen Vater weinen sehen.«

Sie scheint allein von der Erinnerung völlig erschüttert. Erst jetzt bemerke ich, wie sehr sie ihrem Vater ähnelt. Mit der gleichen Handbewegung wie er fährt sie sich über das Gesicht. Sie zeigt die gleiche Wut eines Tigers im Käfig. Wie ihr Vater setzt sie mir einen so brühheißen Kaffee vor, dass mir ein Schrei entfährt. Nach dem Kaffee herrscht lange Schweigen. Beide hängen wir unseren Gedanken nach. Ich weiß immer noch nicht, was sie von mir will.

»Hat es mit dem Schreiben zu tun?«, frage ich schließlich.

»Gewissermaßen schon, aber das ist nicht das Problem«, erwidert sie.

»Worum genau geht es dann?«

Sie holt tief Luft, bevor sie hervorstößt:

»Mein Vater will verschwinden.«

»Was soll das heißen?«

»Ich fand ihn völlig abgemagert«, sagt sie aufschluchzend. »Als ich kam, hatte er sechs Wochen nichts mehr gegessen. Er wollte so klein werden, dass er in sein Buch hineinschlüpfen kann.«

»Was bezweckt er damit?«

»Er denkt, wenn er es in sein Buch hineinschafft, kann er in seine Kindheit zurück.«

»Da ist was dran«, gebe ich zu, »wir schreiben unter anderem, um die Wonne der ersten Zeit zurückzuholen.«

»Er wollte nicht diesen Ersatz«, wirft sie heftig ein, »er wollte den Fluss hinauf zur Quelle der Kindheit zurück.«

»Aber das ist doch unmöglich!«

»Dann machen Sie ihm das mal klar, auf mich hört er nicht mehr. Er hat gestern zu mir gesagt, er habe schon die Grenze erreicht, wo der Gott Legba die Schranke der Zeit bewacht. Seit drei Tagen halluziniert er, von den psychedelischen Bildern, die er sieht, ist er schweißgebadet. In der übrigen Zeit fällt er in einen so tiefen Schlaf, dass ich zuerst dachte, er läge im Koma. Es ist der Hunger, denn er verweigert jede Nahrung.«

»Sie hätten nicht mich rufen sollen, sondern einen Notarzt«, werfe ich im Gehen hin. »Ich will mit der Sache nichts zu tun haben.«

Als ich zuhause im Bett lag, kam mir der Gedanke, ob der alte Wirrkopf nicht genau das zu verwirklichen suchte, wovon ich oder jeder Schriftsteller träumt: durch die grüne Pforte der Zeit zu gelangen. Die Kunst hat uns die Ewigkeit versprochen. Der alte Schriftsteller im Pyjama hatte das wörtlich genommen, da er wusste, dass sich nur Feiglinge und mittelmäßige Geister mit der symbolischen Ebene zufriedengeben.

Unbedeutende Dinge helfen, eine Figur genauer zu zeichnen, und halten uns zugleich davon ab, hochtrabend zu werden.

123. Der Erfolg

Ohne mein Wissen hatte ich einen ganzen Schatz an Emotionen, Empfindungen und Bilder angesammelt, die nach dreißig Jahren an die Oberfläche kamen. Diese Momente eines einfachen Glücksgefühls aus der Kindheit halfen mir dabei, nicht in die Falle der Berühmtheit (in meinen Kreisen) zu tappen. Ich schrieb einen ersten Roman, er war gleich ein Riesenerfolg. So kam ich innerhalb einer Woche aus der Fabrik ins Fernsehen. Das Problem war, es war nicht nur ein literarischer Erfolg, sondern das Thema des Buchs machte mir den Weg frei wie ein Flächenbrand. Sie wissen, wie explosiv das Thema Sex, zumal zwischen den Rassen, in Amerika sein kann. Wenn ich nahe daran war, in das Fahrwasser der Berühmtheit zu geraten, tauchte vor mir das heitere Gesicht meiner Großmutter auf, das mich daran erinnerte, dass ein weniger oberflächliches und humaneres Leben möglich ist. Dann steigt in meiner Erinnerung der Kaffeeduft aus meiner Kindheit auf. Ich sehe die Galerie wieder vor mir, auf der sie jeden Nachmittag saß, seelenruhig ihren Kaffee trank und den Leuten, die vorbeikamen, eine Tasse anbot. Ein einfaches Leben. Frei von Aufregungen. Die Dinge hielten sich in der Schwebe. Ab und zu brühte sie frischen Kaffee, um den Gästen keinen kalten Kaffee anzubieten. »Neuen Kaffee«, wie sie sagte. Sie konnte alles von ihrem Sitz aus dirigieren, nur um den Kaffee zu holen, stand sie auf. Hinter ihr war immer ein wenig Dampf zu sehen, zum Zeichen, dass der neue bald fertig war.

Erfolg wie Misserfolg verleiten zum Trinken, aber erst wenn wir alle Sentimentalitäten hinter uns lassen, können wir ein neues Buch schreiben.

124. Ein persönliches Gespräch

Mit meinem Freund Alain Mabanckou bespreche ich alles völlig offen. Er gibt mir immer recht, dazu hat man schließlich Freunde. Manche behaupten, ein Freund schulde einem die Wahrheit. Ich überlasse das meinen Feinden, und sie nutzen die Gelegenheit weidlich.

»Ich schreibe gerade an einem Essay, aber ich will, dass er als Roman ankommt.«

»Du musst nur *Roman* auf den Einband schreiben.«

»Mir fällt auf, die Leute trauen eher der Negation als der Affirmation. Sie glauben einem alles, wenn man sagt, das Buch sei kein Roman, obwohl er voll von gut gezeichneten Figuren, wilder Leidenschaft und irren Begebenheiten ist. Hingegen wenn man seinen Essay mit Emotionen auflädt, damit er wie ein Roman wirkt, nehmen sie es einem nicht ab.«

»Keine Sorge … Schreib dein Buch und fertig.«

»Ja, aber ich möchte einen Roman in Gestalt eines Essays schreiben. Darum geht es in dem Buch.«

»Mach es doch nicht so kompliziert.«

»Du mit deinem Jazz.«

»Ich sage dir, es wird ein Roman.«

Sogar in dieser geschwätzigen Welt vermag man beim Schreiben so tief in sich einzutauchen, dass man den inneren Gesang zutage bringt.

125. Die Einzelheiten

Hüten Sie sich vor dem Leser, der die ganze Nacht Ihr Buch gelesen hat, er ist vor Begeisterung verblendet. Er meint es ehrlich, aber hilft Ihnen nicht dabei, besser zu werden. Hören Sie lieber auf den anderen, der das Haar in der Suppe sucht. Dieses Haar in einem Buch ist sehr wichtig. Sie müssen dem, der es gefunden hat, Ihre Aufmerksamkeit schenken, auch wenn es Ihnen einen Stich ins Herz gibt. Sie hatten sich so sehr gewünscht, alles wäre perfekt. Aber wir schreiben mit allen Einzelheiten. Über diese Details dringt der Leser in das

Universum ein, das Sie ihm eröffnen. Nicht unbedingt über die großen Fragen. Wir haben das Gefühl, hier ist ein echter Schriftsteller, wenn wir uns in einem Detail wiederfinden. Der Leser sagt: »Genau so habe ich es erlebt.« Es ist nicht die Situation, die ihn überzeugt, sondern die Art, wie sie wiedergegeben wird. Seien Sie nüchtern wie die Realität. Nicht nötig, etwas zu erklären. Der Leser weiß, wovon Sie sprechen, er hat schließlich auch gelebt. Ich gebe immer den gleichen Rat, achten Sie mit einem Notizbuch in der Hand auf jedes Detail in den guten Romanen. Diese Einzelheiten drücken immer etwas anderes aus. Die Beschreibung hat zwei Ebenen: die äußere Landschaft enthüllt die innere. Mishima beherrscht diese Technik meisterhaft, vor allem in seinem letzten Romanzyklus *Das Meer der Fruchtbarkeit. Der Tempelbrand*[49] gehört zwar nicht in diesen Zyklus, doch der Roman bietet ein perfektes Beispiel dafür, wie die Umgebung auf eine Figur wirkt. Ein junger Bonze beschließt, den goldenen Tempel zu zerstören, da er in der Schönheit dieses Werks eine Beleidigung seiner Hässlichkeit sieht.

Wenn wir wie in Verliebtheit entrückt alles vergessen (Schlüssel, Verabredungen, Mahlzeiten), ist es, weil tausend Details sich unseres Geistes bemächtigen und schon dabei sind, Sätze zu bilden.

126. Die Grauzone

Im Roman aus der Karibik regnet es nie so viel wie in meiner Kindheit. Der nicht endende Regen gilt als langweilig. Also scheint entweder die Sonne oder es fällt ein tropischer Platzregen. Für beide Beschreibungen greift man jedoch in dasselbe Arsenal der Adjektive. Ich schaue im Augenblick aus dem Fenster in den grauen Himmel und den leichten Nieselregen. Diese Atmosphäre verlangsamt die Dinge, ohne sie ganz zum Halten zu bringen wie der starke Regen. Versuchen Sie sich an Situationen zu erinnern, in denen sich die Natur anders beschreiben lässt. Es gibt zwischen der herunterbrennenden Sonne und der Sintflut einen mittleren Bereich, der nie geschildert wird. Ebenso selten wird im Roman aus der Karibik die Landschaft des Inneren nuanciert, ich meine die persönlichen Empfindungen. Immer wird alles in starken Farben gezeichnet. Selten in Zwischentönen. In unserer kreolischen Kultur neigen wir dazu, dem Gemeinschaftsleben zu viel und dem Erleben des Einzelnen zu wenig Gewicht zu geben. Die Empfindungen einer Figur werden zu schnell dargelegt. Als hätten wir nie genügend Zeit dazu. Doch man kann den Ton zurücknehmen, die Grauzonen beschreiben, im Halbdunkel bleiben. Nicht nötig, sich ständig in der Masse zu bewegen, im Geschrei und unter brennender Sonne. Kafka ist der graue Schriftsteller schlechthin – sein Grau hat tausend Nuancen.

Bücher entstehen nicht durch Zufall, sondern weil es Leser gibt, die sie in ihrem Kämmerchen schweigend einfordern.

127. Ein Spielzeug

Ein Buch, das uns meist so real erscheint, ist doch nur ein simples Spielzeug. Es kommt frisch aus dem Backofen. Wir lesen es noch heiß. Der Autor erzählt im Fernsehen von seinem Buch. Vielleicht mögen wir ihn. Unsere Nachbarin kennt seine Frau. Eine Szene des Romans passiert in unserer Straße. Dort ist das Lieblingslokal des Kommissars, der die Untersuchung leitet. Wir meinen fast, wir spielen in dem Roman mit. Keine Distanz. Da wir verreisen, stecken wir das Buch in die Tasche. Schon im Flieger ist der Zauber weg. Alles erscheint so fern, alt und gestrig. Manche Bücher verlieren mit wachsender Entfernung, während andere beständig an Bedeutung gewinnen, je weiter wir uns von ihrem Entstehungsort entfernen.

Der Moment, in dem bei der Arbeit an unserem Buch der Schlaf uns überfällt, ohne dass wir es wollen, gehört untrennbar zum Schreibprozess dazu.

128. Frühling in der Luft

Der Frühling ist meine liebste Jahreszeit, weil er endlich den Winter besiegt hat in einem Kampf, den ich schon fast verloren gegeben hatte. In manchen Jahren war die Schlacht so blutig, dass er weichen musste, bis er den heißen Atem des Sommers im Nacken spürte. Dann kam nach dem Winter ohne Übergang der Sommer. In den anderen Jahren mit prachtvollem Wetter gewann er das Gefecht schon mühelos in den ersten Tagen des März. Ist der Frühling da, stehe ich gerne früh auf, in der Kühle unter ein paar fröhlichen Sonnenstrahlen, um dann mittags in einem Straßencafé an der Rue Saint Denis zu einer Salade Niçoise ein Glas Wein zu schlürfen. Kurz gesagt, ich liebe den Frühling von Montreal, der so zerbrechlich wirkt, dass er mich an die Ziege von Monsieur Seguin erinnert[50], die die ganze Nacht kämpft, um am Morgen klein beizugeben. Es ist ein Frühling, an dem noch die Verletzungen vom Kampf mit dem Winter zu sehen sind. Wenn er sich zeigt mit seinem besonderen Licht, erfüllt er alle mit einer so spontanen Freude, dass sie schöner werden. Ich liebe außerdem den Frühling, weil er den Sommer ankündigt, der für Leute, die die Hitze anbeten, so viel wie das Leben bedeutet. Es fällt mir schwer, aber ich halte es inzwischen für möglich (da die Unterwerfung unter das Eis ein Schritt auf dem Weg zum Nordländer ist), sich auf die Seite des Frostes zu stellen, in diesem alljährlichen Duell, das der Frühling dem Winter liefert. Nun haben wir schöne Tage vor uns bis zu den letzten Herbstfeuern, wenn Sonnenuntergänge mit ihrem wundervollen Rot das zeitweilige Ende des Pflanzenreichs anzeigen. Ich meine, jedes Jahr enthält ein ganzes Leben. Und vielleicht sollten wir es auch so durchleben. In diesem Frühjahr hat mich durch verschiedene Umstände ein Spaziergang über den Wolken in meine beiden Lieblingsstädte geführt. Auf dem Weg zu Literaturfestivals und Buchmessen flog ich nach Paris und Rom, diese Route der Bücher war ähnlich berauschend wie die Weinstraße. Ich verbinde die Lektüre mit Wein und das Schreiben mit Kaffee. Jedesmal, wenn ich auf dieser Reise in einer Stadt ankam, wurde mir gesagt, am Vortag habe noch Frost geherrscht. Der Winter überschreitet bekanntlich gern seine Grenzen. Er geht und kehrt zurück, bis sogar Leute die Geduld verlieren, die zwar nichts gegen die Kälte haben, aber einmal etwas anderes anziehen möchten. Nichts geht uns mehr auf die Nerven als ein Gast, der schon seit einer Weile behauptet, er wolle gehen, uns aber an der Tür mit Belanglosigkeiten aufhält. In Paris begrüßte mich der Empfangschef des Hotels mit der üblichen Formel: »Sie bringen die Sonne mit.« Weiß er, dass ich aus der frostigen Finsternis des Nordens komme? Schon beim Anblick dieser neu strahlenden Sonne am Himmel von Paris sind alle meine Zellen frisch aufgeladen. Im Winter bietet uns Paris seine Museen, Theater, Buchläden und weitab gelegenen kleinen Restaurants, aber im Frühling ist Paris selbst der Event, und nicht seine Kulturstätten. Ich liebe es, ohne jedes Ziel durch diese Stadt zu laufen. Zuweilen meine ich, die Leute auf der Straße, die kleinen Gässchen, durch die ich komme, die Jongleure auf den Plätzen, die Musiker vor den Restaurants, die jungen Mädchen in Minirock und Stiefeln, dieses ganze Schauspiel werde nur mir persönlich dargeboten. Das einzige, was fehlt, ist ihre Aufmerksamkeit für mich. Die Leute haben es zu eilig, als dass man ihre Höflichkeit zu spüren bekäme. Ich frage mich, wie oft seit Lutetia ebendies über Paris gesagt wurde. Paris hat die Gabe, den Menschen zum Dummen zu stempeln, der nicht hier lebt. Diese Stadt tanzt in einem so verrückten Rhythmus, dass scheinbar die geringste unschuldige Bemerkung sie aus dem Gleichgewicht bringen kann. In der Geschwindigkeit liegt ihre Anmut. Um meine Heiterkeit wiederzufinden, setze ich mich in ein

Straßencafé und schaue den ganzen Nachmittag den Leuten zu, die vorübergehen. Viele von ihnen suchen ebenfalls ein passendes Café, um es mir gleichzutun. Die übrige Zeit lese ich in meinem Hotelzimmer. Am nächsten Morgen fliege ich weiter nach Rom, die einzige Stadt, die es in meinen Augen mit Paris aufnehmen kann. Während man Paris wegen seiner extremen Urbanität das Alter nie ansieht, erweckt Rom wegen seiner dauerhaften Frische in mir den Eindruck eines ewig jungen Mädchens. Denn in Rom pressiert es den Leuten nicht so wie in Paris. Sie drehen sich um und lächeln zurück. Diese Stadt ist so spontan, dass ich bei meinem ersten Besuch das Colosseum für eine Nachbildung hielt. Dennoch ist die Vergangenheit hier stärker präsent als in Paris. So überladen, wie manche Viertel sind, mit ihren Tempeln und antiken Resten, fehlen einem vielleicht für einen Moment die klaren Linien von Paris. Doch man braucht nur den Tiber zu überqueren, um eine Atmosphäre zu finden, die unserer Zeit näher liegt. Auch in Rom kam mit mir die Sonne, wie der Empfangschef des Hotels behauptete. Nach einem langen Gespräch über einen Modedesigner (Gianni Versace) gab er mir endlich den Schlüssel, dabei war der schon Jahre zuvor in Miami gestorben. Wusste er etwa, dass ich einmal in Florida lebte? Ich brachte nur kurz meine Sachen ins Zimmer, denn ich wollte den römischen Frühling auskosten. Mir war vorher nicht bewusst, wie sehr die Entspanntheit in Rom mit dem elektrisierten Leben in Paris kontrastiert. Ich halte in meinem Notizbuch fest, dass ich gerne in einer solchen Stadt wohnen würde, um einen Roman zu schreiben, der in meiner Straße spielt, mit den Figuren, die mir dort jeden Tag begegnen. Ein

Buch, so einfach und unangestrengt, dass die Leser meinen, es wäre eines Morgens in ihrem Hof aufgeblüht.

Es bleibt immer noch jenes eine Buch zu durchleben, seine Seiten sind Strände und ich bin nur das Wort Durst.

129. Im Schlaf

Die Einzelteile geraten immer mehr durcheinander
Ich muss ihnen einen Moment Ruhe gönnen,
Damit sie sich aufeinander einstimmen können.
Die Sätze werden manchmal müde.
Das geschieht, während der Autor schläft.

Die Stille ist keine tote Zeit, sondern der notwendige Sauerstoff, um ohne zu atmen auf den Grund zu gelangen. Damit ich nicht gestört werde, während ich schreibe, sage ich immer: »Ich tauche unter.«

130. Wie komme ich aus dem Tunnel heraus?

In einem gewissen Moment wird das Schreiben zur Droge (ein Klischee, das sich hält). Das ist nicht gut, wenn das Schiff nicht abdriften soll. Die Leute, die dem Rausch das Wort reden, meinen es oft nicht ehrlich. Das Schreiben kennt keinen Rausch. Auch Breton und seine Freunde scheiterten mit dem automatischen Schreiben. Die Grammatik ist ein zu strenges Korsett, als dass man es mit einem Schluck LSD aufbrechen könnte. Diese Leidenschaft ist bei klarem Verstand. Das soll nicht heißen, dass kein Dichter die berühmte Tür von Jim Morrison durchschritten hätte. Rimbaud begreift sich als Seher. Das kann vorkommen. Doch gewöhnliche Menschen verstümmeln sich nicht gleich, um neue Wege zu entdecken. Sie setzen sich an einen Tisch und versuchen, so gut sie irgend können, eine Geschichte zu verfassen. Das ist das Übliche. So geschieht das normalerweise. Und viele verlassen nicht den Raum, bevor das Blatt nicht mit Zeichen bedeckt ist, auch wenn sie es hinterher in den Papierkorb schmeißen. Dieses Verfahren ist nicht schlecht. Aber es gibt Tage, da passiert nichts. Was wir auch anstellen, der Kopf bleibt leer. Es kommt kein einziges Bild, kein Duft, keine Farbe, kein Geschmack. Die Sinne sind abgeschaltet. Wir sind wie trockenes Holz, nur gut zum Anfeuern. Darüber hinaus haben wir den Eindruck, das wird sich so schnell nicht ändern. Was bringt es also, vor dem leeren Blatt sitzen zu bleiben? Wenn der Geist zu lange eingesperrt ist, erstickt er. Zuerst an die frische Luft. Wenn ein langer Spaziergang nicht hilft, die Lage zu verbessern, ist das die Gelegenheit, Gitarre zu spielen, Zeichnen zu lernen oder Töpfern, aus Holz kleine Gebilde zu schnitzen (etwas ganz Einfaches), Malen (Aquarell), Schwimmen, Singen (im Chor), Italienisch zu lernen, aufwendige Desserts zuzubereiten, römischen Kampfsport zu trainieren, Englisches Boxen, Vögel zu beobachten, sich in Abendkursen (zum Elektriker, Klempner, Schreiner) ausbilden zu lassen, die Stadt als Taxifahrer zu erkunden und so fort. Um später zum Schreiben zurückzukehren. Es kommt vor, dass Leute so ihre wahre Leidenschaft entdecken.

Es gibt diesen Moment der Panik bei einem Schriftsteller, er kann eine Stunde, ein Jahr oder ein Leben dauern.

131. Die Angst von Philip Roth

Philip Roth hat das ehrwürdige Alter von achtzig Jahren erreicht, in dem er verkünden kann, er werde keinen Roman mehr schreiben. In den letzten fünf Jahren hatte er die Produktion angeheizt und jedes Jahr einen Roman publiziert. Michel Schneider, selbst Autor, hat ihn in Warren, Connecticut, besucht, wohin er sich vor vielen Jahren zurückzog, um das Leben eines Mönchs zu führen. Die beiden sprechen über den Tod, über Politik, den Nobelpreis, auf den Roth wartet, während er »nicht daran zu denken versucht«, über sexuelle Impotenz und das literarische Erbe.

SCHNEIDER: Was würden Sie einem jungen Autor raten?

ROTH: Möglichst schnell den Beruf zu wechseln. Unbedingt. Ich habe in meinem Leben gut verdient. Ich kann mich nicht beklagen, aber es ist wie bei allen, es folgt eine Frustration der anderen. Nicht nur auf der materiellen Ebene. Die Arbeit an sich, jeden Tag, ist einfach schrecklich, ich spreche nicht von der Angst vor dem weißen Blatt, sondern von der Angst vor dem Blatt, das voll ist mit lauter schlecht geschriebenen und schlecht durchdachten Sachen. Wenn Ihnen eine gute Seite pro Tag gelingt, und zwar nicht eine gute Seite verglichen mit anderen Schriftstellern, sondern eine, von der Sie sagen, ich habe mein Bestes gegeben, dann können Sie sich glücklich preisen. Manchmal vergehen Wochen ohne eine gute Zeile. Ich erinnere mich, in den 1970er Jahren hatte ich einmal eine ganz schlechte Phase, über sechs oder sieben Monate. Ich ließ meinen Kopf auf die Schreibmaschine fallen und fragte mich, was kann ich tun, um zurückzutreten, an wen kann ich mich wenden, um mitzuteilen: ›Ich kann nicht mehr schreiben‹? Ja gewiss, manchmal bereitet es Freude: die Freude, dass das Leiden aufhört. Wenn ich Kinder hätte, ich würde ihnen sagen: nur nicht Schriftsteller.

(Auszug aus einem Interview in der Zeitschrift *Le Point*)

Manchmal schreiben Leser mir Briefe, die besser sind als das Buch, um das es darin geht. Wenn man sie dann fragt, weshalb sie nicht selber schreiben, sagen Sie ganz ehrlich: »Aber ich bin doch kein Schriftsteller!« Das ist der Teil des literarischen Eisbergs, der unter Wasser bleibt.

132. Das Gewicht der Worte

Meine Technik habe ich dem haitianischen Laienmaler abgeschaut. Er arbeitet mit dem Rausch. Er spricht nicht den Verstand an, sondern die Sinne. Er erweckt sie bei dem Betrachter seines Bildes. Düfte, Geschmack und Aromen lassen irgendwann die Festung des logischen Denkens zusammenbrechen. Der Künstler stellt eine so natürliche Welt dar, dass der Betrachter sie für einfach hält. Es gibt verschiedene Arten zu schreiben. Ich bevorzuge die, bei der alles so leicht wirkt, dass der Leser meint, die Worte entstehen vor seinen Augen. Er meint, er könnte das sofort nachmachen. Um eine solche

Leichtigkeit zu erreichen, muss man sich von den üblichen schönen Worten befreien. Einen Moment die geschraubten Phrasen, die komplizierten, aber hohlen Analysen und die gekünstelte Musik vergessen, bei der wir genau spüren, wie nichtig sie ist. Wir drücken uns zu oft in dieser geschraubten Sprache aus. So mancher Schriftsteller von der üblichen Sorte würde lieber aufhören, als verständlich schreiben zu müssen. Ein junger Autor hat einmal zu mir gesagt: »Du bist kein Schriftsteller, denn ich verstehe bei dir alles, was du schreibst.« Nie hat man mir ein schöneres Kompliment gemacht. Das heißt auch, wir können in der Kolonialsprache schreiben, ohne den Geist des Kolonisierten zu übernehmen (dies bezieht sich nicht auf die wissenschaftlichen Untersuchungen zu dem Thema, etwa von Frankétienne). In der haitianischen Kultur, wo der Geist mit Füßen getreten wurde, werden die Worte nicht wegen ihrer Bedeutung, sondern wegen ihres Klangs benutzt: Man berauscht sich an ihrer Musik. Man produziert ein so klangvolles Sprachgebilde, dass es den feinen Damen den Atem verschlägt. Natürlich ist die Musik eines Wortes wichtig. Sie gehört zu ihm, genau wie Geschmack und Farbe. Um seinen ganzen Sinn zu erfassen, braucht man alle seine Eigenschaften: den Ton, die Farbe und den Geschmack. Ein Stativ auf drei Füßen, das hält! Auf einem Fuß wackelt es. Um es abzustützen, stellt man ihm zwei ähnliche Worte zur Seite (das erste ist für den Klang, die beiden anderen für Farbe und Geschmack). Beim Lesen dieser Geschichten meint man, sich durch einen undurchdringlichen Dschungel kämpfen zu müssen. Zu viele Worte. Nicht zu verwundern, bei drei Wörtern anstelle von einem.

Ich meine, der junge Autor von heute sollte mit dieser Tradition brechen. Er muss wieder das echte Gewicht jedes Wortes finden. Es in die Hand nehmen, es wägen, es hin und her wenden, bevor er es benutzt. Jedes Wort hat eine Geschichte, die zuweilen sehr weit zurückreicht. Man gebraucht es mit seiner Spur in der Zeit. Damit will ich nicht andeuten, man müsse die Geschichte eines jeden Wortes kennen, das wir gebrauchen. Aber selbstverständlich könnte diese Neugierde einem Autor nützen. Vergessen wir für einen Moment die schönen Sätze, sie beeindrucken nur die schlichten Gemüter, und versuchen wir, auf die allereinfachste Art auszudrücken, was wir sagen wollen. Probieren Sie es einmal aus. Nehmen Sie ein beliebiges Thema und versuchen Sie in einem natürlichen Ton ohne jede Akrobatik darüber zu schreiben. Schauen Sie dann jedes einzelne Wort an, ob es da gut steht, wo es ist. Ob Sie ihm nicht zu viel aufgebürdet haben. Ob die Aussage klar ist. Probieren Sie nun ein paar Umstellungen in dem Satz, um zu sehen, wie sich das auf die Helligkeit auswirkt. Ein Wort hat auch eine elektrische Ladung, es kann damit die Seite zum Leuchten bringen. Seine Energie wird größer oder kleiner, je nach dem, welches Wort neben ihm steht. Wenn ich Texte von Autoren lese, die wie ich aus der Dritten Welt stammen, wo sich die sozialen Klassen mit Hilfe der Sprache abgrenzen, bin ich immer beeindruckt von dem reichen Wortschatz und der Eleganz der Sätze. Was ist falsch daran? Ich spüre gleich, was da geschrieben steht, interessiert den Autor nicht wirklich. Die Schönheit der Sätze genügt ihm. Aber nichts ist so hohl wie Schönheit, die sich selbst genügt. Es ist Zeit, ihr etwas Wahrheit mitzugeben.

Ein Verleger hat seinen Autor aufgesucht, der talentiert, aber sehr sensibel ist. Er trifft ihn um drei Uhr nachmittags noch im Bett, umringt von leeren Flaschen. Der Verleger fühlt den Puls, ob er noch lebt. Der Puls schlägt noch, aber der Autor ist tot.

133. Der Titel

Häufig findet sich der Titel im Buch. Es genügt, den Text noch einmal aufmerksam durchzulesen und sich die Assoziationen zu den Worten, die Ihnen gefallen, zu notieren. Nicht unbedingt nach etwas suchen, was den Inhalt zusammenfasst. Die wichtigste Aufgabe des Titels ist, zuerst das Auge und dann das Ohr zu erfreuen. Im Buchladen zieht der Titel die Aufmerksamkeit auf sich. Man geht hin, nimmt das Buch in die Hand, befühlt es (sein Gewicht, die Dicke des Einbandes, die Beschaffenheit des Papiers). Man sagt sich den Titel ganz leise vor wie ein Passwort, das den Zugang zum Buch eröffnet. Da kommt es auf den Klang jeder Silbe an. Nach dreimaliger Wiederholung des Titels müsste das Buch in den Händen zu vibrieren anfangen. Hüten Sie sich vor den allzu eingängigen Titeln fürs Ohr, sie halten nur so lange wie ein Sommerhit. Achten Sie dagegen auf solche, die auf den ersten Blick nichts Besonderes sind, sie werden im Laufe der Zeit ihre Wirkung entfalten. Einen guten Titel zu finden, erfordert ein bestimmtes Talent, aber das macht noch lange keinen guten Autor. Wie andere Mozart oder Led Zeppelin nachpfeifen können, aber nicht in der Lage wären, auch nur eine Zeile zu komponieren. Dürfen wir ein Pseudonym benutzen, um einem vergessenen guten Schriftsteller mit dem Namen eines heutigen Starautors ein Comeback zu verschaffen? Mit welchem neuen Autornamen könnten die *Diabolischen Geschichten* von Barbey D'Aurevilly[51] wieder erscheinen? Oder *Die Leiden des jungen Werthers*? Oder *Erste Liebe*[52]? Und gar *Pantagruel*, von dem man seit einiger Zeit nichts mehr hört? Am besten wäre ein amerikanischer Name, um den Welterfolg zu garantieren. Sollten wir nicht alles versuchen, ein gutes Buch vor dem Vergessen zu bewahren?

Im Radio erzählt ein berühmter Schriftsteller, sein Glück sei gewesen, dass er in einem Haus ohne Bücher am Rand eines Dorfes ohne Bibliothek aufwuchs. Woher kommt diese Obsession, niemand etwas schuldig sein zu wollen?

134. Einfach wirken

Glauben Sie bloß nicht, es sei leicht, einfach zu wirken. Das ist höchste Kunst. Alles hängt von der Fähigkeit ab, die Emotion allmählich zu steigern. Und sie wieder sinken zu lassen, ohne dass der Leser das Buch zuklappen will. Die meisten Bücher dieser Art gehen von einer unbedeutenden Begebenheit aus, die von allen Seiten beleuchtet wird. Wenn man eine kleine Geste genau analysiert, findet man in ihr, auch wenn sie nie auffallen würde, unzählige Nuancen. Doch glauben Sie nicht, dass man mit gekünstelten Emotionen diese Wirkung erzielen kann. Oder, indem man mit der empfohlenen Dosis Nostalgie (eine harmonische Mischung aus Traurigkeit und Phantasie) auf die Tränendrüse drückt. Viele Schriftsteller träumen davon, eine Geschichte von so großer Reinheit zu verfassen, dass sie die Kinder ebenso bezaubert wie die Erwachsenen. Im besten Fall erzählt man dabei jedoch, ohne es zu merken, ein altes Märchen neu. Tatsächlich fehlt es uns weder an der Lust dazu noch am Können. Nur an der Bescheidenheit einzusehen, dass Bücher von Dauer keinen Autor brauchen. Ihnen genügt es, unter der Feder des einen oder anderen zu entstehen. Voraussetzung ist, dass er gerade an der Arbeit und in guter Form ist. Dies kann ganz am Anfang oder erst am Ende des Lebens geschehen, wenn man schon keinen Ehrgeiz mehr hat. Man denkt, dass eine so einfache Geschichte es verdient, anonym zu bleiben. Manche Kurzgeschichten von Bashevis Singer und von Isaac Babel reichen an diese Vollendung heran (obwohl ich bezweifle, dass dies das richtige Wort ist).

Werden Sie nicht zu einem Schriftsteller, der sich selbst um seinen früheren Erfolg beneidet. Er spricht nur schlecht von seinem ersten Buch, das alle lieben. Auf diese Art verhindert er selbst, dass wir die anderen lesen.

135. Der Handwerker

Ich habe einen Dokumentarfilm über Woody Allen gesehen. In einer Szene schildert er seine Arbeitsweise. Sobald ihm etwas einfällt, notiert er es auf einem Zettel, den er in eine Schublade oder einen Schuhkarton wirft, das weiß ich nicht mehr genau. Wenn er nach einer Idee für einen Film sucht, schüttet er seinen ganzen Schatz auf dem Bett aus. Wenn er eine gute Idee entdeckt, strahlt er wie ein Junge, der seine Lieblingsmurmel wiederfindet. Erstaunlich, dass Allen diese handwerkliche Methode beibehält, trotz seiner Berühmtheit und der technischen Möglichkeiten, die heute jedermann zur Verfügung stehen. Er tippt seine Texte immer noch auf seiner ersten Reiseschreibmaschine, was beweist, dass er in dieser Angelegenheit nichts braucht außer seiner Vorstellungskraft. Die Diskussion über die Schreibmaschine ist nicht ohne Belang, denn noch vor wenigen Jahrzehnten zeigte sie den Unterschied zwischen dem modernen und dem altertümlichen Schriftsteller. Genau wie ein Bauer, der einen Traktor einsetzt, heute auf den herabsieht, der noch ohne Traktor arbeitet. Zwischen den beiden Schriftstellertypen ist der Abstand etwa so groß wie zwischen dem Mittelalter und der Industriellen Revolution. Das Argument für die Maschine ist stets das gleiche: wir können schneller schreiben. Aber bringt uns das wirklich weiter? Wir können alle verfügbaren Techniken benutzen, es wäre im übrigen dumm, das nicht zu tun, aber wir sollten nicht vergessen, dass die Hand das älteste und zuverlässigste Werkzeug ist, das wir haben.

Wir können uns beim Schreiben von einem Maler, Musiker, Tänzer oder Fotografen beeinflussen lassen. Warum nicht von einem Klempner? Das wäre eigentlich am Besten, angesichts seiner Ruhe gegenüber einem ungeduldigen Kunden.

136. Charme

Man darf nicht vergessen, dass der Leser stets eine Enzyklopädie in Reichweite hat. In unseren Tagen schauen die Leute pausenlos im Internet nach. Nie gab es einen derartigen Hunger nach genauer Information. Ungefähre Angaben reichen nicht mehr aus. Das Wissen ist für jedermann verfügbar und wird genutzt. Früher schlugen nur Klosterbrüder und Wortklauber ständig in Enzyklopädien nach. Neulich war ich bei Freunden zum Abendessen. Das Gespräch kam ins Stocken, als es um die Stellungnahme eines undurchsichtigen Ministers zur Zeit der Unruhen in den 1960er Jahren ging. Wir konnten uns nicht darauf einigen, welche Haltung er genau zu diesen Unruhen eingenommen hatte. Keiner von uns wusste seinen vollen Namen. Er lag uns natürlich allen auf der Zunge. Da warf der Teenager der Familie aus der Ecke, in der er saß, alle notwendigen Informationen in die Runde: den Namen des Ministers, seine verschiedenen Stellungnahmen während der Ereignisse, seine Verwicklung in einen Sex- und Finanzskandal, worauf er sich in seiner Villa erhängte etc. Wir hatten keine Ahnung von seinem Ende. Der Jugendliche hatte nur alle Infos von seinem i-Pad abgelesen. Heute brauchen wir kein Vorwissen mehr, um uns auszukennen. Was bleibt also? Der Charme. Charme kann sich in einer lässigen Einstellung gegenüber den Informationen, diesen vielen Einzelheiten, zeigen. Der Charme des Ungefähren. Bringt man ihn mit oder kann man ihn sich aneignen? Das kann ich nicht entscheiden. Ich vermute, er muss einem bewusst sein – jedoch nicht zu sehr. Die Dosierung ist das Schwierige. Es genügt ein Fehler und alles stürzt in sich zusammen. Und das lässt sich natürlich nicht mehr ausbügeln. Cocteau versuchte eine Erklärung (er nennt das »Originalität«): »Originalität heißt, es so zu machen wie alle, ohne dass es gelingt.«[53] Der Charme lässt sich nicht genau festlegen. Die Mechanik ist sein Feind. Etwa wenn einer meint, es reiche aus, ungeschickt zu sein, um Charme zu haben. Woody Allen ist ein charmanter Depressiver, eben weil er wirklich depressiv ist. Wenn er in einem Film behauptet, er sei seit Jahren in Analyse, dann stimmt das. Es gelingt ihm ohne Mühe, den Neurotiker zu spielen, weil er wirklich einer ist. Aber das reicht nicht aus, es gehört auch Talent dazu. Auf der Leinwand sehen wir nicht Woody Allen, selbst wenn er Geschichten darstellt, die auch in Woody Allens Leben vorkommen. Er ist ein Schauspieler, der Woody Allen spielt. Es genügt nicht zu sagen, das ist mir passiert, damit eine Geschichte für die Leute interessant wird, es muss auch beim Zuschauer der Eindruck entstehen, dass ihm das ebenfalls hätte passieren können. Kurz gesagt, die Geschichte muss so angelegt sein, dass sie die Distanz überwindet, die den Autor von den anderen trennt. In der Literatur heißt das Schriftstellerei. Im Kino ist das wohl das Kino. Können wir beim Schreiben Charme haben und im Leben nicht? Das ist es gerade. Darin liegt die Verheißung des Schreibens. Eine ungeahnte Möglichkeit. Manche Leute verstecken ihren Charme so gründlich, dass sie ihn selbst nicht bemerken. Das nennen wir echten Charme. Auf die Dauer nervt der Charme, wenn er nicht mit einem echten Anliegen verbunden ist. Der letzte Schrei ist, seine Anliegen vor dem Blick der anderen zu verstecken. Ein Schattenboxen zu veranstalten.

*Virginia Woolf hat einen sehr amüsanten kleinen Text verfasst (*Bin ich ein Snob?*), in dem sie behauptet, von allen ihren Freunden sei sie der größte Snob. Vor lauter Charme kommt der Leser zu dem Schluss, sie sei gar kein Snob. Es ist ein alter Erzähltrick, die Sache so darzustellen, dass der Leser das Gegenteil von dem denkt, was er liest.*

137. Die Aktualität

Um jedem Missverständnis vorzubeugen, hier geht es nicht um politisches Engagement. Der Schriftsteller ist ein Bürger und es steht ihm frei, seinen Rechten und Pflichten so nachzukommen, wie er es für richtig hält. Wenn er das Gesetz übertritt, wird er bestraft wie jeder andere. Er sollte nur den Ansprüchen genügen, die er sich als Schriftsteller über die Jahre gesetzt hat. Er kann Lichtjahre von aktuellen Fragen entfernt bleiben, wenn er sich nur mit Homer, Lukrez, Vergil und Dante unterhalten will. Genauso kann er sich halsüberkopf in den Alltag stürzen. Er kann sich sogar auf beides zugleich verlegen (das Heutige und das Überzeitliche) wie Malraux, der durch die Jahrhunderte ritt, um die großen Toten sprechen zu lassen. Aber die heutige Welt hat eine schlimme Krankheit: die Frageritis. Man wird zu allem befragt. Jedes Handeln gerät dabei in den Hintergrund. Vom Schriftsteller werden Erklärungen zu Themen völlig außerhalb seines Kompetenzbereichs verlangt, mit der Begründung, sie beträfen schließlich jeden. Was denken Sie darüber?? Wir haben noch keine Stellungnahme von Ihnen dazu gehört? Vielleicht ist es schmeichelhaft, aber vor allem lästig, da unser Beruf einen gewissen Abstand verlangt. Wir können unsere Nase nicht ständig in das stecken, was aktuell los ist. Bei dem Wort »Aktualität« wissen wir sofort, es geht um Politik. Für einen Schriftsteller ist aber der Mann an der Straßenecke, der auf seinen Bus wartet, von höchster Aktualität. Jetzt tritt eine etwa fünfzigjährige Frau zu ihm, er lächelt sie an, schlägt dann seine Zeitung auf. Sie sprechen miteinander, ohne sich anzusehen. Als würden sie sich beide an einen Unsichtbaren richten. Dabei sind sie allein. Der Bus kommt. Er steigt ein und berührt dabei unauffällig ihren Arm, sie senkt den Kopf und lächelt.

Wir mühen uns ab, alles in Geschichten zu verwandeln, dabei genügt es, die Dinge an ihrer Oberfläche zu beschreiben.

138. Schriftsteller versus Journalist

Ein Handschlag zwischen zwei Politikern kommt leicht in die Schlagzeilen der Presse. Noch besser: ein Kuss von zwei Filmstars, die wissen, im Gebüsch sind Paparazzi versteckt. Ein Journalist kann einen Schriftsteller in einer TV-Sendung vor großem Publikum nur interviewen, wenn dieser schon eine Berühmtheit ist, die hat allerdings meist nichts mit Literatur zu tun. Schauen wir ihnen zu. Von Anfang an verwechselt der Interviewer den Erzähler im Roman mit dem Autor. Ist das Absicht? Abwarten. Der Schriftsteller soll zu jedem Zitat aus seinem Roman Stellung nehmen, als wäre es seine persönliche Meinung. Um das zurechtzurücken, erklärt er den Unterschied zwischen Erzähler und Autor. Der Journalist wirft ihm vor, er weiche der Frage aus. Der Schriftsteller beginnt, das Zitat in den Zusammenhang des Romans zu stellen, doch er wird rasch vom Interviewer unterbrochen, der ihn bittet, sich nicht hinter seinem Erzähler zu verstecken. Die beiden reden aneinander vorbei, ist das vielleicht eine Berufskrankheit? Der Journalist ist offenbar daran gewöhnt, Politiker zu interviewen, denen man zusetzen muss, um auf eine klare Frage eine präzise Antwort zu bekommen. Ratlos bringt der Romancier vor, es handele sich schließlich um einen Roman. Aber der Journalist lässt immer noch nicht locker: »Ich sehe dennoch viele Gemeinsamkeiten zwischen Ihnen und dem Erzähler.« Der Schriftsteller verstummt, wie soll er so etwas Verwickeltes, das den Kern der Literatur bildet, einer Person auseinandersetzen, die ihn als einen gemeinen Lügner hinstellt? Cocteau (auch Aragon) sagt, der Roman sei ein »Wahr-Lügen«. Aber im Fernsehen hat man nicht die Zeit für eine literarische Lehrstunde. Der Journalist nutzt den toten Punkt aus, um mit einem Schmunzeln einzuwerfen: »Verstecken Sie sich hinter Ihren Figuren, weil sie Meinungen äußern, deren Sie sich schämen?« Der Schriftsteller kann gerade noch stammeln, in dem gleichen Roman (es handelt sich keineswegs um einen Essay) »sind auch Meinungen zu finden, die der von Ihnen zitierten widersprechen.« Am verstohlenen Lächeln des Interviewers erkennen wir jetzt, er weiß genau, dass es sich um einen Roman handelt, er hat sich nur dumm gestellt, um das Studiopublikum bei der Aufzeichnung der Sendung auf seine Seite zu ziehen. Er macht eine Bewegung auf den Schriftsteller zu, als wollte er ihm einen Schwinger verpassen: »Wenn ich es richtig verstehe, schreiben Sie Dinge, zu denen Sie selbst nicht stehen können.« Beifall aus dem Saal (mit etwa fünfzig Anwesenden). Jetzt findet der Schriftsteller endlich eine Schwachstelle: »Da müssten Sie Simenon einsperren, für all die Verbrechen, die er in seinen Romanen beschreibt.« Gelächter. Der Journalist erwidert: »Hier sprechen wir nicht von Simenon, sondern von Ihnen.« Als wäre Simenon ein flüchtiger Krimineller. »Dann müsste man auch über meinen Stil reden.« Schweigen. »Sie sind also nur für den Stil verantwortlich, nicht für die Ideen, die durch Ihr Buch geistern?« Der Schriftsteller schlägt einen professoralen Ton an, um zu erläutern: »In einem Roman bin ich nicht der Verantwortliche, zumindest nicht in der Weise, wie Sie es mir seit einer Weile unterstellen. In einem Essay hingegen bin ich verantwortlich für die Ideen, allerdings nicht für alle, nur für die, die ich vertrete.« Der Journalist runzelt die Stirn: »Erlauben Sie, da machen Sie es sich zu leicht.« Antwort des Schriftstellers: »Wissen Sie, ein Roman ist kein Zeitungsartikel, und auch kein Fernsehinterview.« Die Meinung im Saal über diese Antwort ist gespalten. Es ertönt die Musik zum Ende der Sendung. Der Journalist macht eine wegwerfende Handbewegung, um die Wirkung der letzten Antwort abzuschwächen, der Schriftsteller scheint aber mit seinem Auftritt recht zufrieden. Sie geben sich ohne zu lächeln die Hand. Eine Blitzbefragung unter den Zuschauern, die während des Abspanns eingeblendet wird, zeigt, dass 60% von ihnen die Meinung des Journalisten teilen.

Wenn Sie (Literatur, keine Gesellschaftsanalyse) schreiben und hoffen, damit politisch etwas zu bewirken (etwa die Machtverhältnisse zu ändern, die Frage ist hier nicht politisches Engagement), können Sie sicher sein, in keinem Bereich etwas auszurichten.

139. Das Hochgefühl

Das Gefühl beim Schreiben, vollkommen in Übereinstimmung zu sein mit dem, was man schreibt, ist selten, aber wenn es eintritt, ein großes Fest. Zu irgendeiner Zeit, meist gegen Ende, spüren wir, dass wir die zarte Linie zwischen realer und ersonnener Welt durchbrochen haben. Durch einen hinzugefügten oder gekürzten Satz hat die Welt, die wir schaffen wollten, von uns unbemerkt, an Reiz gewonnen. Plötzlich befinden wir uns in einer leuchtenden Sphäre. Ein geschlossenes Universum, nur durch ein kleines Fenster dringt das Geräusch der Welt zu uns. Liegt es an der Harmonie zwischen dem Licht und der Musik des Textes? Wir werden nichts mehr verbessern, nicht einmal einen offensichtlichen Fehler, solange uns nicht diese Balance und zugleich unsere eigene Ungeschicklichkeit bewusst ist. Denn Vollkommenheit erreicht man nicht mit einer Anhäufung der richtigen Tricks. Die Freude ist unbändig und sehr intim. Wir wissen, dass wir keinen Blick von außen mehr brauchen, um einschätzen zu können, was wir geschrieben haben. Dies ist nicht zu verwechseln mit der Eitelkeit, die immer wieder auftaucht und uns eingibt, alles, was wir schreiben sei gut.

Wir bemerken, dieses Hochgefühl geht von dem Text selbst aus, als hätte er ein Eigenleben. Es kommt eines Morgens auf, obwohl wir am Vorabend das Manuskript noch für ungenügend hielten. Wir können es weiter korrigieren, sollten aber auf die unglaubliche Energie achten, die von ihm ausgeht. Sie ist mit großer Vorsicht zu behandeln, wir sind überdies in diesem Moment zu aufgeregt, wir sollten das Manuskript am besten in eine Schublade stecken und erst in einem Monat wieder herausholen.

Nur die Abwesenheit erlaubt es uns, mit neuem Blick zu betrachten, was wir allzu gut kennen.

140. Regen in der Stadt

Nicht vergessen, man kann immer hinschreiben: »Es regnet.« Der Leser kann sich etwas darunter vorstellen. Wenn Sie diesen Regen genauer darstellen möchten, sollten Sie die Folgen für den Erzähler erwähnen (sofern er davon betroffen ist). Wenn es schüttet, kann er nicht hinaus, das ist klar. Er sucht am Himmel nach Zeichen, dass der Regen schwächer wird. Sobald Äste auf der Straße liegen, weiß er, dass er nicht so leicht ein Taxi bekommen wird, selbst wenn der Regen aufhört. In jedem Fall sollten Sie eine Verbindung zwischen dem Regen und dem Tagesablauf herstellen. Um nicht den Eindruck zu erwecken, wir machten uns einen Spaß daraus, den Regen zu beschreiben. Wir müssen die Dinge untereinander verknüpfen – aber mit Fingerspitzengefühl.

Ein sechsjähriger Junge erzählt mir, er habe Aschenputtel *dreihundertmal gelesen. Die Mutter nickt. Ein Glück, dass bei den Lesern nach einem gewissen Alter diese Leidenschaft nachlässt, sonst würden alle unsere Fehler beim Schreiben entdeckt.*

141. Sagen Sie nicht zu viel

Sie können davon ausgehen, dass der Leser intelligent ist, zumindest der, der Ihr Buch gerade liest. Es gibt nichts Unangenehmeres, als wenn jemand einem erklärt, was man längst verstanden hat. Der Leser zögert nicht, ein Buch zuzuklappen, wenn er den Autor für weniger fix hält als sich selbst. Gleichzeitig können wir ihn aber auch abhängen, wenn wir zu rasch vorangehen. Es gilt eine gute Gangart zu finden, damit wir zusammen marschieren, ohne dass einer sich zu sehr anstrengen muss. Diesen Rhythmus sollte man von Anfang an anschlagen. Schon im ersten Abschnitt, um nicht zu sagen, im ersten Satz. Der Leser darf erfahren, mit wem er es zu tun hat. Gogol sagt, der Schriftsteller muss wissen, wie seine Figur sich die Krawatte bindet. Ebenso sollte er wissen, wann seinem Leser die Puste ausgeht. Manche Schriftsteller mühen sich ab, uns zu viel zu sagen. Jede Gebärde wird aus allen Blickwinkeln betrachtet. Jede Begebenheit in die Länge gezogen. Wir werden überflutet von einem Meer der Einzelheiten. Der amerikanische Roman hat diesen Realismus erfunden. Es handelt sich um eine Art panischer Angst vor der Realität, sie soll unter dem Deckel bleiben. Man glaubt, mit einer gewissen Anzahl von Details etwas einzufangen, was dem

Leben gleicht. Der Seite würde damit Leben eingehaucht. Wenn die Handlung in einer Kneipe stattfindet, kommen wir erst wieder raus, nachdem die Inneneinrichtung vollständig beschrieben, die Karte durchgelesen und die Gespräche der Gäste aufgezeichnet sind. Am Ende wissen wir nicht einmal mehr, warum sich die Figur überhaupt in das Lokal begeben hat. Wenn wir alle diese Details aus dem Schmöker herausschütteln, von denen die Mehrzahl überflüssig sind, bekommen wir einen Roman von 250 Seiten, anstelle der 1200, die vergeblich an *Krieg und Frieden* heranreichen möchten. Der Wortschwall besteht größtenteils aus Detailschilderungen und Episoden. Doch es reicht nicht, komische Episoden aneinanderzureihen, um ein witziges Buch zu verfassen. Nicht die Episode wirkt, sondern ausschließlich die Art und Weise, wie sie erzählt wird. Der Trick ist, kurz vor der Pointe aufzuhören, sonst wird die Geschichte zu rund und bremst den Rhythmus. Könnten wir ein Buch am Bauch aufschneiden, wir würden hundert Adern erblicken, durch die die Tinte fließt, die es am Leben hält. Keines seiner Teile funktioniert ohne die anderen. Alles ist verbunden. Die Begebenheit kann noch so komisch sein, wenn sie nicht eine Figur näher beleuchtet oder die Erzählung wieder in Schwung bringt, ist sie wegzustreichen. Dagegen kann eine Figur komisch wirken, weil sie unaufhörlich schwachsinnige Begebenheiten erzählt. Außerdem kann sich der Grund für einen Zwischenfall auch erst gegen Schluss erweisen. Der Leser ist immer froh etwas wiederzuentdecken, was er verschwunden glaubte.

Lesen Sie Ihren Text durch, dann fällt Ihnen auf, wie oft Sie den gleichen Gedanken in anderer Form wiederholt haben. Diese schlechte Angewohnheit kommt vom Sprechen, weil wir immer befürchten, das Gegenüber habe schon vergessen, was wir gerade gesagt haben.

142. Das Schwere und das Leichte

Im Gegensatz zu Schriftstellern, die uns mit ihrem Gewicht beeindrucken wollen, stehen andere, die uns mit ihrer Leichtigkeit gefallen, auch wenn sie nur so wirkt. Ihr Roman wiegt nicht schwer, ist manchmal billiger, es fehlt ihm dennoch nicht an Tiefe. Und es ist keineswegs weniger schwierig, ihn zu schreiben. Um es gleich zu klären, ich stelle nicht eine Methode über die andere. Es gibt gute Bücher mit 1200 Seiten und andere mit 120, die todlangweilig sind. Ich geißele hier nur die übliche Haltung des Feuilletons gegenüber dem letzten Roman von 1200 Seiten, den ein zwangsläufig beleibter Schriftsteller, da er zu viel sitzt, gerade veröffentlicht hat. Wir sehen ihn im Fernsehen, wie er uns mit seinen massigen Unterarmen erklärt, dass die Recherche acht und die Niederschrift drei Jahre gedauert hat. Nach elf Jahren guten und loyalen Dienstes strengt er sich nicht einmal mehr an, deutlich zu sprechen. Er brabbelt, das habe ihn 64 Kisten Wein, zwölf Kästen Bier, drei Schreibmaschinen, zwei Aufnahmegeräte, zwei Sekretärinnen (eine Russin, eine Französin) gekostet, als er in zwölf Ländern recherchierte. Während der dreijährigen Niederschrift des Buchs sei er genau fünfmal ausgegangen: einmal zur Hochzeit seiner Tochter, einmal zur Buchpräsentation seines besten Kumpels (er will ihn nicht nennen, aber es ist Salman Rushdie), einmal, um Unterwäsche zu kaufen, dann (eins, zwei, drei, er zählt es an seinen Wurstfingern ab) zu der Ausstellung eines befreundeten Künstlers in Soho und noch einmal … wohin weiß er nicht mehr. Gegen Ende der Sendung wird ein kleiner Wicht vorgestellt, er hat ein dünnes Bändchen publiziert, man weiß nicht recht, ist es ein Roman oder ein Essay. Und wie lange haben Sie daran gearbeitet? O, fast drei Monate, aber nebenher habe ich sonst noch einiges gemacht. Der schwergewichtige Autor zeigt ein Schmunzeln, um auszudrücken, im Universum der Kreativen sei für alle Platz. Auch der Moderator schmunzelt. Und was erwarten Sie von dem Buch? Dass es gelesen wird und sich damit mein Leben verändert. Das Wort *Leben* ist gefallen. Der Zuschauer horcht auf. Seine Mitwirkung ist erwünscht. Er muss nur ein Buch lesen, um das Leben von jemandem zu ändern. Da fällt ihm die Frage ein, die über den Kauf des Buchs entscheidet: »Wer ist das? Ein interessanter Typ …« Noch einmal, dies wendet sich nicht gegen den Dicken, es soll auch nicht den Dünnen loben, ich habe nur genug von all den Schriftstellern, die meinen, dass die (an sich völlig unsinnige) Bezeichnung eines »großen Generationenromans« auf ein Buch von weniger als tausend Seiten nicht passt. Es gibt Wälzer, die jeden Kommentar erübrigen, und ganz dünne Bücher (*Alice im Wunderland*), nach deren Erscheinen viel Tinte geflossen ist.

Wir müssen damit rechnen, dass der Leser die Lektüre unterbricht, ohne das Buch jedoch wegzulegen. Er überlegt einen Moment. Wir wollen sein Schweigen nicht stören.

143. Die Näharbeit

Die Qualitäten einer Schneiderin sind gefragt, denn die Näharbeit erfordert höchste Sorgfalt. Nichts Schlimmeres als ein schlecht geschneiderter Roman. Es kommt oft genug vor. Oder die einzelnen Teile sind gut geschnitten, aber schlecht verbunden. Das passiert auch den ganz Großen. Die Sache will gelernt sein. Für einen Roman braucht man auch eine Schere und einen Topf mit Leim. Man schneidet hier weg und fügt dort an. Ist dieser Teil zu lang, wird das Ende gekürzt. Und das Kapitel wird heller. So arbeitet man weiter (den gesamten Text hat man irgendwo aufbewahrt), ohne große Bedenken. Das ist durchaus noch nicht Sache des Lektors. Die Realität des Universums, das wir erstehen lassen wollen, muss nachvollziehbar sein. Ein Roman entsteht nicht nur aus dem Geschriebenen. Er erfordert auch eine bestimmte Technik. Wie bei der Lüge, müssen Sie Ausreden erfinden, falls man Sie in die Ecke drängt. Sie müssen sich auf die Reaktionen des Gegenübers einstellen. Sie sollten Ihr Buch auch unter diesem Gesichtspunkt lesen. Überprüfen Sie, ob die Struktur stabil ist. Zuweilen wackelt sie noch, selbst nachdem die Teile ergänzt wurden, die vermeintlich fehlten. Dann fangen Sie an zu tricksen. Sie nähen mit groben Stichen, das ist besser als nichts. Es gibt kein Buch, keinen Film, also keine Fiktion mit vollkommen logischer Struktur. An irgendeinem Punkt hat der Autor tricksen müssen. Das ist nicht schlimm, wenn Sie den Stoff gut vernähen – es kommt auf das Ergebnis an. In der einen Kultur näht man so, in der anderen so. Offenbar waren Dostojewskijs Romane in den Augen der Franzosen so schlampig gearbeitet, dass aus diesem Dschungel ein französischer Garten werden musste. Erst vor wenigen Jahren hat man in Frankreich begriffen, dass Dostojewskijs Romane in besonderer Weise geschneidert sind.

Wir glauben, die Dreharbeiten zu einem Film folgen Szene für Szene dem Drehbuch, bis wir herausfinden, dass es in Wirklichkeit ganz anders geschieht. Es werden gleichzeitig alle Szenen gefilmt, die am selben Ort spielen. Manchmal fängt man mit dem Ende oder mit den Sexszenen an, um Störungen der Dreharbeiten zu vermeiden. Es geht vor allem darum, Zeit und damit Geld zu sparen. Nichts hält uns davon ab, ähnliche Techniken beim Verfassen eines Romans anzuwenden.

144. Sich die Klassiker aneignen

Wir müssen pausenlos lesen, bis wir uns einen bestimmten Satzbau einverleibt haben. Bis es uns gelingt, die Dinge auf anspruchsvolle Weise darzustellen – anspruchsvoll heißt jedoch nicht, parfümiert. Bukowskis Art, die niederen Gefilde von L.A. zu schildern, ist durchaus elegant. Guter Geschmack ist ein Reflex. Wir sollten dem Klassiker aufmerksam und mit Gleichmut begegnen wie dem Kollegen, der er ist. Wir sitzen schließlich alle im Boot der Schriftstellerei. Die Zeit (das stimmt nur teilweise) hat ihn zum Klassiker werden lassen. Ihre Zeit liegt noch vor Ihnen. Ihre Leser sind vielleicht noch nicht auf der Welt, raunt Ihnen Stendhal zu. Wählen Sie einen Klassiker aus (er ist leicht zu erkennen, weil sein Produkt kein Verfallsdatum hat) und führen Sie mit ihm ein längeres Gespräch. Hören Sie gut zu, er wird Ihnen von den Leiden erzählen, die sich in seinem Buch verbergen. Seine Sätze sind Rinnsale von Blut. Seine Seiten Strände des Schmerzes. Obwohl die Zeit dieses Buch abgenutzt hat, atmet es immer noch Leben. Sie müssen nur die Hand darauf legen, um den Hauch zu spüren. Leider stellt man ihm keine Fragen mehr. Das ist tödlich. Sie können Ihre Meinung an den Rand schreiben und sie korrigieren, wenn Sie im Laufe der Lektüre meinen, Sie hätten sich geirrt. Sprechen Sie laut mit dem Klassiker. Er kann Sie hören.

Wenn Sie aus Vorsicht vor dem Galopp anhalten, verpassen Sie, was danach kommt.

145. Der Sonntagsleser

Meine Großmutter hatte sonntags auch die Angewohnheit, mit mir in unserem Viertel spazieren zu gehen. Wir kamen am Haus jenes Notars Loné vorbei, der in einer meiner Geschichten den Regen nicht fürchtet. Der Notar ließ sich am Sonntagnachmittag gewöhnlich auf seiner Galerie nieder. Über einen großen Tisch breitete er Bücher und Gegenstände aus, die er für die Lektüre brauchte: eine Lupe, eine Brille und Stifte. Er saß wie auf einer Theaterbühne. Die Leute beeindruckte offenbar der ernste und strenge Gesichtsausdruck des Notars. An seinem Haus vorbeizugehen und ihn beim Lesen zu sehen, wurde zum Ritual. Meine Großmutter flüsterte mir zuverlässig jedes Mal zu: »Das ist der Notar, ein großer Leser.« Als ich Jahre später sah, wie geringschätzig der Leser behandelt wird, war ich entsetzt und dachte an die edle Haltung des Notars, in der er sich ohne jede Scham unseren Blicken darbot. Das Lesen ist etwas so Intimes, dass ich den Beruf des Literaturkritikers nie begriffen habe. Nicht aufregen, ich habe ihn selbst ausgeübt. Aber Sie müssen zugeben, es ist seltsam, an eines Anderen Stelle zu lesen. Wenn der Kritiker wenigstens die Leute zum Lesen brächte, aber wir wissen ja, dass die große Mehrheit sich mit den Besprechungen begnügt. Noch erstaunlicher ist der Beruf des Restaurantkritikers – ich esse für Sie. Aus dem Blickwinkel der Dritten Welt wirkt das wie ein Witz, der manchmal auch wehtut. Essen als Gegenstand von Kritik. In Port-au-Prince hat ein Freund einmal voll Bewunderung zu mir bemerkt: »Bei den vielen Berufen ist es klar, dass diese Länder eine so geringe Arbeitslosigkeit haben.« Doch zurück zum Lesen. Die reglos dasitzende, schweigende Figur des Lesers reizt das Interesse des Autors schon, seit es Pergamente gibt. Heute denken viele, das Lesen sei nur ein Sprungbrett für das Schreiben. Allerdings ist so mancher große Leser ein schlechter Schriftsteller geworden. Mein Eindruck bleibt, dass ein Mythos fehlt, der das Lesen umgibt. Von den Schriftstellern haben wir die vielen Statuen, die Straßen werden nach ihnen benannt, doch der Leser geht leer aus. Er erhält nicht mal einen Anerkennungspreis. Den Nobelpreis fürs Lesen. Borges hätte ihn verdient, denn sein ganzes Werk ist eine Hommage an das Lesen. Manchmal denke ich, dieser Loné hätte Borges gefallen, er hätte seinen Namen und sein Auftreten in eine seiner merkwürdigen

Kurzgeschichten einfließen lassen, in denen die Realität vom Traum durchdrungen ist.

Da wir häufig beim Schreiben nicht weiter wissen, sucht unser Geist manchmal unseren guten Willen zu missbrauchen, Sie sollten ihm daher nicht alles abkaufen.

146. Die Realität bewertet den Traum

Erstaunlicherweise erhielt ich meine erste Lektion im Schreiben nicht von einem Schriftsteller. Als ich meinen ersten Roman veröffentlichte, wirbelte er so viel Staub auf, dass ich mich gezwungen sah, ein Exemplar meiner Mutter zu schicken. Es lag nicht in meiner Absicht, sie mit meinen sexuellen Eskapaden (oder denen meines Erzählers) herauszufordern. Schließlich hat sie in ihrem ganzen Leben an keinem Tag die Heilige Messe versäumt. Meine Mutter schrieb mir daraufhin einen langen Brief, in dem sie mir vorwarf: » … in dem gesamten Roman gibt es keine einzige Karotte und nicht mal ein kleines Glas Milch.« Sie wollte nicht glauben, dass Erzähler und Schriftsteller nicht dieselbe Person sind, auch wenn es gewisse Gemeinsamkeiten gibt. Doch ich brach diese Diskussion rasch ab. Im Grunde hatte sie recht. Dennoch frage ich mich weiterhin, wie ein so scharfer Geist, wenn es um mich geht, dieses Adlerauge, das alles in meiner Umgebung wahrnimmt, obwohl ich Tausende Kilometer von ihr entfernt lebe, wie diesem Geist die vielen Mädchen in meinem Roman entgehen konnten. Vielleich wollte sie davon nichts wissen. Vielleicht akzeptiert sie auch, dass in diesem Punkt Autor und Erzähler sich unterscheiden. Ganz ehrlich, das war die beste Kritik, die ich je für mein Buch bekam. Meine Mutter ist in diesen Roman eingedrungen und hat ihn ganz auf sich wirken lassen. Jeder Autor, selbst wenn er Lehrbücher oder wissenschaftliche Werke schreibt, setzt sich eines Tages dem erbarmungslosen Blick seiner Familie aus. Was sie bei den anderen lieben, können sie ausgerechnet bei ihm nicht leiden: die Einzelheiten, die das Buch zum Leben erwecken. Denn sie gehen häufig auf Familiengeheimnisse zurück. Der Autor staunt über die Wunderlichkeit einer Tante oder während der Mittagsruhe hat er ein intimes Gespräch zweier Tanten belauscht. Diese Szenen finden sich im nächsten Buch etwas verändert wieder, aber die Angehörigen lassen sich nicht täuschen. Das Buch erscheint. Nun wartet er auf die Bombe. Schweigen, monatelang. Als gäbe es den Roman überhaupt nicht. Die Explosion kommt in dem Moment, wenn er glaubt, endlich hätten seine Leute die Funktionsweise von Literatur kapiert. An dieser Stelle wollte ich meinen Eintrag beenden, aber nun will ich diesen merkwürdigen Punkt noch weiter betrachten. Wie kommt es, dass seit dieser langen Zeit die Leute immer noch nicht begriffen haben, worin Literatur besteht? Sie schluckt die Realität und speit sie in Form von Emotion und Rhythmus wieder aus. Es sollte verboten sein, Bücher zu lesen, die ein enger Verwandter geschrieben hat. Denn die Familie liest stets etwas anderes heraus, als dort geschrieben steht.

Einmal ein Buch schreiben, das des Baumes würdig ist, der dafür gefällt wurde.

147. Der Tag der Abrechnung

Ich habe eine ganze Latte Tanten, eine wunderlicher als die andere. In ihren Händen war ich wie eine Puppe, die sie sich weiterreichten. Zum Schlafen legte ich mich ins erstbeste Bett, an dem ich vorbeikam. Zuweilen denke ich, dass mein heutiges Nomadentum von dieser unbekümmerten Zeit herstammt. Ich habe ein Buch über meinen Großvater geschrieben. Meiner Tante Raymonde hat es nicht gefallen. Sie stellte mich zur Rede. Natürlich brachte ich diese Unterhaltung dann in meinem nächsten Buch. Ich wohnte damals in Miami eine halbe Stunde von meinen Tanten entfernt. Gewöhnlich ging ich sie samstags besuchen (zwei von ihnen lebten dort). Meine Mutter und die übrigen Tanten waren in Port-au-Prince geblieben. Ich kam also an jenem Samstag gegen Mittag zu ihrem Haus in Little Haiti. Tante Raymonde erwartete mich an der Tür, ein Buch in der Hand. Ich sah gleich, es war von mir und dies war der Tag der Abrechnung. Sie schlägt die erste Seite auf und in Großbuchstaben starren folgende Worte mich an:

»25 Jahre später in einem winzigen Haus in Miami«. Tante Raymonde liest ein Urteil daraus, doch in dem Moment, als ich diese Zeile schrieb, lag mir das fern. Eigentlich hatte ich meine ganze Zärtlichkeit hineingelegt, aber Tante Raymonde sieht es anders. Sie hat dafür gesorgt, dass in Port-au-Prince alle Leute glauben, sie habe in Miami Erfolg. Nun fällt ihr Kartenhaus in sich zusammen, mit dieser Kapitelüberschrift, die einer journalistischen Enthüllung gleicht: Fünfundzwanzig Jahre später in einem winzigen Haus in Miami.

Ich konnte ihr lange erklären, »die Leser kümmert wenig, wie viel Geld eine Figur hat und sie stellen bestimmt keine Verbindung zwischen der Figur Raymonde in dem Buch, das sie gerade lesen, und Ihnen in Little Haiti her, aus dem einfachen Grund, weil sie Sie gar nicht kennen.« Vergebens. Sie schleudert mir entgegen: »Aber durch das Buch lernen sie mich kennen.« Langes Schweigen. Ich gehe nochmals zum Angriff über: »Ja vielleicht, Tante Raymonde, aber für die Leser ist nur die Energie wichtig, die durch die Sätze fließt. Die Wahrheit in der Literatur ist nicht das gleiche wie in der Realität.« Ihr Gegenangriff ist grob: »Das sagst du nur, damit du über deine Leute schreiben kannst, was dir gerade einfällt.« »Wenn Sie selbst ein Buch lesen, Tante Raymonde, denken Sie, die Figur habe außer dem Leben im Roman noch ein anderes?« »Natürlich«, antwortet sie mit einem verschmitzten Lächeln. Dieser Punkt geht an mich. Aber sie kommt zurück: »Ich spreche aber über dieses Buch und mein eigenes Leben. Ich kenne die Leute, die es lesen, und ich weiß, was sie denken werden.« Dagegen kann ich nichts einwenden. Meine letzte Verteidigungslinie: »Wenn ich hinschreibe, Tante Raymonde, Sie hätten ein schönes großes Haus ...« Ein Strahlen geht über ihr Gesicht. »... Wenn ich das schreibe, ist das ein literarischer Fehler. Ich bereite Ihnen lieber einen kleinen Kummer als einen literarischen Fehler zu machen. Sie werden es mir sicher verzeihen, Tante Raymonde, aber nicht der Leser.« Sie wirft mir einen Blick zu wie ein strauchelnder Boxer, was mich mehr trifft als eine scharfe Replik. Aber damit ist eine zweite Front eröffnet: »Und warum wäre das ein literarischer Fehler, Herr Autor?«, greift Tante Ninine an, ohne ihre Arbeit zu unterbrechen. (Ich füge in Klammern hinzu, dass ich Tante Ninines Einwurf zunächst so dargestellt hatte: » ... sagt Tante Ninine in einem Ton, der deutlich macht, was sie von meinen Argumenten hält.« Dann ersetzte ich die Phrase durch: »greift Tante Ninine an, ohne ihre Arbeit zu unterbrechen«, denn ihre Tätigkeit macht die Szene lebendiger). Ich wende mich gegen diese Attacke an meiner rechten Flanke: »Es wäre doch nur normal, dass Tante Raymonde ein großes Haus hätte, nach fünfundzwanzig Jahren Schufterei im Jackson Hospital von Miami. Ihr Erfolg ist wichtig für sie, aber ihr materieller Misserfolg ist wichtig für den Leser.« Jetzt wird mir etwas Neues aufgetischt: »Warum echte Namen hinschreiben, wenn es sich um Literatur handelt?« Ich wende mich wieder zur Linken und schieße los: »Ich fühle mich mit echten Namen wohler.« Entgegnung: »Aber wir nicht«, sagt Tante Raymonde. Ich weiß nicht mehr, wie ich mich herauswinden soll. Doch es ist noch nicht vorbei, denn Tante Ninine ist über etwas anderes erbost: Im selben Buch hatte ich geschrieben, sie arbeite »in einem kleinen Laden am Flughafen von Miami.« Es ist das Wort »klein«, das ihr nicht passt. Die beiden Tanten rücken mir näher. Es ist bekannt, je kleiner ein Land ist, desto größer muss alles sein. Wir sagen nicht »Ameise«, wir sagen »dicke Ameise«. Daher gehören »ein kleines Haus« und »ein kleiner Laden« für uns in das Märchen vom Däumling. Sie drängen mich in die Ecke mit dem Schrank. Sie wollen wissen, zu welchem Zweck ich sie auf diese Weise beschrieben habe. Ich kann das nicht erklären. Im Weggehen frage ich mich, warum ich ihnen das bisschen Samt für ihr Ego verweigert hatte (als ich den Roman schrieb). Sie haben recht, wir alle können ein bisschen Schmeichelei gebrauchen. Ein Jahr später sehe ich sie wieder, sie scheinen mir überhaupt nicht mehr böse zu sein. Vor allem Tante Ninine. Sie erzählt mir ganz aufgeregt, dass jetzt Reisende aus Montreal in ihren Laden kommen. Sie bemerkt lachend, sie sei die Attraktion des Flughafens geworden. Meine Bücher werden in Montreal gelesen, die Leute wissen daher, dass meine Tante in einem der Läden am Flughafen von Miami arbeitet, und strömen nun alle dorthin. Die Kundschaft hat sich verdoppelt und ihr Chef ist hocherfreut. Tante Ninine schließt ihren Bericht: »Das also ist Literatur, wenn du geschrieben hättest, ich arbeite in einem großen Laden, hätten sie mich nicht gefunden.« Tante Raymonde bricht in lautes Gelächter aus. Ich schmunzele.

In mir sind mindestens drei Menschen: ein kontemplativer, ein Mann der Tat und der Dritte wartet noch auf den geeigneten Moment, um sich zu zeigen.

148. »Das steht so im Buch«

Aber ich bin noch nicht fertig mit Tante Raymonde. Sie ist eine theatralische Person und mag Flitterkram. Sie trägt stets starke Farben. Um sie zu necken, schrieb ich in einem meiner Bücher, sie liebe besonders ein graues Kleid (dieses Kleid gehörte in Wirklichkeit meiner Großmutter). Eines Nachts rief mich Tante Ninine an und bat mich, »sofort zu kommen.« Ich wohnte eine halbe Stunde von den Tanten entfernt. Ich warf mich in die Kleider im Glauben, die Sache sei ernst. Ich traf Tante Raymonde in völliger Auflösung, während Tante Ninine vergebens versuchte, sie zu beruhigen, indem sie ihr übers Haar strich. Raymonde sagte immer wieder, während sie weiter in ihrem Schrank wühlte: »Dany hat es doch geschrieben!« Dabei war es außerhalb jeder Diskussion, dass Raymonde ein graues Kleid besaß. Es war ein Ding der Unmöglichkeit. Aber da Tante Raymonde einen großen Lesehunger hat und ein Buch ebenso hoch hält wie eine eingefleischte Katholikin den Tabernakel, glaubt sie lieber an das Geschriebene als an die Realität. Ich bin dieser Frau verwandt, die tatsächlich glaubt, ein graues Kleid zu besitzen, nur weil es in einem Buch geschrieben steht. Diese Episode hat mir bestätigt, dass die Literatur in dieser scheinbar so unbeständigen Welt noch ihre ganze Kraft besitzt. Es zeigt sich auch deutlich, dass die Frauen in meinem Leben Romanfiguren sind. Jedesmal, wenn ich beim Schreiben eines Buches den Eindruck habe, mir entgeht das Wesentliche, lasse ich wie einen Talisman meine Großmutter, meine Mutter oder meine Tanten auftreten. Dann bildet sich sogleich ein schützender Heiligenschein um mich.

Wenn Sie nicht wenigstens einmal versuchen, zu beschreiben, wer Sie sind, werden Sie nie etwas über sich erfahren.

149. Ein bewegliches Ziel

Wir müssen nicht alle gleich sein. Ich jedenfalls brauche Bewegung. Ich bewege mich in meiner Schriftstellerei. Es geht mir gegen den Strich, die Dinge festzulegen. Auch ein Buch ist nichts Endgültiges. Man kann es immer wieder umschreiben. Mit der Zeit sieht man manches anders. Wir wandeln uns, warum nicht auch die Bücher? Ich weiß, es gibt Schriftsteller, die es nicht einmal fertigbringen, ihr Buch nach der Veröffentlichung noch einmal zu lesen. Sie haben fast einen Widerwillen. Ich lese es gleich im ersten Monat so, als wäre ich nicht der Autor. Eines Tages bin ich damit fertig. Ich schlage es zehn Jahre nicht mehr auf. Dann schreibe ich es um. Rücksichtslos. Ich füge Dinge hinzu, lasse etwas weg, verändere den Stil. Ich fühle mich völlig frei. Ist das der Grund weshalb ich behaupte, alle meine Bücher seien Romane? Auch wenn es eher einem literaturkritischen Essay gleicht? Ich fühle mich einfach gerne frei. Lasse mir nicht gern Regeln aufdrücken. Ich suche immer einen Raum zu schaffen, in dem ich mich bewegen kann, wie es mir beliebt. Wir gehorchen so vielen Regeln, als hätten wir jenes wilde Land völlig vergessen, von dem wir einst einen Blick erhaschten. Ich erinnere mich an einen Regentag, tatsächlich regnete es schon seit mehreren Tagen. Ich stand am Fenster. Ich sah zu, wie der Regen ganz einfach fiel. Die Leute rannten in alle Richtungen. Ich dachte bei mir: »So möchte ich sein, wie der Regen.« Er übte keinerlei Rücksicht, er wollte weder Gutes noch Böses. Er fiel einfach nur. Die Leute mussten sich eben anpassen. Die Kinder, die dieser Freiheit noch näher sind, begannen nackt im Regen zu tanzen. Und mir kam der Gedanke, wir haben ein Gefängnis gemacht aus dem Leben. Zu viele Regeln. Die Hälfte sind nur dazu da, einen zu betäuben, jedes aufrührerische Gefühl im Keim zu ersticken. Man will uns in die eigenen Worte einsperren: »Sie haben zuerst dies gesagt, jetzt sagen Sie das?« »Ja und?« »Es entbehrt jeder Logik.«»Zwischen den beiden Aussagen liegen fünfzehn Jahre, es wäre unlogisch, wenn ich mich nicht ein wenig verändert hätte.« – »Warum tun sie das?« »Mit meinem Buch mache ich, was ich will. Ich schreibe es um. Wenn Sie es schlecht finden, können Sie es mir ruhig sagen. Aber Sie werden mich nicht daran hindern, es zu verändern.« Langes Schweigen. »Es ist natürlich Ihr Buch, aber als Leser …« »Der Leser erwirbt das Recht, es zu lesen, aber nicht, es zu schreiben oder mir zu sagen, wie ich es schreiben soll.« Ein Schriftsteller muss seine Freiheit bis auf den letzten Tropfen Tinte verteidigen. Eine der ersten Freiheiten ist, mit dem Text ein Tänzchen zu wagen. Eine meiner Tanten stellte gern ihre Möbel um. Einmal war das Wohnzimmer am Eingang und das Esszimmer lag nach hinten. Wenn man zwei Monate später kam, war das Schlafzimmer gleich hinter der Eingangstür und das Wohnzimmer im rückwärtigen Teil. Meine Bemerkung, es sei ungewöhnlich, auf dem Weg zum Salon durch das ganze Haus gehen zu müssen, störte sie nicht. Sie antwortete, sie richte das Haus ein, wie es ihr passe. Sie erklärte mir, durch diese Veränderungen sehe sie das Leben nämlich immer wieder neu. Sie verstand nicht, wie man sein Haus nur im Hinblick auf mögliche Besucher einrichten konnte. »Ich empfange sie gerne, und wenn sie kommen, bewirte ich sie, aber was soll ich mit einem Haus anfangen, das für Leute eingerichtet ist, die nur kommen, wenn es ihnen passt?«

Wie soll man das Schweigen beschreiben? Es erfordert viel Mühe. Zuerst muss man erkennen, dass es eine eigene Sprache ist.

150. Der Plan

Häufig werde ich gefragt: »Machen Sie sich einen Plan, bevor Sie schreiben?« Dazu gibt es zwei oder vielmehr drei Schulen. Diejenigen, die nicht anfangen können, bevor sie einen sehr genauen Plan ausgearbeitet haben. Offenbar tun sie das, um ihre Ängste zu beruhigen, denn manchmal richten sie sich gar nicht nach ihm. Es gibt welche, die halten ihn strikt ein. Andere entwerfen einen Plan in großen Zügen und entwickeln ihr eigentliches Vorhaben während des Schreibens. Die letzte Gruppe springt ohne Netz und doppelten Boden ins Leere. Zu der gehöre ich. Aber ich unternehme jeden Morgen einen langen Spaziergang und denke dabei gründlich über das gesamte Buch und mein Arbeitsprogramm für den Tag nach. Ich versuche mir die Entwicklung der Erzählung und das Handeln der Figuren bildlich vorzustellen. Vor allem bringe ich mich in die richtige Stimmung fürs Arbeiten. Setzen Sie sich lieber nicht gleich an den Schreibtisch, denn hier geht es nicht nur um eine Geschichte und Dialoge, es ist ein geistiges Abenteuer. Sie müssen sich in die leicht schwebende Atmosphäre des Universums versetzen, in der sie den ganzen Tag verbringen werden. Ich schicke sogar ein Stoßgebet zum Jesuskind, dass es mir dabei hilft. Es geht nicht nur um eine Technik, um Logik oder den Erzählvorgang – es geht weit darüber hinaus, sonst hätte dieses seltsam ernste Spiel nicht so mühelos die Zeiten überwunden. Ich frage mich immer, ob Homer (vorausgesetzt, es handelt sich um einen Autor und nicht um eine Gruppe, wie manche behaupten) einen Plan hatte, denn die *Ilias* enthält so viele Namen, dass wir meinen, einen *Who's Who* der Antike in Händen zu halten. Wer nicht jenen Sommer in Troja dabei war, hatte nichts zu melden. Ohne einen festen Plan hätte sich Homer in diesem Gestrüpp nicht zurechtgefunden. Um *Der kleine Prinz* zu schreiben, braucht man meines Erachtens keinen Plan. Jeder Schriftsteller träumt davon, in Rekordzeit ein kleines Buch zu verfassen, das dann ein Klassiker wird. Der Albtraum eines Schriftstellers ist jedoch, zwischen zwei bedeutenden Werken zum Vergnügen ein Büchlein zu schreiben, das dann für ihn steht (wie *Zazie in der Metro* von Raymond Queneau und *Lob der Torheit* von Erasmus).

Der Gebrauch der Interpunktion sagt einiges über den Charakter aus. Die Ungeduldigen setzen viele Ausrufezeichen, die Unentschiedenen viele Gedankenstriche, und die Freunde des Strichpunkts, was kennzeichnet sie?

151. Die Zahlen

Während des Schreibens zähle ich ständig nach. Das habe ich meiner Mutter abgeschaut. In meiner Jugend saß sie jeden Morgen da und berechnete ihr Tagesbudget. Vom Bett aus beobachte ich sie. Sie scheint völlig in das Zählen ihrer kleinen Münzen vertieft. Sie hat schwerwiegende Entscheidungen zu treffen. Wieviel kann sie für Fleisch, für Reis oder Gemüse ausgeben? Wer bekommt heute Fleisch? Wieviele sind wir bei Tisch? Soll sie statt Fleisch etwas Billigeres einkaufen? Genauso gehe ich vor. Ich zähle die Seiten. Werde ich die 185 schaffen wie vorgesehen oder soll es ein Buch mit 165 Seiten werden? Mit kürzeren Kapiteln? Mir schweben 185 Seiten vor, aber mehr Schwung hätte es mit 165. Oder lüge ich mir in die eigene Tasche? Zugleich überprüfe ich meine Energie. Ich muss mit den Kräften haushalten, jedoch ist ohne ein bisschen Verrücktheit kein Buch zu schaffen. Ohne eine gewisse Selbstüberschreitung. Nun muss ich aufhören, das Gesamte zu betrachten. Schauen, wieviel an diesem Tag noch möglich ist. Wieviele Stunden bleiben mir am Vormittag? Soll ich einen Sprint von 750 Wörtern hinlegen, auch wenn ich weiß, dass am Ende des Tages davon nur 250 übrigbleiben? Oder soll ich es ruhig angehen wie ein Pferd beim Pflügen, um 300 Wörter zu erreichen? Dieser Tag wird mir nur kärgliche 300 Wörter einbringen und vor dem Fenster sehe ich das herrliche Wetter. Soll ich nicht lieber diesen warmen Morgen genießen und mich gegen zehn Uhr an die Arbeit setzen … Ich weiß, das wäre ein Fehler, denn bis dahin hätte sich meine Konzentration verflüchtigt. Das Schreiben ist ein eifersüchtiger Gott, er will Ihre volle Leidenschaft nur für sich. Wenn Ihnen etwas anderes lieber ist, sollten sie dabei bleiben. Sonst vertun Sie nur Ihre Zeit. Selbst wenn Sie ein wenig Talent haben. Talent genügt nicht. Schreiben fordert menschliche Opfer. Sie müssen fähig sein, alle um sich herum auszusaugen. Und zählen können. Und vielleicht müssen Sie sich den naiven Glauben bewahren, irgendwann einmal von diesem durchgegangenen Pferd abzusteigen. Ich sage es Ihnen gleich, es wird nicht passieren. Ein Buch zieht das nächste nach sich. Es hört nie auf. Eben habe ich gezählt. Ich bin bei 207 Seiten und 30 437 Wörtern in 75 Kapiteln. Ich muss noch zwei kurze Kapitel zu Ende bringen (Der Voodoo und Der Spaziergang – ich schreibe sie nicht nach der Reihenfolge), dann lasse ich den Text ruhen und gehe erst wieder in einer Woche dran. Alles muss am letzten Tag im August fertig sein. Denn am ersten September beginne ich in Frankreich mit der Pressekampagne für meinen neuen Roman (*Das Rätsel der Rückkehr*). Mitte September dann in Montreal. Ich werde einen Ausdruck des *Tagebuchs* mitnehmen und ihn im Hotel korrigieren. Es ist immer von Vorteil, ein Buch in Arbeit zu haben, wenn ein anderes herauskommt. Man ist dann weniger verletzlich. Wenn dieses Buch im Dezember erscheinen soll, muss ich es spätestens gegen Ende Oktober abgeben. Dies ist der Raum meiner Arbeit – in Zahlen ausgedrückt.

So lange schreiben, bis man keine Angst mehr vor dem Schreiben hat.

152. Der namenlose Schriftsteller

Kritiker lieben kurze Bücher von 165 Seiten, sie haben sie an einem Nachmittag durch. Wälzer von 850 Seiten schüchtern sie hingegen ein, obwohl sie sie nicht ganz lesen. Der Erstling sollte daher nicht mehr als 250 Seiten haben, es sei denn, man ist absolut davon überzeugt, dass es ein großer Wurf ist (natürlich gibt es auch Bücher von 100 Seiten die gehaltvoller sind als andere mit 1000). Es kommt nicht jeden Morgen vor, dass ein unbekannter junger Mann einem hungrigen Verleger *Die Buddenbrooks* auf den Tisch knallt. Jeder echte Verleger sollte aber jeden Morgen auf einen neuen Thomas Mann warten. Man muss daran glauben, dass ein völlig Unbekannter sich in die Arena schwingt, um ein großer Name zu werden. Wer hätte erwartet, dass Buenos Aires uns einen Borges und Kairo uns einen Mahfus schenkt? Aufgepasst, ich spreche hier nicht von der Bekanntheit in den Medien. Ich spreche von einem Buch, das auf Dauer angelegt ist. Sein Autor mag sich das ganze Leben verstecken (wie Kafka), das Werk wird ihn aus seiner Höhle locken. Er mag das Café in Kairo nie verlassen, wo er immer seine Freunde trifft (wie Mahfus), dennoch wird er auf der ganzen Welt gelesen. Dafür sind andere ständig im Fernsehen, ohne einen einzigen neuen Leser zu gewinnen. Es genügt, sie zu sehen, man will sie nicht kennenlernen.

Ein junges Mädchen zu beschreiben ist ein Können, das dem Roman Flügel verleiht. Ohne das Porträt von Natascha Rostow wäre Krieg und Frieden *zu schwer, um die Jahrhunderte zu überfliegen.*

153. Die Kunst, sich zurückzuhalten

Selbstverständlich gibt es nicht wirklich Regeln für die Schriftstellerei und jeder gute Autor bringt sein eigenes Werkzeug mit. Dennoch sollte die Wahl Ihrer Mittel mit Ihrem Temperament in Einklang stehen. Wenn Sie eher ein nüchterner Mensch sind, sollten Sie sich nicht vornehmen, die Kapriolen eines Tristan Tzara zu wiederholen (den Dadaismus), denn Sie werden das nicht durchhalten können. Ich erinnere mich an meine Begeisterung, als ich die ersten lateinamerikanischen Romane las. Diese Üppigkeit hat mich zugleich beeindruckt und schwindelig gemacht. Ich stand wie berauscht von diesem Überreichtum an Farben, Düften und Aromen. Aber als ich zu schreiben begann, merkte ich, es war für mich nicht der richtige Weg. Etwas daran passte nicht zu mir. Manchmal gefällt uns die Kleidung eines anderen, ohne dass wir sie selbst tragen möchten. Es war die Zeit des »magischen Realismus«, den der Kubaner Alejo Carpentier predigte. Jacques Stephen Alexis verlegte sich mit seinem ganzen Enthusiasmus darauf. Der magische Realismus schien die einzige Art und Weise zu sein, die besondere Landschaft zu beschreiben, die uns umgab, oder die fremdartigen Ungeheuer darzustellen, die über uns herrschten. Unsere Diktatoren hatten mit den friedfertigen europäischen Präsidenten nichts gemein, die nach streng demokratischen Regeln einer auf den anderen folgten. Dies mögen triftige Argumente sein, aber das Übermaß gehörte nicht zu meinem Charakter. Ich stellte mir daher Fragen über meine Identität. Wie hatte ich mir so kühles Blut bewahrt, in einem derart überbordenden Universum? Am Ende begriff ich, dass die Außenwelt mich nicht so stark beeinflussen durfte. Das, was wichtig ist, spielte sich in meinem Inneren ab. Alles sagte mir, wegzunehmen statt hinzuzufügen. Bin ich mehr europäisch als afrikanisch? Das ist nicht von Bedeutung. Wichtig ist, dass wir unsere Emotionen nicht verfälschen. Ich hatte oft den Eindruck, die lateinamerikanische Literatur tischt einem mehr auf, als man essen kann. Wenn wir die lange Tafel anschauen, beladen mit Lebensmitteln (all diese Früchte in leuchtenden Farben), sind wir schon satt. Im Gegensatz zu den Leuten um mich herum, die drauflosgehen, bremse ich lieber. Um die Dinge nüchterner auszudrücken, nehme ich das Tempo zurück.

Es ist ziemlich schwierig, einen Orgasmus hinauszuzögern, aber wenn es gelingt, ist die Lust fast unerträglich.

154. Der gegenwärtige Moment

Zuweilen spürt der Leser die Nähe zum Schriftsteller und dass er diesen Moment mit ihm teilt. Nur sehr wenige Autoren vermögen diese Nähe entstehen zu lassen. Voltaire ist einer von ihnen. Ich sitze am Küchentisch. Wir befinden uns in Montreal, Mitte September, es ist noch warm genug, um barfuß hinauszugehen und den Mülleimer auf dem Trottoir abzustellen. Das Haus ist leer. Ich hatte gar nicht vor zu schreiben, aber dennoch sitze ich und fülle Seite für Seite. Es ist wie ein Schwips. Dicht an meinem Arm liegt der *Candide* von Voltaire auf dem Tisch. Ich schlage ihn auf und erliege sofort dem Charme der scheinbar trockenen Sprache. Ich lese weiter und spüre plötzlich Voltaires Atem. Der lebendigste Geist des 18. Jahrhunderts, das in dieser Hinsicht ohnehin nicht arm war, ist bei mir im Zimmer, mit dem schiefen Lächeln, das man von ihm kennt. Ich schiebe die Schreibmaschine weg, um diesen Autor, der mich als Dreizehnjährigen in Bann zog, gebührend zu empfangen. Ich hatte in einem Wandschrank meiner Großmutter *Candide* gefunden. Mit jedem Missgeschick, das sich ereignete, fand ich das Buch lustiger. Ich las die Geschichte voller Wonne, merkte aber, dass mir das Wesentliche entging. Ich wusste, worauf er hinauswollte, konnte es aber nirgends festmachen. Die fröhliche Ausgelassenheit war es, die mich so fesselte. In den Büchern, die ich später las, habe ich nur selten ein solches Gelächter gefunden. Das Gelächter des Geistes.

Allein im Zimmer, selbst wenn kein Geräusch zu hören ist, dürfen wir nie vergessen, draußen tobt der Wahnsinn.

155. Jemand ist im O

Die Tochter des alten Schriftstellers brachte mir sein Manuskript. Einige Seiten am Schluss sind schlicht unleserlich. Das übrige Manuskript umfasst 3000 mit einfachem Zeilenabstand beschriebene Seiten. Ich bin derart überwältigt von dieser Masse Papier, dass ich nicht einmal wissen will, worum es geht. Ich öffne eine Flasche Rum und wir setzen uns ins Wohnzimmer. Gleich nachdem ich von ihnen weggegangen war, kam der Krankenwagen. Der Vater wurde sofort ins Krankenhaus aufgenommen. Die Tochter blieb drei Tage bei ihm. Er ließ sich so gut pflegen, dass er nach ein paar Tagen wieder zugenommen hatte, erzählt die Tochter. Dann wollte er nach Hause. Sein Zustand war zufriedenstellend, es gab keinen Grund, ihn im Krankenhaus zu behalten. Die Tochter versorgte ihn noch zwei Tage, wusch und kochte, dann reiste sie zu einer Freundin nach Tibet. Sie blieb zwei Monate dort, nach ihrer Rückkehr besuchte sie den Vater. Sie erzählt: »Die

Wohnung war ebenso sauber, wie ich sie verlassen hatte. In der Zwischenzeit war nichts angerührt worden. Ein leichter Putzmittelgeruch lag in den Räumen, als wären sie unbewohnt. Ich suchte überall nach meinem Vater. Ich dachte, er sei vielleicht verreist. Das tat er öfter, einfach so zu verschwinden. Erst nach der Rückkehr verriet er mir, wo er gewesen war. Einmal flog er nach Ägypten, um sich die Pyramiden anzuschauen. Ich machte mir einen Kaffee und trank ihn in der Küche. Da sah ich vor mir auf dem Tisch dieses Manuskript liegen. Ich bekam einen Schreck, denn ich wusste, mein Vater trennte sich nie von seinem Manuskript.« »Haben Sie keine Vermisstenanzeige aufgegeben?« »Doch, aber weil wir nicht zusammenwohnen und er schon öfter ohne Vorwarnung verschwunden ist, sagte die Polizei, ich soll ganz ruhig auf seine Rückkehr warten.« Wir sahen uns schweigend an, ich wollte ihr Glas noch einmal füllen, aber das lehnte sie mit einem Lächeln ab. Da sie bemerkte, dass wir uns nichts zu sagen hatten, erhob sie sich nach einer Weile, um zu gehen. Sie war schon in der Tür, da fiel mir auf, dass sie das Manuskript vergessen hatte. »Nein«, sagte sie, »behalten Sie es bitte, bis mein Vater zurück ist. Er wird froh sein, dass es bei Ihnen gut aufgehoben war.« Mir blieb nichts übrig, als es zu behalten. Im übrigen war ich höllisch gespannt darauf, das dicke Manuskript eines so rätselhaften Autors zu lesen. Ich blätterte in dem Buch, entdeckte hier und dort mathematische Formeln, endlose Reihen von Zahlen, Monologe in unbekannten Sprachen, lange blendend geschriebene Passagen voll Strenge und Hellsichtigkeit, da hörte ich eine ziemlich schaurige Stimme sagen: »Wie Sie sehen, habe ich es geschafft.«

Ich wusste nicht, woher sie kam. Die Tochter hatte die Tür nicht hinter sich geschlossen und jemand konnte unbemerkt hereingekommen sein. Nachdem ich mich umgesehen hatte, wandte ich mich wieder dem Manuskript zu. Wieder hörte ich die Stimme: »Ich bin hier.« – »Wo hier?« – »Hier.« Ich beugte mich tief über die Seite. Ich konnte nichts erkennen. »Schauen Sie im zweiten Abschnitt, vierte Zeile, im letzten O am Rand, im Wort Passion.« Da entdecke ich ihn, heftig mit den Armen rudernd, wie ein Mann auf einer einsamen Insel, der auf hoher See ein Schiff vorbeifahren sieht. »Wie sind Sie nur da hingekommen?« Er lacht und schlägt in dem O seine Kapriolen. Ich will gerade noch eine Frage stellen, da verschwindet er. »Wo sind Sie?« Schallendes Gelächter ist die Antwort. Wie konnte ein fast unsichtbares Wesen ein so fettes Lachen von sich geben?

Der Dialog sollte nicht nur die Ideen, sondern auch den Klang der Stimme und das Körpergewicht der Figur enthalten, so dass man nicht am Ende der Zeile »sagt er« oder »sagt sie« zu lesen braucht, um zu wissen, wer spricht.

156. Die Aufregung

Auf die jeweils aktuellen Politskandale kann man sich nicht verlassen, im besten Fall dauern sie einen Sommer. Doch die Leute reden pausenlos davon. Die Aufregung ist greifbar. Da bekommt man Lust, sich um diesen saftigen Knochen herum eine Geschichte auszudenken. Oder einen Roman, den man gerade schreibt, damit zu würzen. Doch das Problem ist, dass der Skandal wegen seiner zahlreichen Wendungen verbraucht ist. Wenn sich der Staub gelegt hat, bemerken wir, dass es eine Geschichte ist wie alle anderen, eben darin liegt ihr Erfolg in der Öffentlichkeit. Nehmen wir beispielsweise einen Skandal, in dem sich Politik und Sex mischen. Etwa die Affäre Bill Clinton und Monica Lewinsky, die sich eine ganze Weile hinzog. Bei einer Ehebruchsgeschichte pflegt die Frau jünger zu sein als der Mann. Wir sind versessen auf die Details. Sie werden nur tröpfchenweise bekannt, denn die Presse will, dass die Sache länger dauert. Alle Blicke richten sich auf die Ehefrau, die in diesem Moment noch Ruhe bewahrt. Frühere Geliebte verbreiten sich in den Zeitungen. In der Öffentlichkeit ist die Gattin nun seltener zu sehen, dafür immer häufiger der Präsident mit seinem Hund. In Kenntnis der Meisterschaft Bill Clintons in diesen Dingen sind wir gespannt, wie er sich herauswinden wird. Diskussionen um Untreue wüten in den Bars, aber die Männer reden zu Hause lieber nicht darüber. Und das zieht und zieht sich. Bis ein Krieg an die Stelle des Skandals tritt. Man hält sich für einen Dummkopf, dass man noch nach einer Geschichte sucht, während sie schon jeden Tag die Schlagzeilen füllt. Sie scheint alle Zutaten für einen guten Roman zu besitzen. Eigentlich brauchen wir nur die Hand auszustrecken, um diese reifen Früchte vom Palaverbaum zu pflücken. Aber das Problem ist, diese jeden Sommer wiederkehrenden Stories haben alle die gleiche Struktur. Sie funktionieren wie ein Fußballspiel, mit der Moral in der Rolle des Schiedsrichters. Die Leute interessieren sich deshalb so sehr dafür, weil sie meinen, sie könnten sie beeinflussen.

Außerdem wird die Untreue über ein Jahr lang mit einem Gesicht verbunden: dem von Bill Clinton. Doch ein Roman funktioniert anders, er berührt den Leser in seiner Intimität. Er wird schwach, weil er eine Figur in Not erlebt. Es stellt sich also heraus, der Skandal wirft nur schlechte Fiktionen ab, während der gute Roman uns an das Leben zurückverweist.

Robert Filliou: »Kunst ist, was das Leben interessanter macht als Kunst.« Heute bin ich von diesem Satz nicht mehr so beeindruckt, wie als ich ihn zum ersten Mal las. Vielleicht weil ich immer weniger an eine Grenze zwischen Leben und Kunst glaube.

157. Unterirdische Strömungen

Denken Sie nicht, wenn man von einem Schriftsteller in den Medien nichts mehr hört, es gibt ihn nicht mehr.
1. Er lebt bei einigen wenigen Lesern weiter, sie bleiben diesem Autor treu, weil er ihnen an einem ihrer schlechten Tage einen guten Moment geschenkt hat.
2. Er wird von einem berühmten Gegenwartsautor zitiert, der meint, ihm damit einen Gefallen zu erweisen, ohne zu ahnen, dass dieser Autor ihn überdauern wird.
3. Seinen Namen raunen sich die fünf oder sechs letzten Gäste am späten Abend zu.
4. Selbst wenn uns zu ihm kein Zitat einfällt, er hat sich in uns so eingegraben, dass wir ihn bestimmt nicht loswerden können.
5. Wir denken, es sei eine Redensart, aber diesen Satz hat er

geprägt, er kam ihm eines Morgens ein, die Nachwelt hat ihn aufbewahrt, aber den Namen des Urhebers vergessen.

Angesichts der vielen Dopingskandale im Sport, wird man etwa auch irgendwann verlangen, dass die rauschhaften Bilder überprüft werden, die Dichter unter dem Einfluss von Alkohol, Zigaretten, Opium oder Kokain erfanden? Werden daraufhin ganze Lebenswerke aus der Literaturgeschichte gestrichen? Werden alljene, die auf diesem Narrenschiff mitgefahren sind, hohe Geldstrafen bezahlen müssen? Wird man gewisse literarische Schulen schließen? Die Debatte ist eröffnet.

158. Der Spaziergang

Habe ich gut geschlafen? Bin ich in Form? Manchmal beginne ich morgens schon im Bett zu schreiben. An anderen Tagen brauche ich einen kleinen Spaziergang, um all die Bilder an mir vorbeiziehen zu lassen, die ich im Traum gesehen habe. Ich träume viel und die Bilder sind so grell, dass ich häufig verwechsele, was sich in meinen Träumen und was sich in meinem Leben abspielt. In meinen Träumen sind die Farben noch leuchtender und alles passiert in einem Höllentempo. Ich gehe auch hinaus, um meinen Kopf durchzulüften. Dieser Spaziergang trennt die Nacht vom Tag. Ich laufe rasch. Die Umgebung ist so gleichförmig, dass wir nichts sehen, bis ein Weg kreuzt und damit ein Zeichen setzt. In unserem Kopf sind die Straßen stets gerade. Wir gehen nach draußen und treffen auf jemand, der uns seine Sorgen erzählt. Er glaubt, einen Menschen gefunden zu haben, der ihn freundlich anhört, dabei ist das ein Monster, das nur daran denkt, nach Hause zu kommen und wieder zu schreiben. Auch im Schlaf hört das nicht auf. Ich achte besonders auf die Tiere, vor allem die Hunde. Die Bäume, die Autos, weinende oder lachende Kinder. Doch ich muss aufpassen, nicht zu viele Eindrücke mitzunehmen, zu viel Gefühl lähmt. Eine Bank am Weg, ich setze mich eine Weile, die Augen geschlossen, bis ich eine kleine Brise im Nacken spüre. Jetzt ist es Zeit zurückzugehen.

Das Gewicht eines Buchs zeigt sich in seiner Fähigkeit, die Zeit zu überdauern. Es gibt Bücher, die so leicht sind wie eine Feder, sie überfliegen die Jahre ohne eine Falte zu bekommen, und es gibt andere, ehrgeizigere, die mit der Epoche, die sie kennzeichnen sollten, untergehen.

159. Wer ist das?

Tragen Sie stets Ihr Notizbuch bei sich und schreiben sie sich vor allem die Details auf, die Ihnen unwichtig erscheinen. Studieren Sie Ihre Figuren. Versuchen Sie, ihre Marotten herauszufinden. Fragen Sie sich, was diese in der Seele berührt. Was sie antreibt. Sonst bleiben sie Marionetten. Der Leser merkt sofort, wenn eine Figur echt ist. Um ihrer Sache ganz sicher zu sein, nehmen gewisse Schriftsteller ihr Vorbild aus dem realen Leben. Finden Sie alles heraus über die Position eines Charakters. Was will er da? Wer hat ihn eingeladen? Gestern Abend, als Sie schon müde waren, hat er sich in das letzte Kapitel eingeschlichen. Seitdem zieht er so viel Aufmerksamkeit auf sich, dass er den Fortgang der Handlung hemmt. Stürzen Sie nicht hin, um ihn vor die Tür zu setzen. Wir können nicht allen den Zutritt verwehren. Das ist kein Privatclub, es ist ein Roman.

Ein Buch besitzt eine eigene Dynamik. Wenn Sie die Dinge zu genau beschreiben wollen, besteht die Gefahr, dass diese Dynamik zu einer Mechanik wird.

160. Nummer Eins

Warum schrecken Schriftsteller so sehr davor zurück, sich zu wiederholen? Ein Maler kann numerierte Serigraphien herstellen und ein Sammler hält Nummer 19 für etwas ganz Besonderes. Richtig, es gibt auch numerierte Ausgaben von Büchern. Es reizt mich immer zum Lachen, denn bei einem Buch kommt es doch auf den Inhalt an. Auch in der Fotografie wird das Motiv hundertmal aufgenommen, ohne dass die Perspektive oder die Beleuchtung verändert werden müsste. Ein Musiker kann sein ganzes Leben nur ein einziges Stück spielen. Und ein Musikstück kann in den verschiedensten Interpretationen herauskommen, ohne dass man seiner überdrüssig wird. Aber was für ein Geschrei, wenn ein Schriftsteller sich wiederholt. Von ihm wird erwartet, dass er jedesmal mit etwas Neuem hervortritt. Gleichzeitig darf er aber nichts von dem Charme einbüßen, an dem wir ihn aus der großen Masse heraus erkennen. Wir wollen, dass er sich verändert und dabei gleich bleibt. Das wird außer von ihm von keinem anderen Künstler verlangt. Wie der Maler in den Louvre kommt und seine Staffelei ohne Scheu vor einem Goya aufstellt, müsste dies dem Schriftsteller vor einem Zola erlaubt sein. Wir machen es, allerdings nur heimlich, dabei sollten wir uns dessen rühmen.

Wir dürfen nicht mehr als 70 % unserer Empfindungen wiedergeben, wird dieser Wert überstiegen, sind wir für andere nicht mehr verständlich. Ein Anteil von 30% Gemeingut muss drinbleiben, es stellt unsichtbare Brücken zum Publikum her.

161. Katzensprache

Beobachten Sie eine Katze im Haus an einem Regentag. Lassen Sie sie nicht aus den Augen. Sie können es ihr nachmachen, wenn Sie Lust dazu haben. Wie sie an den Stühlen oder an Ihren Beinen entlangstreicht. Sie hat die Augen halbgeschlossen, so dass Sie sich fragen, woran sie wohl denkt. Sie steht ganz aufrecht, stellt ihre vier Pfoten an einem Punkt zusammen, als müsste sie ein Pharaonengrab bewachen. Dann läuft sie ohne Eile von einem Raum in den anderen, kehrt später wieder an den Ausgangspunkt zurück. Die grüne Fliege hat sie scheinbar einen kurzen Moment interessiert, dann überlegt sie es sich anders und hascht lieber nach ihrem Schatten. Eine Idee hält sich bei ihr nicht lange. Eine Katze ist eine Kaprize auf vier Beinen. Damit unterhält sie uns. Sie schleicht sich lautlos an, macht dann einen Satz auf die Tischdecke und zieht mit all ihrer Kraft daran. Sie steht einen Moment unentschieden mit gesenktem Kopf. Schweigen. Sie schickt einen bettelnden Blick, lehnt aber die Hand, die Sie ihr hinstrecken, ab. Schließlich springt sie zu Boden, um mit unglaublicher Anmut eine komplizierte Nummer darzubieten, vor der jede Olympische Turnerin vor Neid erblasst. Ohne Eile tritt sie von der Bühne ab, dreht sich noch vor der Tür um und wirft Ihnen einen verächtlichen Blick zu. Offenbar ist sie schockiert, dass Sie nicht Katzensprache sprechen. Ich muss daran denken, wie ein junger Amerikaner mir voll Verwunderung erzählte, dass er auf seiner Reise in fremden Ländern Leuten begegnet war, die kein Englisch sprachen. Seine Haltung war nicht die eines Kolonialisten. Er glaubte nicht, das Englische wäre sein Besitz. Er meinte, er hätte die Sprache gelernt wie jeder andere, denn was gut ist, sollte allen zur Verfügung stehen. Für ihn war es die Sprache der Menschheit – sonst gab es nur noch kleine Sprachen. Sprechen Sie Katzensprache? Winken Sie nicht ab, Sie wären womöglich ein besserer Schriftsteller.

Der Erzähler ähnelt dir, aber es ist ein Irrtum zu glauben, er wäre du: du bist aus Fleisch und Blut, er ist aus Buchstaben und Tinte.

162. Das erste Interview

Die Pressereferentin des Verlags (in neun von zehn Fällen ist es eine Frau) ruft an und teilt Ihnen mit, dass Sie ein Interview haben. Sie will wegen der Details nochmal anrufen. Seitdem spielt ihr Kopf verrückt. Sie hatte nicht genügend Zeit, Ihnen zu sagen, ob das Interview fürs Radio, für die Zeitung oder fürs Fernsehen ist. Jetzt denken Sie an Ihre Mutter, zum ersten Mal wird sie Ihnen nicht helfen können. Sie erinnern sich, wie sehr Sie bisher mit Ihrer besten Freundin all diese Schriftsteller kritisiert haben, die nicht ruhig abwarten, bis man ihr Buch gelesen hat, nein, sie müssen es einem auch noch eintrichtern wie einer Gans, die gestopft wird. Überall, in der Zeitung, im Radio, im Fernsehen. Daher schämen Sie sich ein wenig, diese strenge Freundin anzurufen (die übrigens nicht strenger ist als Sie selbst). Aber da Sie keinen Schriftsteller kennen (zumindest nicht gut genug, um eine so persönliche Frage zu besprechen), rufen Sie Ihre Freundin doch an. Natürlich spielen Sie die Situation herunter: »Stell dir vor, diese Pressetante hat mich angerufen ...« »Welche Pressetante?« (Die Stimme der Freundin wird schrill) – »Von meinem Verlag« (Sie bleiben ruhig). – »Und was wollte sie?« – »Die Arme, sie denkt, ich würde ein Interview geben« (in beiläufigem Ton). – Ein spitzer Schrei: »Ein Interview! Bin gleich bei dir.« Offenkundig hat Ihre Freundin nicht mehr an jedem etwas auszusetzen. Schon nach der Lektüre Ihres Romans (das Manuskript hatten Sie ihr allerdings nicht gegeben, was sie ärgerte), hatte sie Ihnen diesen bemerkenswerten Satz geschrieben: »Du weißt, wie sehr ich *Moderato cantabile* von Duras liebe, aber dein Buch ist noch besser. Ich kann es nicht genau sagen, irgendetwas fehlt bei Duras, was du hast.« Die Freundin trifft ein. Unterwegs hat sie sich wieder etwas gefangen. Sie setzt sich nicht neben Sie wie sonst, wenn Sie sich zusammen eine Literatursendung im TV ansehen, sondern Ihnen gegenüber. »Hat sie wenigstens gesagt, ob es fürs Radio, für die Zeitung oder fürs Fernsehen ist?« – »Nein.« Schweigen. Während Sie auf den Anruf der Pressereferentin warten, sprechen Sie die verschiedenen Möglichkeiten durch. »Die Zeitung wäre am besten für dich, du hast Zeit, dir die Antworten zu überlegen.« – »Ja, aber es ist auch am gefährlichsten. Wenn ich etwas Dummes sage, wird es gedruckt. Etwas Dummes im Fernsehen geht durch, aber nicht in der Zeitung.« – »Hör auf, du sagst nie etwas Dummes. Auf jeden Fall werden wir dieses Interview vorbereiten.« – »Das stresst mich noch mehr.« Das Telefon klingelt. Beide sitzen Sie einen Moment regungslos da. Doch es ist die Mutter, die sich nach Ihnen erkundigen will. »Das wird sie mir ja wohl nicht den ganzen Tag antun.« Wieder das Telefon. Nochmal die Mutter. Sie will wissen, ob Sie einen Rat brauchen, denn sie hat einen Freund, der ein Buch über Heilkräuter geschrieben hat, und der war schon mal im Fernsehen. »Nein, vielen Dank, Mutter.« Ihre Freundin prustet vor Lachen. Sie besprechen jetzt das Radio. Radio ist gehaltvoller als Fernsehen, ohne so gewichtig zu sein wie die Zeitung. Man kann sich ganz normal anziehen. Ach ja, das hätten Sie fast vergessen, bei der Zeitung gibt es immer einen Fototermin. Eine ganz andere Frage, da sie eine besondere Behandlung erfordert, wird sie verschoben. »Im Radio brauchst du einen bestimmten Ton. Zum Glück hast du eine schöne Stimme.« »Ich hätte lieber ein paar Ideen.« »Die Ideen, das hatte ich dir schon gesagt, finden wir später.« Nun müssen Sie endlich zum Fernsehen kommen. »Das ist das große Ding. Angeblich geht es sehr schnell vorbei.« »Zeit genug, um mich zum Idioten zu machen.« – Sie kennen beide das TV sehr gut, aber nur von dieser Seite, vom Sofa aus. Drin zu sein, ist sicher etwas völlig anderes. »Fernsehen, das sind Wellen.« – »Was soll das? Das hilft mir gar nicht weiter. Es sind Wellen, was meinst du damit?« Sie sehen sich eine Weile an. »Das heißt, bevor man nicht im Fernsehen war, kann man es nicht wissen. Du kannst positive und negative Wellen aussenden. Unabhängig davon, was du sagst.« Pause. »Hör auf, ich kriege noch mehr Angst.« Die Freundin lächelt: »Ganz im Gegenteil, du brauchst keine Angst zu haben, es hängt ja nicht von dir ab.« Das Telefon klingelt. »Wenn es wieder deine Mutter ist …« Es ist die Pressereferentin. »Nun, wie siehts aus?« »Wir haben gewonnen. Du kommst groß raus. Im Fernsehen, am Sonntagabend. Ich rufe dich an wegen der Details.« Sie hängen auf. Leichenblass. Die Freundin erschrickt. Sie stoßen hervor: »Ein Fernsehinterview.« Sie schreit vor Freude. »Hat sie dir die Sendung genannt?« Schweigen. »Sie hat nur gesagt, du kommst groß raus und am Sonntagabend.« Ein kalter Luftzug. »Nein! …Sonntagabend, doch nicht etwa …« Sie bringen beide kein Wort mehr heraus.

Ob man sich hier oder dort hinstellt, sieht die Welt anders aus. Wenn Sie denken, Sie sind hier, sieht der Andere Sie dort. Wenn man zwei Plätze einnimmt, hat man es dem Anderen zu verdanken.

163. Fragen (und Antworten), die häufig kommen

Diese Fragen: von Kindern, Intellektuellen, Hausfrauen, Klempnern, Stewardessen, Kranken, Männern mit ernster Miene, freundlichen jungen Sekretärinnen, gutgekleideten Schwarzen, Juden, Ukrainern, militanten Kommunisten, von Faschisten, Nonnen, Ärzten in Armenvierteln, von Geschäftsleuten, die in der Telekommunikationsbranche reich wurden (das wird eine Liste von Prévert) – die Ihnen auf jeden Fall noch viele andere stellen werden. Anfangs finden Sie das originell. Sie werden weniger geduldig sein, wenn man sie Ihnen zum fünftausendsten Mal gestellt hat. Meine Frage ist, wozu? Sind es echte Fragen, auf die eine echte Antwort erwartet wird? Wollen sie das wirklich wissen (Warum ich schreibe)? Oder werden sie nur gestellt, weil der Autor gerade greifbar ist und die Leute nicht als jemand dastehen wollen, der keine Frage hat? Beispielsweise wenn der Moderator zum fünften Mal fragt, ob keiner im Saal etwas fragen will. Schweigen. Einer hebt die Hand. Dann kommt: »Warum schreiben Sie?«

F: Warum schreiben Sie?
A: Und Sie, warum schreiben Sie nicht? Sicher weil Sie etwas anderes tun. Nun, ich tue eben das.

F: Wann haben Sie angefangen zu schreiben?
A: Bevor ich lesen konnte. Man verbindet Schreiben und Lesen meist zu eng miteinander. Zwar konnte ich noch nicht lesen, mir aber trotzdem Geschichten ausdenken – um sie später aufzuschreiben.

F: Warum schreiben Sie nicht in Ihrer Muttersprache?
A: Das wäre auch nicht anders, denn Schreiben bedeutet, sich in einem neuen Land niederzulassen, wo niemand Ihre Sprache spricht.

F: Wer hat Sie literarisch beeinflusst?
A: Der Schriftsteller, den ich am meisten lese, Borges, hat mich am wenigsten beeinflusst.

F: Welches Ihrer Bücher ist Ihnen das liebste?
A: Das kann ich Ihnen nicht sagen, denn das hat ein Anderer veröffentlicht.

F: Stehen Sie manchmal nachts auf, um zu schreiben?
A: Man merkt es leider nicht, wenn man meine Bücher liest, aber ich schreibe meistens im Pyjama.

So schreiben, dass der Leser eine Nähe zu Ihnen spürt, mit einem Abstand so dünn wie die Seite.

164. Im Schaufenster

Wenn Ihr Buch ausgeliefert ist, befinden Sie sich gewissermaßen im Wahlkampf. Die Literatur geht verloren, da Sie eine Distanz zu etwas einnehmen müssen, das Ihnen sehr am Herzen liegt. Es ist zwar nicht Ihrem Fleisch entsprungen, aber es fühlt sich so an. Zuweilen wird für die Publikation eines Buchs die Metapher des Gebärens verwendet. Manche Autoren gingen zehn Jahre schwanger. Jetzt ist es heraus. Sie sind zu der Buchhandlung gegangen wie seit Jahren, und es lag da. Nicht in der Auslage. Nur die Stars kommen da hin. Zu diesem Thema kann ich erzählen, wie es mir gelang, bereits sechs Wochen nach Erscheinen meines ersten Romans ins Schaufenster zu kommen. In den Zeitungen und in Fernsehsendungen wurde mein Buch besprochen, aber das war noch zu wenig. Der Titel (*Comment faire l'amour avec un nègre sans se fatiguer*[54]) schreckte noch etwas ab. Leute, die das Buch kauften, gaben nicht damit an. Sie lasen es heimlich, vor allem die jungen Mädchen. Das war nicht gut für die Flüsterpropaganda. Mir wurde klar, dass Bücher nicht laufen können. Damit sie von ihrem Platz hinten im Laden ins Schaufenster kommen, müssen sie einem Angestellten auffallen. Ich stürzte mich also ins Gedränge. Auf meinem Bankkonto hatte ich ganze 500 Dollar liegen, mehr nicht. Davon nahm ich 350 und bat einen Freund, ein Plakat von mir zu machen. Auf dem Foto sitze ich in einem Park auf einer Bank, barfuß, mit wirren Haaren und einer kleinen Schreibmaschine auf den Knien. Der Freund, der das Plakat entworfen hatte, gab mir lachend einen ersten Packen. Warum lachen Sie? Sie sehen nicht aus wie ein Schriftsteller. Genau diese Wirkung wollte ich erzielen. Ich hängte das Poster in allen Kneipen, Bars, Kinos, Esslokalen und Diskotheken im *Quartier Latin* von Montreal auf, wo die meisten Kritiker, Schriftsteller und Buchhändler verkehren. Es war das erste Mal, dass sich ein Schriftsteller in dieser Weise präsentierte. So wurde bekannt, dass es in dieser Stadt einen neuen Schriftsteller gab, der offenbar zu allem bereit war. Anschließend machte ich eine Runde durch die Buchläden und stellte mich den Buchhändlern vor. Bei der Gelegenheit verschaffte ich meinen Büchern einen besseren Platz im Laden. Nicht zu weit vorne, selbstverständlich, aber so, dass die Kunden sie rasch entdecken mussten. Ich weiß, Buchhändler können das nicht leiden, aber ich kann es nicht leiden, wenn man meine Bücher nicht sieht. Einen Monat später stand ich auf Platz vier der Bestsellerliste. Und ein Freund rief mich an, um mir zu sagen, er habe mein Buch in der Auslage einer kleinen Buchhandlung im Osten der Stadt gesehen. Natürlich kann man auch anders vorgehen. Genau in dem Moment der Veröffentlichung von der Bildfläche verschwinden. Nicht einmal der Verleger weiß den Aufenthaltsort. Die Medien beginnen sich für den Fall dieses geheimnisumwitterten Schriftstellers zu interessieren. Ein paar von den strengsten Kritikern haben bereits auf dessen bahnbrechendes Talent hingewiesen. Alle wollen wissen, wer sich hinter dem Pseudonym verbirgt. Etwa ein alter Schriftsteller, der den Überraschungscoup von Romain Gary wiederholen möchte. Ab und zu behauptet ein Journalist, ihn zufällig getroffen zu haben, aber er habe ein Gespräch abgelehnt und nur ein paar unverständliche Worte genuschelt. Aber falls Sie nicht über ein außergewöhnliches Talent verfügen, rate ich Ihnen von dieser Strategie ab, denn Sie könnten von der Namenlosigkeit direkt ins Nichts verschwinden.

Zu Beginn sucht man ständig sich selbst, bis man merkt, das ist Zeitverschwendung, denn der literarische Stoff ist nicht der Autor, sondern der erste Mensch, der ihm auf der Straße begegnet.

165. Die Bananenschale

Es ist die Frage, die immer am Ende des Interviews kommt: Haben Sie ein neues Schreibprojekt? Gerade haben Sie ein Buch veröffentlicht, aber die Bestie kann nicht genug kriegen. Wenn Sie sehen, dass der Journalist seine Sachen einpackt, heißt das nicht, dass das Interview beendet ist. Tatsächlich ist das sein Trick, dass Sie nicht mehr so auf der Hut sind für eine letzte Frage, mit der er seinen Artikel überschreiben will. In diesem Moment werden Sie einen Blödsinn verzapfen, der Sie Ihre ganze Karriere verfolgen wird. Man lässt meist etwas so Privates raus, dass die Familie wütet oder man als abgrundtief undankbar dasteht. Etwa so: »Wer hat Ihnen geholfen, es so weit zu bringen?« (Dazu ein warmes Lächeln) – »Keiner«, antworten Sie mit spontaner Offenheit, »das habe ich mir selbst erarbeitet. Übrigens wurde bei mir Zuhause nicht gelesen.« Es wird Sie zehn Jahre würdeloser Schmeichelei kosten, um diese gemeine Lüge auszubügeln. Noch etwas: Bitten Sie um Erlaubnis, das Interview ebenfalls (für Ihr Archiv) aufzuzeichnen, denn Sie werden erstaunt feststellen, wie man fast das Gegenteil dessen wiedergibt, was Sie tatsächlich geäußert haben, ohne ein Wort zu ändern. Es muss nur der amüsierte Unterton gelöscht werden, um aus Ihnen einen schulmeisterhaften, eitlen und egoistischen Menschen zu machen. Ich möchte hier nicht behaupten, dass die Journalisten nur darauf aus wären, junge Autoren in die Falle zu locken, keineswegs, ihnen kommt es darauf an, dass Sie die ausgetretenen Pfade verlassen. So vielen gibt dieser Jungstar ein Interview, der noch nicht lange genug gelebt hat, um hundert Anekdoten aus seinem Köcher zu ziehen. Tageszeitungen, Wochenzeitungen, Monatsblätter, Modemagazine, Radiostationen, Fernsehsender. Auf allen Kanälen hört man Sie, in den Zeitungen stehen nur Sie, daher ist eine hübsche Bananenschale zur Ergänzung der Preis, den Sie für Ihren plötzlichen Ruhm bezahlen sollen.

Was tun, wenn man das Buch nicht mehr leiden kann, an dem man seit zwei Jahren schreibt? Man beginnt sofort ein neues und ich wette, nach einem Monat kehrt man zum vorigen zurück.

166. Der Tod verkauft sich nicht gut

Der Tod hat nicht für jedermann die gleiche Dramatik. Kurzgefasst stellt er den Moment des Übergangs von der Anwesenheit zur Abwesenheit eines Menschen dar. Wohin geht er? Hier schaltet sich die Religion ein und bietet verschiedene Möglichkeiten an. Der Katholizismus hat einen ganzen Fächer zur Auswahl, vergleichbar einem Reiseveranstalter mit einem Urlaubsziel für jeden Geldbeutel: Hölle, Fegefeuer oder Paradies – und sogar ein Angebot für Kinder, die sterben, bevor sie getauft sind (die Vorhölle). Bei der Vorhölle stellte ich mir immer ein Paradies für Kinder vor: ein riesiger Kindergarten ohne Erwachsene. Mit Ausnahme der Tiefgläubigen, die sich um das Jenseits nicht sorgen müssen, betrifft die Erfahrung des Todes uns alle stark. Hier beginnt die Arbeit des Schriftstellers, denn verschiedene Menschen, genau wie die verschiedenen Völker, reagieren angesichts des Todes sehr unterschiedlich. Das hängt unter anderem von ihrer Lebenserwartung ab. Das ist eine ziemlich merkwürdige Aussage, sie klingt fast sarkastisch, als stammte sie von Leuten, die ohnehin lange leben werden. Deutlicher gesagt: Sie passt gut zu der Buchhaltermentalität der Internationalen Organisationen. Der Blick von oben. Im normalen Leben ist mir diese Auffassung noch nicht begegnet. (»Ich bin fünfundvierzig, wenn ich den Angaben der Welternährungsorganisation glaube, habe ich noch fünfzehn Jahre zu leben.«) Außerdem glauben die Menschen irgendwann, was man über sie sagt. Man nennt sie wichtig, notwendig, unersetzlich, und sie verstehen darunter: unsterblich. Die Rockstars (Elvis Presley, Michael Jackson), die humanitären Stars (Mutter Theresa, Abbé Pierre), die charismatischen Präsidenten (John F. Kennedy), die blonden Prinzessinnen (Diana): Wir möchten sie alle gerne bei uns behalten. Ein Autor muss daher wissen, dass er über Presley nicht einfach schreiben darf, er sei tot. Es ist eher so, als wüssten wir nicht, wohin er gegangen ist. Wenn ich die Bibel lese, entdecke ich das gleiche Phänomen bei Maria, Jesus und einigen Starpropheten wie Elias. Sie steigen direkt in den Himmel auf. Bei Jesus haben wir nie genau erfahren, was aus ihm nach der Auferstehung geworden ist. Die Bibelschreiber wussten offenbar, dass sich eine so komplizierte Frage nicht allein demokratisch (vor dem Tod sind wir alle gleich) beantworten lässt. Fast hätte ich Marilyn Monroe vergessen – sie lebt weiter, solange neue Fotos von ihr auftauchen. Mein kleiner Finger sagt mir, dass es unveröffentliche Bilder von ihr geben wird bis ans Ende der Zeiten. Viele Romanautoren haben früher (heute weniger) ein starkes Thema behandelt: die

Erbschaft. Noch mehr als im Krieg lassen hier die Menschen ihre Maske fallen. Stellen Sie sich vor, Sie sind plötzlich reich, andere haben also ihr Leben lang geschuftet wie Sklaven, nur für Sie. Aber da mehr als ein Erbe da ist, wird die Jagd freigegeben. Da gibt es keine Rettung. So vieles ist ungerecht daran (die unehelichen und enterbten Nachkommen), dass wir uns denken können, wie einem großen Schriftsteller wie Tolstoi das Wasser im Mund zusammenläuft. Daneben erscheint der Krieg mit Napoleon wie ein Scherz. Lesen Sie in *Krieg und Frieden* noch einmal die Szenen aus jener Nacht, in der das größte Vermögen Russlands an einen neuen Besitzer vererbt wird. Da geht es nicht um den Tod, sondern da geht es ums Geld, ums Ganze. Der Tod beschert der Liebe eine hohe romantische Aufladung (*Romeo und Julia*). Doch ist er ein diffiziles Thema, das man vorsichtig behandeln muss. Der Leser mag keine Geschichte, die schlecht ausgeht, außer wenn sie mit viel Takt erzählt wird (*Der Schaum der Tage*[55]). Das Wort sollte nicht im Titel erscheinen, es schreckt immer noch ab. (Thomas Mann hat es bei *Tod in Venedig* gewagt, aber die Leute dachten, in Venedig zu sterben wäre wünschenswert)

Wenn Sie um jeden Preis über den Tod schreiben möchten, richten Sie es so ein, dass eine der Figuren in einen Zug steigt, der in den Krieg fährt. Keine Sorge, für dieses spektakuläre Thema gibt es immer Leser. Dies schreibe ich, obwohl es immer mehr Kriege und immer weniger echte Kriegsromane gibt.

167. Die Wahrheit

Die Leute möchten die Wahrheit hören über den Text, den sie geschrieben haben. Man stellt Ihnen die Frage, ohne Umschweife, überall, in einer Kneipe, auf der Straße oder in einem Salon: »Sagen Sie ehrlich, was Sie von meinem Buch halten.« – »Warum soll ich mit Ihnen ehrlich sein, wo Sie es doch mit sich selbst nicht sind?« – »Wie bitte?« – »Sie wissen sehr genau, was Ihr Buch wert ist, sonst hätten Sie Ihr Geschick nicht in die Hände eines Wildfremden gelegt.« Natürlich kann man von einer Sache zu sehr eingenommen sein, um sie einschätzen zu können. Mich irritiert nur der bedrängende Ton bei manchen, die meine Meinung hören wollen. Es geht von »Wirf einen Blick hinein, wenn du Zeit hast« bis zu »Ich möchte wissen, ob ich weiterschreiben oder sofort aufhören soll.« Die Frage ist zuweilen manipulativ, dabei habe ich mit ihrer Schreibleidenschaft nichts zu schaffen. Im übrigen ist die Wahrheit keine leichte Sache. Denn es fällt uns sogar schwer, sie einem Nahestehenden zu sagen. Es ist vielleicht einfacher gegenüber jemand, den wir nicht kennen. Wir hoffen, wir machen ihn uns nicht zum Feind, denn Hass zwischen Literaten sitzt tief.

Die Energie beim Schreiben sollte gut dosiert werden, zu viel davon treibt Sie nach draußen, zu wenig hält Sie im Bett. Es ist auffällig, ein Schriftsteller, dem die Ideen ausgehen, meint, die Literatur definieren zu müssen.

168. Die Reise

Die Reise bildet den innersten Kern meines Lebens. Ich habe immer gelesen, denn so konnte ich in meiner Jugend mein Zimmer mit dem schmalen Bett verlassen. Ich kam überall hin, an exotische Orte, in versunkene Jahrhunderte. Als Kind folgte ich gerne der Spur meines Freundes, des gestiefelten Katers. Als Jugendlicher den drei Musketieren. Später reiste ich auf den Schwingen des Gefühls. Schlüpfte ins Innere der Figuren, um ihre starken Emotionen mitzuerleben. Ich stellte bald fest, dass diese Expeditionen ebenso gefährlich sind. Die Berg- und Talfahrt eines verliebten Herzens, von der verrückten Euphorie zu schwärzesten Verzweiflung. Aber ich schrieb auch selbst, um auf die Reise zu gehen. Die Reise der Schriftstellerei. Es ist das Gefühl, in einen Dschungel einzudringen, ohne zu wissen, welches Tier einen beobachtet oder welche Gefahr lauert. Man schlägt sich vorsichtig weiter durch: sucht die Lichtungen auszumachen, die Wasserläufe, um in dem Moment, in dem man es am wenigsten erwartet, einen Geheimpfad zu entdecken. Und zu erkennen, dass ihn andere schon gegangen sind. Das macht die Reise allerdings nicht mehr oder weniger riskant. Bei jedem Schritt, bei jedem Satz, fürchtet man, in eine Falle zu tappen – die französische Grammatik ist mit Hinterhalten gespickt. Wie viele Male sind im Laufe des literarischen Abenteuers Gefühle wie Liebe, Hass, Freundschaft oder Eifersucht geweckt worden? Das Abenteuer nimmt kein Ende, jedesmal denkt der Reisende, diesen Pfad habe vor ihm noch niemand betreten. Nur diese Ungebrochenheit rettet ihn vor dem grauen Monster der Langeweile. Später, wenn Sie einige Bücher geschrieben haben, die zum Glück einer größeren Zahl von Leuten gefielen, werden Sie auf Reisen eingeladen, bei denen Sie den Schriftsteller spielen. Ich erinnere mich an jenes erste Mal, als ich auf Kosten der Prinzessin nach Belgien eingeladen wurde. »Ich muss nichts zahlen?« – »Nein, Monsieur, weder Ihr Ticket, noch Ihr Taxi oder Ihr Hotelzimme oder Ihr Essen.« – »Was soll ich dafür tun?« – »Nicht allzu viel, Sie sollen uns nur sagen, warum Sie das gerne tun, was sie offenkundig so lieben.« Meine Bücher reisen überall hin und wenn sie gefallen, erscheine ich.

Selbst wenn die Antwort keine Bedeutung hat, ist es nicht ganz unsinnig, sich ab und zu zu fragen, warum man schreibt. Die Frage hat nicht die gleiche Schärfe, wenn sie von einem Anderen gestellt wird.

169. Ungelesene Bücher

Am schmerzlichsten verletzt an diesem Beruf, wenn man entdeckt, dass man nicht der einzige ist. Der Buchladen quillt über von den Büchern der anderen. Am liebsten hätte man sie alle unter verschiedenen Pseudonymen selbst geschrieben. Das Gesamtwerk von Simenon, dazu das von Balzac, Zola und Agatha Christie stellen nicht mehr als einen Tropfen dar in diesem Meer aus Tinte. Das Herz des Lesers ist so groß, dass es eine ganze Bibliothek aufnehmen könnte. Manche sind so unersättlich, dass sie vom schwer zugänglichen Dichter bis zum Krimiautor, den man in der Metro liest, alles verschlingen. Es gibt auch jene radikalen Leser, die lassen einen Schriftsteller fallen, sobald sie ihn bei mehr als zwei Leuten sehen. Sie geben an, der betreffende Autor habe sich in ihren Augen selbst verraten, er sei nicht mehr so rein wie in seinen ersten Büchern. Manche, die schon früh in Duras verliebt waren, haben sie nach ihrem Erfolg mit *Der Liebhaber* als Nutte beschimpft. Als hätten sie die Autorin mit einer Menge Männern und Frauen im Bett überrascht, die ebenso nach kurzen Sätzen hungerten wie sie selbst. Dazu ist anzufügen, Duras hatte diese Gesetzestafeln eigenhändig aufgestellt, von der eine Regel hieß: »Du sollst die Ehe nicht brechen.« Es gibt aber auch eine andere, stärker verbreitete Leserschaft, sie schwören fünf oder sechs Bücher lang nur auf Sie, dann lassen sie Sie plötzlich fallen und wenden sich einem anderen mit einem schwer auszusprechenden Namen zu. Bis dahin ist dieses Verhalten völlig verständlich (und fünf Werke eines einzigen Autors ist viel in einer Welt, wo in jedem Bücherherbst das Angebot groß und reizvoll ist), es wird erst problematisch, wenn diese Leute das Gerücht verbreiten, sie hätten sich nach etwas anderem umgesehen, da Ihre Bücher jetzt schlechter wären als früher. Dabei haben sie davon noch keines aufgeschlagen. Als hätten sie die Weisheit für sich gepachtet. Wenn Sie Ihren Stil ändern, heißt es, Sie hätten sich verändert (sprich: verschlechtert), und wenn Sie ihn nicht ändern, heißt es, Sie schrieben immer die gleichen Bücher. Diese früheren Fans, die so sehr von Ihrer Arbeit begeistert waren, wollen Sie gern ohne Reue hinter sich lassen. Eines Tages kehren sie zurück mit der Behauptung, mit diesem neuen Buch hätten Sie zu Ihrem anfänglichen Schwung zurückgefunden. Regen Sie sich nicht darüber auf, denn Sie wissen nicht, was diese Leser zunächst zu Ihnen geführt hat. Das Rad dreht sich weiter.

Wenn Sie wissen möchten, wie man Ihr Buch behandelt, wenn Sie nicht im Raum sind, denken Sie an Ihr eigenes Leseverhalten.

170. Der feindliche Bruder

Irgendeiner wird sich von Anfang an gegen Sie stellen. Ihm entgeht nichts von dem, was Sie sagen oder tun. An jeder Biegung Ihres Lebens werden Sie ihm begegnen. Wenn Sie feiern, ist er traurig. Er wird jede Ihrer Niederlagen genießen, würde aber nie darauf kommen, dass er durchaus ein Anlass für Ihre Arbeitswut ist.

Ein neues Thema wird erst persönlich, wenn man es zur Obsession gemacht hat.

171. Das Alphabet ist eine Währung

Nach seinem ersten Erfolg, ganz am Anfang seiner Karriere, bestand seine Arbeit hauptsächlich darin, auf die Fragen von Interviewern zu antworten, die sein Buch nicht alle gelesen hatten, für Frauenmagazine Fragebögen auszufüllen, welchen Wein, welche Musik und welche Restaurants er persönlich am liebsten mag, sowie kleine, witzig gemeinte Texte über

Themen zu schreiben, die ihm Moderatoren von Literaturfestivals vorschlugen. Zum Ausgleich musste er nie mehr etwas bezahlen. Seine Bücher standen fortan zwischen ihm und dem materiellen Leben.

Wenn Sie die Erkenntnis überwältigt, dass alles schon einmal geschrieben worden ist, muss man Ihnen entgegenhalten, dass noch nicht alles gelesen wurde, vor allem nicht das Buch, an dem Sie gerade arbeiten.

172. Der Instinkt

Eigentlich kann Ihnen niemand beibringen, wie man schreibt. Dazu muss man zu tief ins eigene Innere tauchen. Außer Ihnen gelangt keiner dorthin. Ein guter Geschichtenerzähler merkt, wenn er die Aufmerksamkeit seines Publikums verliert. Sie dürfen die Geduld des Lesers nicht zu sehr beanspruchen. Sie müssen in dem Takt bleiben, den Sie selbst vorgegeben haben. Halten Sie Ihre Sinne wach. Achten Sie auch darauf, wann ein anderer Blickwinkel nötig wird. Sie befinden sich auf vermintem Gelände. Sie sollten forsch und zugleich vorsichtig weitergehen, damit der Roman nicht explodiert. Ihr Instinkt ist der beste Kompass für den richtigen Weg. Schon unser ganzes Leben haben wir Geschichten erzählt, wir haben seit frühen Kindertagen versucht, unser Gegenüber zu überzeugen. Wir kennen also die Regeln. Aber warum wenden wir sie beim Schreiben nicht an? Weil wir andere Ziele verfolgen, als einfach nur eine Geschichte zu erzählen. Wir wollen, dass diese Geschichte uns hilft, auf der sozialen Leiter aufzusteigen, unsere persönlichen Niederlagen zu verbergen, die große Bildung auszustellen, die uns aus der Menge herausragen lässt (die Frage der Berühmtheit). Zu viele uneingestandene Ansprüche belasten das Erzählen. Wenn wir nur einmal eine Geschichte erzählen könnten, würden wir, da wette ich, sofort das natürliche Talent wiederfinden, das unsere Mutter zum Schmunzeln brachte, wenn wir den ganzen Tag die haarsträubendsten Geschichten erfanden. Diese Spontaneität, vermischt mit einer gewissen Gerissenheit, wünsche ich Ihnen zurück. Nur sehr wenige Schriftsteller haben das Gefühl, dass die Worte ihnen aus den Fingern sprießen. Dieses Beispiel wird vielleicht überraschen, aber meines Erachtens sind bei keinem die Erzähltricks so ausgeklügelt wie bei Isaac Bashevis Singer, und zugleich ist man verblüfft über die Geschmeidigkeit, mit der sie ihm gelingen. Jedesmal, wenn ich eine seiner Kurzgeschichten lese, falle ich aus allen Wolken über diese Leichtigkeit. Mich beeindruckt zutiefst, wie mühelos er die Kultur und die Epoche wechselt (*A crown of feathers*[56] ist meine Lieblingsgeschichte).

Sie haben immer die Wahl, ein gutes Buch zu lesen oder ein schlechtes zu schreiben.

173. Das andere Ufer

Ich hatte nicht erwartet, die Tochter des alten Schriftstellers wiederzusehen, vor allem nachdem ich eine ganze Weile nichts von ihrem Vater gehört hatte. Er hat sich offenbar so gut da drüben eingelebt, im fiktiven Universum, dass er hier nicht mehr auftaucht. Kommt man an einen Ort, wo man niemand kennt, versucht man mit allen Mitteln, den Kontakt zum vorherigen Leben zu halten. Mit der Zeit beobachtet man das Verhalten der Leute um einen herum, nach welchen Regeln das neue Leben vor sich geht. Man muss sich rasch auf eine Seite schlagen: Konsonant oder Vokal? Man kann sich auch auf die Seite der Akzente stellen. Ich stelle mir den alten Schriftsteller mit einem *Accent circonflexe* vor, zu Deutsch auch »Akzent Dächlein«, der kleine Hut auf dem Ô lässt ihn ein wenig wie Napoleon aussehen. Doch im Moment gibt es von diesem Kobold nichts Neues, wahrscheinlich fragt er sich gerade, was er unter den Vokalen soll, wo er doch Konsonant sein wollte. Woher ich das weiß? Ich denke mir ständig was aus. Da kommt seine Tochter sonnengebräunt aus Miami zurück. »Ich habe dort nach meinem Vater gesucht, denn er besucht manchmal seine alten Freunde in Florida. Er war nicht dort, aber ich habe es ausgenützt, um ein paar Tage am Meer zu verbringen.« Ich weiß nicht weshalb, aber ich hatte den Eindruck, das Los ihres Vaters war ihr bedeutend weniger wichtig als der heiße Sand und die Wellen. Ich stelle ihr eine Falle: »Waren Sie in Hollywood?« Sie schüttelt sich angewidert: »Oh nein, das ist was für die Alten, ich bin immer in dem Art-Deco-Viertel, im Hotel Sagamore.« Bekanntlich leben die Leute aus Quebec meist in der kleinen Vorstadt Hollywood. Dass die Tochter dagegen in dem Art-Deco-Viertel von Miami Beach war, zeigt mir, dass sie die Suche nach ihrem Vater nicht sehr ernst genommen hat. Ich setze ihr die Pistole auf die Brust: »Sie wussten wohl schon vorher, dass Ihr Vater nicht in Florida ist?« Schweigen. »Wo ist er Ihrer Meinung nach?« Eine Spinne, die sich von der Decke herablässt, interessiert sie offenbar mehr als meine Frage. Schließlich ist sie bereit zu antworten: »Ja, ich weiß, er ist hier. Er hat mich gebeten, ihn herzubringen.« – »Warum?« Sie stützt ihren Kopf in die Hände. »Sie werden es mir nicht glauben ...« – »Im Moment kann mich nichts mehr überraschen.« – »Sie sind mein Vater.« Wir schauen uns tief in die Augen. »Was meinen Sie damit?« – »Dieser Mann ist nicht mein Vater, er ist nur die Verkörperung Ihrer Schreibleidenschaft.« – »Und wer sind dann Sie?« – »Genau, wie ich eben sagte, mein Vater.« »Woran kann ich erkennen, dass Sie nicht nur eine Metapher sind?« – Sie lächelt: »Haben Sie schon mal eine Metapher mit Brüsten gesehen?« – »Wenn Sie wirklich meine Tochter wären, hätten Sie eine bessere Antwort gefunden.« Sie verstummt. »Jedenfalls sind und bleiben wir jetzt hier«, stellt sie fest und richtet ihre Granaten auf mich. Es ist also nicht das erste Mal, dass Vater und Tochter sich so bei Leuten einnisten. Was wollen die beiden von mir? Ich glaube, ich suche am besten das Weite, denn ich bin verloren, wenn ich mich von dieser Sirene in den Wald der Buchstaben hineinziehen lasse.

Wir hören gerne Obszönitäten, wenn sie aus dem Mund einer sympathischen Figur kommen, wie wir auch gerne einem widerwärtigen Charakter zusehen, wie er sich in einen reißenden Fluss stürzt, um einen Hund zu retten.

174. Die reine Freude

Wenn wir tanzen, kümmern wir uns besser nicht um die Leute, die uns dabei zusehen. Beim Schreiben sollte man mit seinen Sätzen hüpfen wie mit einem Springseil. Anfangen, ohne zu zögern. Es läuft gut, wenn Sie merken, es gibt nur noch Sie und den Text. Man findet seinen Rhythmus, indem man die Musik mit seinem innersten Wesen in Einklang bringt. Genau das wird sich dem Leser vermitteln, wenn Ihr Thema keinen mehr interessiert. Bleibe, meine Freude.[57] Wen kümmern wirklich die kleinbürgerlichen Ängste eines Prinzen aus einem winzigen Königreich im Norden Europas? Es ist der Dichter, der uns interessiert, nicht Hamlet und schon gar nicht sein Dänemark, in dem etwas faul ist. Seine Jugendlichkeit spricht zu uns. Ein unstillbarer Lebenshunger, sogar wenn er Tragödien schreibt, oder gerade dann. Der zweiunddreißigjährige Tolstoi schreibt in sein Tagebuch: »Ich habe angefangen zu schreiben, weil ich so glücklich bin, dass es mir den Atem raubt.« Wir wissen nicht, fing er an zu schreiben, weil er so glücklich war, oder war er so glücklich, weil er anfing zu schreiben? Lassen Sie Ihre Freude überborden. Sie wird zu einer Welle werden, die Sie auf eine einsame Insel wirft. Sie befinden sich auf dieser kleinen Insel mitten im Meer, da sind ein paar Bäume mit Früchten. Rosarote Fische. Der Himmel. Das Meer. Es ist an Ihnen, das Leben neu zu erfinden. Statt zu jammern, ziehen Sie sich nackt aus. Umarmen Sie die Erde, springen Sie dann in das türkise Meer. Genießen Sie das warme Wasser. Fischen Sie mit den Händen. Sie sollten ein Feuer anzünden, denn es gibt gegrillten Fisch zum Abendessen. Das schreibe ich, weil ich die langen Gesichter nicht mehr sehen kann, die durch die Kneipen ziehen. Ich habe genug von den jungen Schriftstellern, die sich über den Literaturbetrieb beklagen, bevor ihr erstes Buch fertig ist, als hätte er (der Literaturbetrieb) irgendeine Bedeutung. Der einzige wichtige Ort ist diese Insel, die Sie aufsuchen können, wann immer Sie wollen. Auch dies wäre ohne Bedeutung, wären da nicht jene anderen Momente, in denen man sich völlig verloren fühlt. Und die schlaflosen Nächte, selbst unter einem Sternenhimmel. Aber die Energie lässt nicht nach und Sie entdecken mit einem gewissen Erstaunen, dass es möglich ist, glücklich zu sein unter Schmerzen.

Man kann kein guter Schriftsteller sein und gleichzeitig seine Mutter beschützen wollen.

175. Die Generation

Das Verhältnis zur eigenen (unserer) Generation ist nie ganz ohne Konflikte. Es ist eine Mischung aus Zuneigung, Eifersucht, Freundschaft, blankem Hass, Zärtlichkeit und Gewalt. Zuweilen steht man auch zusammen, wenn der Angriff von außen kommt. Vom Staat, unserem alten Feind. Im Norden subventioniert der Staat die Literatur, um sie zu kontrollieren. Im Süden hingegen kriminalisiert der Staat die Schriftsteller und gesteht damit das eigene Scheitern ein bei dem Versuch, aus der Literatur eine Komplizin zu machen. Dabei ist der Staat im Grunde nur eifersüchtig auf eine Macht, die nicht in Frage gestellt wird. In den Ländern des Südens stellen die Schriftsteller das politische Gewissen ihrer Gesellschaft dar. Im Norden hingegen müssen sie dagegen ankämpfen, dass man sie für Komplizen des Staates hält (weil er die Künste subventioniert). Es ist nicht das Geld der Herrschenden, wer sie auch seien, es sind die Mittel der Bürger, einer Zivilgesellschaft, der diese Gegenmacht etwas wert ist. Doch beim Versuch, diesen feinen Unterschied darzulegen, verlieren wir nur Zeit. Es ist so schwierig aus dem einfachen Grund, weil im Norden schon zu lange kein Schriftsteller mehr wegen seiner Ideen eingesperrt worden ist. Betrachten wir lieber, wie es unter uns zugeht. Das Verhältnis zu den Autoren, die mit Ihnen angefangen haben, wird immer angespannt bleiben. Sie werden sich weiter während der ganzen Zeit Ihrer Tätigkeit gegenseitig belauern. Sie lesen die anderen nur, um zu überprüfen, auf welchem Stand sie sind. Ich sage das, damit Sie sich über dieses verwirrende Gefühl nicht zu sehr wundern. Es ist weder gut noch schlecht, es ist einfach da. Sie müssen die nächste Welle von Autoren abwarten, dann werden sich Ihre Reihen schließen. Doch Respekt werden Sie nur den Schriftstellern aus der Generation vor Ihnen zollen (vor allem, wenn sie nichts mehr veröffentlichen). Sobald Ihnen alle gut gefallen, heißt das, Sie haben Ihren Schneid verbraucht. Es ist nichts mehr übrig von dieser Säure, die Sie auf das Papier ausspeien müssen, damit sie nicht Sie selbst vergiftet. Ich behaupte keineswegs, der Literaturbetrieb wäre nichts als ein Dschungel. Er ist noch vieles andere mehr, aber wenn wir nicht aufpassen, stecken wir all unsere guten Eigenschaften in unsere Bücher und die schlechten in unser Leben. Die Sache wird dadurch so kompliziert, weil wir vor allem Unseresgleichen gefallen möchten – bestreiten Sie es nicht, es würde bedeuten, dass das Gift sich schon ganz in Ihnen ausgebreitet hat. Will man das Problem lösen, muss man es klar ansprechen. Zum Glück gibt es jenes Hochgefühl, das die Realität übersteigt. Freundschaften und Zuneigung sind in diesem Milieu nicht unmöglich. Öffnen Sie Ihr Herz, bevor es vereinsamt. Seien Sie großzügig, ohne naiv zu sein. Zwei von Ihnen werden sich gegenüberstehen, im Gegensatz, wie sie meinen, dabei bilden Sie nur die zwei Seiten einer Medaille. Wir müssen das Terrain halten, das wir erobert haben, sonst gehören wir, wie Céline sagt, nicht mehr dem Berufsstand an. Hart arbeiten, kämpfen, bis wir von der nächsten Generation eingeholt werden. Neue Truppen werden dann übernehmen, um für Kontinuität zu sorgen. Einige von Ihnen werden über diese erste Grenze hinausgehen, für viele andere aber wird dann die Partie zu Ende sein. Von einem Tag auf den anderen werden sie unlesbar werden. Es ist also anzuraten, sich ein wenig Energie aufzusparen für die restliche Zeit des Lebens.

Wenn der Erfolg kommt, nehmen Sie das Geld, aber bleiben Sie dem Lärm fern, das ihn begleitet.

176. Die nächste Welle

Sie können alles glauben, was über das Ende des Buchs behauptet wird, aber Sie sind bestimmt nicht der letzte Schriftsteller. Wenn Sie auftauchen, rollt allerdings im selben Moment schon eine neue Welle an. Zunächst besteht sie aus Lesern. Mit Ausnahmen, denn ich traf einmal eine Frau, die sehr betrübt war, weil ihr Sohn nichts von dem, was sie ihm vorschlug, lesen wollte. »Ich habe alles versucht, Monsieur, aber sobald er ein Buch sieht, läuft er weg.« In ihren Augen standen Tränen. Ich hätte gerne gesagt, sie soll ihn in Ruhe lassen. Nur zu lesen, um jemand eine Freude zu bereiten, muss schrecklich öde sein. Schließlich riet ich ihr: » Wenn er nicht gerne liest, versuchen Sie's mit Schreiben. Vielleicht ist er ein Schriftsteller.« Als sie wegging, schien sie nicht sehr überzeugt. Ein paar Jahre später kam eine Frau auf mich zu, sie weinte. Sie schaute mir direkt in die Augen. Es waren Freudentränen. Sie steckte mir wortlos ein dünnes Bändchen zu, dann sagte sie, immer noch unter Tränen: »Sie hatten recht, er ist ein Schriftsteller. Dies ist das erste Buch von meinem Sohn. Nach unserem Gespräch ließ ich ihn in Frieden. Er fing an zu lesen, und begann gleich darauf zu schreiben.« Dann ging sie wieder. Nun, nicht alle jungen Leute schreiben, es gibt schließlich noch andere Beschäftigungen als die Literatur. Bevor zehn Jahre vergangen sind, werden sie aus allen Richtungen kommen und Sie ohne Rücksicht zur Seite schieben, um sich an Ihnen vorbeizudrängen. Sie haben bestimmt eigene Anliegen und werden diese durchsetzen wollen. Geben Sie in keiner Weise nach. Gehen Sie Ihren Weg ruhig weiter, bis die Epochen sich vermischen. Die Jüngeren werden ebenfalls lernen müssen, dass die Welt nicht mit ihnen endet. Genau in dem Moment, wenn sie sich wohlfühlen an ihrem Platz und meinen, sie hätten eine eigene Epoche begründet, schlägt ein Komet ein. Es ist ein wütender junger Dichter mit geballten Fäusten in seinen zerrissenen Taschen, seinetwegen werden sie alles überdenken, da er nicht weniger fordert als »das Leben zu verändern.«

Ein Buch ist nicht beendet, solange Sie nicht das nächste begonnen haben.

177. Der Gnadenstand

Vor einigen Jahren hängte ich mir einen Spruch von Montaigne an die Tür des kleinen Zimmers, in dem ich schrieb: »Stets heiter.« Später fiel mir auf, dass diese Behauptung überhaupt nicht zu den Abbildungen passte, die ich aus Lexika von ihm kenne. Dort sehe ich einen gestrengen Mann, der überdies eine hochgelehrte Literatur anstrebt. Wer nicht ein Vergil oder ein Plutarch war, fand vor seinen Augen keine Gnade. Man wüsste gerne, was Montaigne unter »heiter« verstand. Was machte ihn geil? Wie wenn Borges einen heißen Rock hinlegte, statt einen sehnsüchtigen Tango von Gardel zu tanzen. Am Ende besann ich mich darauf, dass das öffentliche Bild eines Künstlers zuweilen von seinem privaten abweicht und dass dieser Mann ja auch mit der seltsamen Verirrung namens La Boétie verbunden war.[58] Sie entlockte ihm immerhin eine der feurigsten Freundschaftserklärungen der gesamten Literatur. Wir erinnern uns an Montaignes berühmten Ausruf: »Weil er er war, weil ich ich war.«[59] Dazu fällt mir ein, dass Borges allen jungen Studentinnen der Skandinavistik den Hof machte, oder zumindest denen, die in den Kreis des Blinden kamen, um mit ihm über seine persönlichen Mythologien zu sprechen. Ich stelle mir den Klang der hellen Stimmen all dieser jungen Frauen vor, wie sie begeistert die isländischen Sagen besangen – und zugleich alle Schwingungen der Welt in ihre Herzen aufnahmen. Witold Gombrowicz, der in Argentinien lehrte, gefiel es, in seinen Seminaren über den Sartreschen Existenzialismus die blonden jungen Frauen aus der Bourgeoisie um sich zu scharen. Diese alten Schriftsteller haben sich bis zum Schluss ihre geistige Spontaneität bewahrt, die sie am Leben der Menge teilnehmen ließ. Darin lag ihr Geheimnis, und ich erkannte, dass ich achtsam bleiben sollte für das Ritual des Begehrens, damit die Literatur mich nicht zu weit vom Ufer abtrieb, wo der Lärm der Welt nicht zu hören ist. Aber nicht jedes Geräusch der Welt ist gleich bedeutend. In einer bestimmten Phase bemühte ich mich, fern vom Lärm der Medien zu schreiben, da er mich von jenem Ursprung abzulenken drohte, der unter dem Laubwerk der Worte verborgen liegt, die Stille. Ich hatte begriffen, dass Schreiben nicht nur darin besteht, mit oder ohne Talent Sätze zu Papier zu bringen, dass es einiges mehr erforderte, wenn man die Leser erreichen wollte, die vom anderen Ufer des Lebensstromes auf uns schauen und die wir hochtrabend die Nachwelt nennen. Wir erinnern uns an den Satz von Stendhal, der vielleicht arrogant klingt, sich aber später als zutreffend herausstellen sollte (ich zitiere aus dem Gedächtnis): »Meine Leser sind noch nicht auf der Welt.« Das Geräusch des Künftigen ist in Stendhals *Die Kartause von Parma* schon vernehmbar, als das Buch seinerzeit auf dem Nachttisch eines neugierigen Lesers landete. Dieser konnte nicht wissen, dass im folgenden Jahrhundert es viele mit ebenso großer Lust verschlingen würden. Diese Gewissheit (»Meine Leser sind noch nicht auf der Welt«) hat dem armen Stendhal wohl geholfen, als das Ballett der mondänen Schriftsteller ihm die vorderen Reihen der literarischen Bühne versperrte. Die Frustration darüber hat ihn sicher noch mehr zur Arbeit gedrängt, jeden Tag aufs Neue. Die Kunst wächst auf einem Misthaufen. An dieser Lage hat sich über die Jahrhunderte nichts geändert. Hier bin ich heute, versuche andere Schwingungen, neue Rhythmen und ungeahnte Emotionen einzufangen. Bei Tagesanbruch verbringe ich eine Weile im Pyjama mit Träumereien im Bett, auf dem Romane ausgebreitet sind, daneben einige Gedichtbände und Manuskripte, die korrigiert werden müssen. So verweile ich eine ganze Zeit, bis ich allein bin in dem stillen Haus, da die anderen zur Arbeit oder in die Schule gegangen sind. Ohne einen Kaffee, da ich die fließende Welt der Nacht nicht so plötzlich verlassen möchte, breche ich auf zu meinem Rundgang durch das Viertel. Die Sonne ist schon zu spüren. Im Gehen suche ich nicht Ideen oder eine bestimmte Form für die Erzählung, die ich gerade schreibe. Nur jenen Erobergeist aus meiner frühen Kindheit, durch den ich von gleich zu gleich mit Pferden und Vögeln sprach, den angriffslustigen Ameisen trotzte und es mit der schrecklichen Schönheit einer Blüte aufnehmen konnte. Auch mit der Anmut einer Libelle im Flug. Ich setze mich erst wieder an die Arbeit, wenn ich mich einer solchen Gnade näher fühle. Ich träume dann davon, dass das Wort »Regen« sich in Regen verwandelt oder dass das Wort »Schmetterling« mit einem leichten Flügelschlag von dem Blatt wegfliegt, auf dem es festgesteckt war.

Wir heben den Kopf zum Himmel, um Inspiration zu suchen, obwohl es um uns herum vor Leben wimmelt.

178. Ein zweites Selbst

In einer Zeit, als mir die Lust zu schreiben vergangen war (ohne dass ich sie suchte), erfand ich mir einen Doppelgänger. Ich folgte ihm überallhin (das war nicht schwierig) und schrieb all sein Tun und Treiben in einem Notizbuch auf. Ich bewunderte seine Gewandtheit und sein Redetalent. Er schien sich in einer Welt pudelwohl zu fühlen, in der mir immer mehr die Luft ausging. Ich schaute zu, wie er junge Mädchen mit Scherzen umgarnte, die ich billig fand, auf jeden Fall nie ausgesprochen hätte. Je niedriger das Niveau, umso lauter lachten sie. Manchmal war er aber auch geistreich oder sogar ernst. Ich notierte es. Nicht nur, was er sagte, sondern vor allem, wie er auf andere wirkte. Manchmal blieb ich, wenn er gegangen war, um zu beobachten, wie die Stimmung sich entspannte, das Lachen natürlich wurde und das Feuer des Gesprächs wieder sank. Darüber, dass ich ihm an manche Orte nicht folgen konnte, war ich frustriert. Vor allem auf die Toilette, wenn er pissen ging, oder aber, wenn er die jungen Mädchen in das kleine Zimmer mitnahm, das wir doch teilten. (Ich muss an das Buch von Moravia denken, wo er über 300 Seiten lang ein Zwiegespräch mit seinem Penis führt). Ich stand vor der Tür und belauschte seine Liebesspiele. Damals träumte ich noch von einem solchen Leben. Im anderen musste ich arbeiten für meine Miete, für Essen und

Getränke (schlechten Wein), um die Traummaschine anzuheizen. Abends saß ich dann und überlegte, was ich aus meinem Leben machen sollte. Ich konnte nicht weiter in dieser Fabrik arbeiten, die meine gesamte Energie auffraß. Bis ich eines Tages genug hatte vom Nichtstun, die Notizbücher herausholte, meine Aufzeichnungen las und entdeckte, das war ein Buch. Mein erstes.

Traumhaft, eine Bibliothek nur mit Romanerstlingen. Eine unermessliche Energie steckt in jedem ersten Roman, selbst wenn er misslungen ist.

179. Eine Leitschnur für das Leben

Wir meinen, wir hätten uns verirrt und wissen nicht genau, wo wir uns in dieser undurchdringlichen Nacht befinden. Tastend suchen wir unseren Weg und gerade wenn unsere Hoffnung schwindet, kommt jemand und zeigt uns, wie es weitergeht. Es dauert eine Weile, bis wir merken, dass dieser Führer auch nicht mehr weiß als wir. Dieser Mann, der in der Menschheitsgeschichte immer wieder auftaucht und mit geheucheltem Verständnis immer dieselben trügerischen Hoffnungen eines besseren Lebens verspricht, erscheint mir eines der größten Mysterien. Man kann nach den Gründen für eine solche kollektive Blindheit in der politischen und ökonomischen Situation suchen, dies geschieht freilich auch unentwegt, ich möchte sie aber einmal nur aus dem Blickwinkel des Romanciers betrachten. Meiner Ansicht nach ist es nicht der Hunger oder die Ungerechtigkeit, die uns in diese Abhängigkeit von einer Person drängen, sondern die Angst. Ich sehe es wie ein Märchen, in dem wir nachts im Wald nach einem Weg suchen. Natürlich geraten wir von einem falschen Pfad zum nächsten. Zuerst sagt man uns, wir sollen an das Land glauben, an den Boden, auf den wir unseren Fuß setzen. Dann überzeugt man uns davon, dass dieser Boden, auf dem wir uns eine Zeitlang aufhalten, unser Besitz sei. Als wären wir Bäume, die mit ihren Wurzeln tief in der Erde stecken. Aber im Unterschied zu den Bäumen müssen wir nicht während unseres gesamten Daseins am selben Ort ausharren, zumindest nicht alle. Wenn wir reisen, sind wir erstaunt, wie anpassungsfähig wir sind. Wir verfügen über Ressourcen, um uns den besten wie den schlechtesten Lebensbedingungen anzupassen. Es genügt tatsächlich schon, irgendwo ohne die Möglichkeit der Rückkehr hinzugeraten, und wir fügen uns ein. Niemand kann sicher sein, dass er am Ort seiner Geburt auch sein Leben beenden wird. Ich halte nicht viel von einer heimatlichen Scholle, diese Vorstellung hat bisher nur zu Kriegen geführt. Das merkwürdige Schwindelgefühl, wenn uns der Boden unter den Füßen weggezogen wird, sollte die Auffassung vom festen Land endgültig in Frage stellen. Doch ist das nicht unsere einzige Illusion. Die andere, sinnentleerte Illusion der Rasse hat die Besonderheit, nur zu gelten, wenn man an sie glaubt. Wenn Menschen gleicher Hautfarbe, ich schreibe dieses Wort in Ermangelung eines besseren, sich in großer Zahl am selben Ort befinden, bauen sie ihre Identität auf einer falschen Voraussetzung auf. Der Begriff der Rasse ist nur gegenüber einem Menschen von anderer Hautfarbe anwendbar. Tausend Theorien werden bemüht, eine haltloser als die nächste, mit dem einzigen Ziel, dem anderen einzureden, wir wären überlegen. Im tiefsten Inneren glauben wir selbst nicht daran. Außerdem bietet auch diese Selbstüberschätzung nicht genügend Sicherheit. Sobald man zum eigenen Stamm zurückkehrt, verfliegt das Argument der Rasse. Die alten Ängste kehren zurück und man nimmt wieder seinen Platz in der Gesellschaft ein, nach ökonomischen Kriterien, die deutlich konkreter sind als die der Rasse. Nach der Rasse stellt sich also die Frage der Klasse. Bei genauerer Betrachtung wird uns wiederum klar, dass die soziale Klasse genau wie ein Stamm funktioniert. Menschen nehmen am gleichen Ort die gleichen Speisen und Getränke zu sich, wohnen im gleichen abgegrenzten Bezirk, gehen zu den gleichen Freizeitvergnügungen und haben zumeist die gleichen politischen Ideen. Sie tun das alles, um sich schön warm zu fühlen, denn sie glauben, diese Interessengemeinschaft könnte ihnen Sicherheit bieten. Die Suche nach Identität ist also der Versuch, die tiefsitzende Panik in uns zu beruhigen. Auch wenn wir einen Platz gefunden haben, wo wir unser Zelt aufschlagen, sind wir dennoch dieses Schwindelgefühl noch nicht los vor dem weiten, gestirnten Raum, der uns anzusaugen scheint. Hier schaltet sich die Religion ein, um die Einzelmenschen miteinander zu verbinden. Das steckt schon im Wort Religion – *religare* heißt verbinden. Wir bemühen uns von jeher, diese Verbindung zu den anderen nicht abreißen zu lassen, damit wir unsere Gruppe im dunklen Wald nicht verlieren. Man bringt uns Gebete bei, damit wir diese Angst in uns vertreiben. Wenn wir zusammenbleiben, wird die Angst kleiner, so hoffen wir. Wir verstehen auch, dass es nur einen Weg und nur einen Glauben geben kann. Wenn dieser Glaube blind ist, verwandelt sich die leuchtende Straße in einen Strom aus Blut. Blut und wieder Blut, das ist der Preis für diese nicht endende Nacht. Warum werden die Wege, die uns einer nach dem anderen angeboten werden, immer zu Strömen von Blut? Ist die Geschichte, die Religion, die Rasse oder die Klasse schuld? Es bleibt nur ein geheimer Weg, den wir ohnehin schon begehen, wir nehmen ihn nur wahr, wenn wir in höchster Lebensgefahr schweben. Unser Überlebensinstinkt besteht in einer unglaublichen Energie, die ihre eigene Intelligenz besitzt, und die dem menschlichen Geist nicht zugänglich ist. Die Energie überträgt sich von Körper zu Körper oder von Herz zu Herz, je nach der Situation, und sie meidet das Umweltgift der Ideologien. Die Energie meidet auch die Unterscheidung nach Rasse oder Klasse, wenn sie sich von Körper zu Körper oder manchmal von Herz zu Herz überträgt. Diese Energie ist unüberlegt. Sie gehorcht keinem Befehl, sie tritt einfach auf. Nachdem die neuen Technologien jede Bewegung beschleunigen, können wir uns nur mit Mühe vorstellen, was auf dem Planeten geschieht, da die Entfernungen sich auf einen Klick reduzieren. Unsere alte Gewohnheit, stets nach einem gut abgesteckten Weg zu verlangen, um aus der Nacht herauszufinden, sollen wir sie wegräumen, in einen Schrank? Heute tun sich Milliarden Wege zugleich vor uns auf. Sie führen in alle möglichen Richtungen. Irgendwann werden wir verstehen, die Angst kommt nicht daher, dass wir den richtigen Weg nicht finden, sondern dass es nur einen geben soll. Das Aufregende daran ist, wir müssen ihn nicht mal suchen. Wir finden ihn instinktiv. Das einfache Leben wird zum Roman.

Warum hat die Wirtschaft, die im Alltag und vor allem in der Politik so viel Raum einnimmt, in der Literatur so wenig Platz?

180. Zwiegespräch

Schon seit längerer Zeit hatte ich meinen Neffen nicht mehr gesehen. Ich traf ihn auf der Galerie im Pyjama an. Ohne den Kopf von der Zeitung zu heben, warf er mir ein trauriges Lächeln zu. Seit einer Woche bin ich wieder in Port-au-Prince, aber ich war nach Petit Goâve gefahren, um mir die Zerstörungen durch das Erdbeben anzusehen. Ich setzte mich neben ihn, so saßen wir eine Weile schweigend. Bei unserer letzten Begegnung wollte er gerade seinen ersten Roman anfangen. Jetzt hat er gerade die erste Version beendet. Wir haben uns in der Zwischenzeit geschrieben, aber er hat vermieden, mir von seinen Ängsten zu berichten. Schließlich ist es sein Buch und nicht meines. Außerdem schreibt er unter der Fuchtel eines unerbittlichen Meisters: ihm selbst. Wir wissen alle, es gibt keinen schlimmeren Kritiker. Dabei spreche ich von denen, die etwas zu sagen haben. Die anderen finden alles gut, was sie produzieren. Schon ihre erste Version ist bestimmt druckreif. Wir reden über meine Mutter, ihre Gesundheit ist anfällig. Sie kommt immer seltener auf die Galerie, die meiste Zeit wühlt sie in ihrem Schrank, ohne zu wissen, was sie genau sucht. Meiner Schwester geht es gut. Und das Auto meines

Schwagers ist, wie üblich, wieder kaputt. In Port-au-Prince läuft das Leben weiter, als wäre nichts geschehen, als hätte diese Stadt nicht in jüngster Zeit eine schreckliche Katastrophe durchlitten. Der Roman meines Neffen erzählt von einer Liebesgeschichte während des Erdbebens.

»Kommen Ihnen beim Schreiben manchmal Zweifel?«, schießt er plötzlich mit einer Frage heraus.

»Wenn ich ein Buch beginne, denke ich nur daran, es fertig zu kriegen.«

»Haben Sie auch manchmal Spaß beim Schreiben?«

»Manchmal … Aber ich habe schnell kapiert, die Lust am Schreiben ist keine Garantie für ein gutes Buch. Meine Freude ist nicht unbedingt die des Lesers.«

»Wann wissen Sie, dass ein Buch fertig ist?«

»Das weiß man nie und es ist auch nie fertig … Jedes neue Buch ist ein Versuch, das vorhergehende fortzusetzen, zu verdeutlichen oder sogar zu korrigieren.«

»Das erste Buch ist also wichtig?«, fragt er und betrachtet dabei seine Hände.

»Es ist die Lokomotive, die alles andere hinter sich herzieht …«

»Und wenn es misslungen ist?«

»Wenn man ein Schriftsteller ist, schreibt man weitere …«

»So einfach ist das?«

»Nun, es gibt den verletzten Stolz und die schlaflosen Nächte, aber damit kann man leben, wenn man es nicht zu schwer nimmt …«

Ich rieche Kaffeeduft, meine Mutter ist wohl gerade aufgestanden. Ich gehe zu ihr ins Zimmer.

Ich weiß Ihnen nicht mehr zu sagen, als was Sie schon wissen, oder irgendwann selbst herausfinden werden.

181. Eine glänzende Metapher

Immer wenn ich in Port-au-Prince bin, komme ich hierher. An diesen einsamen Strand. Als Jugendlicher kam ich, wenn ich nachdenken oder einfach ein wenig Luft schnappen musste. Die Sonne, das Meer. Auch der Tod. Vielleicht der einzige Ort, an dem ich mich wirklich Zuhause fühle, obwohl ich meine, im Nirgendwo zu sein. Früher kam ich, um nachzudenken, heute, um mich an ein verschwindendes Gesicht zu erinnern, das Gesicht meines Freundes, als ich zwanzig war. Auch an einen vergessenen Duft, den Duft der Sapotille, der weit in meine Kindheit zurückreicht. Freundschaft, Kindheit. Ich kann hier stundenlang gehen, bis ich vollkommen ruhig werde. Das unbewegte Meer. Ich betrachte die Wolken, hoffe am hellen Mittag auf ein wenig Regen. Das Leben steht still. Ich beobachte eine undeutliche Form, die sich auf mich zubewegt. Eine Staubwolke? Eine Frau? Doch nicht sie!

»Ich wusste, ich würde dich an diesem Strand treffen«, sagt sie nur.

»Und woher wussten Sie, dass ich manchmal hierher komme?«

»Ihr Schriftsteller hinterlasst überall Spuren. Man muss nur eure Bücher lesen, um zu wissen, wo ihr seid.«

Ich drehe mich um. Außer uns ist niemand hier. Sie schaut mich immer noch lächelnd an:

»Ich muss zugeben, du hattest es neulich schon erkannt.«

»Was denn?«

»Ich bin eine Metapher.«

So über das türkise Meer hingeworfen, bekommt das Wort Metapher plötzlich seine volle Bedeutung. Wirkt sich der Ort auf die Wörter aus oder umgekehrt? Ich träume von einer Hütte in den Bergen, um mit dem Blick über das Meer *Die Odyssee* zu lesen.

»Und wofür stehen Sie als Metapher?«

»Das wirst du wissen, wenn du mich fängst«, ruft sie fröhlich und rennt auf das Meer zu. Sie läuft mit irrer Geschwindigkeit auf die Insel La Gonâve zu, hin und wieder dreht sie sich um und schaut, wo ich bleibe. Ich renne los, hinter ihr her. Ein gleißender Körper, der über die Wellen springt. Jetzt taucht sie mit einer so harmonischen Bewegung unter, dass mir vor dieser Anmut fast die Sinne schwinden. Ich will ihr folgen, völlig gebannt vom Zauber, halte aber noch rechtzeitig inne. Wäre ich weitergelaufen, ich weiß nicht, was mich dort erwartete. Ich kehre um an den Strand, im Bewusstsein, dass ich dies mein ganzes weiteres Leben bereuen werde. Mir fehlt der Mut des alten Schriftstellers im Pyjama, einer so grazilen Metapher bis ins Ô zu folgen. Ich weiß nicht mehr, was mich dazu verleitete, ins Wasser zu rennen. Ich schwamm, bis mich die Kräfte verließen. In dem Moment, als ich unterging, spürte ich, wie jemand mich am Arm zog. Es dauerte so lange wie der Schlaf. Diese Zeit lässt sich nur schwer angeben. War es eine Minute, eine Stunde oder ein Leben?

Damit die Erzählung kurz und dicht wird, schreiben Sie ganz schnell eine Version von 350 Seiten und nehmen Sie sich viel Zeit, sie auf 120 Seiten zu kürzen.

182. Ein Tintenleben

Ich befinde mich allein auf einer kleinen Insel umgeben von Tinte. Ein paar Bäume mit Früchten hier und dort. Es ist dieselbe Tinte, die aus den Büchern trieft, die ich gelesen oder die ich geschrieben habe. Ich habe mich also einen Gutteil meines Lebens in dieser Tinte abgemüht, die mich an Kaffee erinnert. Ihr Geruch kitzelt mich in der Nase, bis ich niese und damit meinem Geist Sauerstoff liefere. Ihre Farbe vermischt sich mit der Nacht. Ich weiß, während ich schreibe, baden andere in ihrem Blut. Ich kann nichts tun, außer Blut in Tinte zu verwandeln. Ein ganzes Leben mit Lesen und Schreiben verbringen. Hat das einen Sinn? Ich kann es nicht sagen. Ich bin schon vor langer Zeit kopfüber in diesen Brunnen gefallen. Meine ersten Lektüren in Petit Goâve unter der Bettdecke. Heiße Begegnungen in Port-au-Prince mit den Dichtern, die meine Jugend verklärten. Ganze Nächte lang suchte ich meine eigene Musik, indem ich die Sätze fest aneinander rieb – nach der bekannten Technik, um im Wald Feuer anzuzünden. Die erste dürre Geschichte, die man an einem Morgen unter dem Kopfkissen findet, wie Coleridge seine Rose. Danach das Exil und der lange Tunnel des Schreibens. Die Ängste im Morgengrauen. Mein Fall ist nicht so einzigartig, denn jeden Schriftsteller umgibt ein Meer aus Tinte, das er überwinden, und eine Musik, die er finden muss.

Es kommt irgendwann der Augenblick, in dem man vergessen muss, dass man Schriftsteller ist, um es zu bleiben.

Anmerkungen der Übersetzerin

1 Charles-Augustin Sainte Beuve: Mes poisons (Paris, Les éditions José Corti. Collection romantique N°16 1988)
2 Julio Cortázar: *Südliche Autobahn.* Die Erzählungen, Bd 2, übers. von Rudolf Wittkopf (Frankfurt/M, Suhrkamp Taschenbuch 1998)
3 im Deutschen ein anderer Ausdruck für Naive Malerei
4 »Objektiv«: Autor oder Erzähler sollen nicht erkennbar werden
5 Zitiert in: Henry James: *Tagebuch eines Schriftstellers – Notebooks.* Übers. und Vorwort von Astrid Claes (Köln/Berlin, Kiepenheuer& Witsch 1965), S. 185
6 D. H. Lawrence: *Lady Chatterleys Liebhaber.* Übers. von Axel Monte (Düsseldorf/Zürich, Patmos/Artemis&Winkler 2004), S. 5
7 Bernhard Schlink: *Der Vorleser* (Zürich, Diogenes 1995), S. 5
8 Robert Musil: *Frühe Prosa und aus dem Nachlaß zu Lebzeiten* (Reinbek, Rowohlt 2000), S. 7
9 Übersetzt nach dem französischen Original
10 Gabriel García Márquez: *Ich bin nicht hier, um eine Rede zu halten.* Übers. von Dagmar Ploetz (Köln/Berlin, Kiepenheuer&Witsch 2012), S. 13
11 Norman Mailer: *Das Schloss im Wald* (München, LangenMüller 2007)
12 Edwidge Danticat: *Der verlorene Vater.* Übers. von Susann Urban (Frankfurt/M, Edition Büchergilde 2010)
13 Jean Duflot: *Entretiens avec Alberto Moravia* (Paris, Belfond 1970)
14 Gemeint ist: Aimé Césaire: *Rückkehr ins Land der Geburt.* Übers. von Janheinz Jahn (Frankfurt/M, Suhrkamp 1967)
15 Borges: *Von Büchern und Autoren?* Die deutschen Ausgaben entsprechen nicht den französischen.
16 José Hernández: *Der Gaucho Martín Fierro.* Erster und Zweiter Teil, Spanisch und Deutsch, übers. Von Pedro Pluhar (Köln, Kindler 1999)
17 *Tage des Lesens.* Drei Essays. Übers. von Helmut Scheffel (Frankfurt/M, Suhrkamp 1974)
18 Richard Brautigan: *Von Babylon träumen ... - Eine Kriminalgeschichte im San Francisco von 1942.* Übers. von Christiane Bergfeld (Mumpf, Theodor Boder Verlag 2009)
19 Rudyard Kipling: *Über Bord (Captains Courageous).* Neuübers. und hgg. von Gisbert Haefs (Hamburg, Mare 2007)
20 Jorge Luis Borges, Osvaldo Ferrari: *Lesen ist denken mit fremdem Gehirn.* Gespräche über Bücher und Borges (Zürich, Arche 1990), S. 30
21 »Herr des Gesangs, der überflogen/ wie Adler andre Vögel groß und klein« Inferno IV, 95-96
22 Marguerite Yourcenar, *Ich zähmte die Wölfin. Die Erinnerungen des Kaisers Hadrian [Mémoires d'Hadrien].* Übers. von Fritz Jaffé (Zürich, Manesse 2009)
23 Jules Vallès, ein französischer Romanautor und Journalist, beteiligte sich an der Pariser Kommune. In seinem Werk beschäftigte er sich mit der sozialen Lage der

Unterschicht im Frankreich des 19. Jahrhunderts, u.a. in seinem ersten Buch *L'argent* von 1857.

24 Norman Mailer: *Why are we in Vietnam?* [1967]. Deutsch: *Am Beispiel einer Bärenjagd* (München/Zürich, Droemer-Knaur 1970)

25 Stendhal: *Briefe.* Übers. von Fernand Nohr. In: *Gesammelte Werke in Einzelbänden.* Hg. von Manfred Neumann (Berlin, Rütten&Loening 1983), S. 757

26 Pierre Miquel: *La grande révolution* (Paris, Plon 1988)

27 Daniel Pennac (Daniel Pennacchioni, geb. 1944 in Casablanca, Marokko), ist ein französischer Schriftsteller. Auf Deutsch sind u.a. von ihm erschienen: *Der Körper meines Lebens* (2014) und *Schulkummer* (2009), beide übers. von Eveline Passet (Köln, Kiepenheuer&Witsch).

28 Victor Hugo: *Die Elenden [Les misérables].* Übers. von Paul Wiegler und Wolfgang Günther (Düsseldorf/Zürich, Artemis&Winkler 1998)

29 Remy de Gourmont: *La Culture des idées* (Paris, Mercure de France 1900)

30 Alexis wurde verraten, von den Tonton Macoutes gefangengenommen und wahrscheinlich hingerichtet, jedenfalls blieb er verschwunden.

31 Witold Gombrowicz: *Gesammelte Werke.* Hg. von Rolf Fieguth, Bd. 6/8, Tagebuch 1953-1969 (München, Hanser 1988)

32 Im Französischen umgangssprachlich für »cela« zu deutsch »das, das da«.

33 Alain Mabanckou: *Zerbrochenes Glas,* Roman. Übers. von Holger Fock und Sabine Müller (Liebeskind, München 2013)

34 Truman Capote: *Musik für Chamäleons.* Übers. von Gisela Stege (München, Droemer/Knaur 1981), S. 9-17

35 Eudora Welty: *Eine Stimme finden.* Übers. von Rüdiger Imhof (Stuttgart, Klett-Cotta 1990)

36 V.S. Naipaul: *Das Lesen und das Schreiben.* Übers. von Kathrin Razum (München, Claassen 2003)

37 Ryū Murakami: *Blaue Linien auf transparenter Haut. Tokio unterm Strich* (Reinbek bei Hamburg, rororo panther 1987)

38 »Alle glücklichen Familien ähneln einander, jede unglückliche Familie ist auf ihre eigene Art unglücklich.« *Anna Karenina.* Übers. von Fred Ottow (München, Winkler 1989), S. 7

39 Ahmadou Kourouma wurde 1927 in der Republik Côte d'Ivoire geboren. Seine Romane und Theaterstücke setzten sich kritisch mit der postkolonialen Politik in seinem Land auseinander, daher wurde z.B. sein Stück *Tougnantigui ou le Diseur de vérité* in Abidjan nach einigen Aufführungen abgesetzt und konnte nur zensiert weiter gespielt werden. Kourouma, für seine Bücher in Frankreich vielfach ausgezeichnet, starb 2007 in Lyon im Exil.

40 *Der Zwiespalt des Samba Diallo.* Übers. von Jànos Riesz und Alfred Prédhumeau (Frankfurt am Main, Lembeck 1980)

41 Yambo Ouologuem: *Das Gebot der Gewalt,* Roman Übers. von Eva Rapsilber (München, Piper 1969)

42 »Povre je suis de ma jeunesse«, aus: *»Je plains le temps de ma jeunesse...«, Le Testament Villon,* in: Francois Villon: *Poésies complètes* (Paris 1991), S. 105

43 Joseph Delteil, 1894-1978, franz. Dichter und Romanautor, der kurzfristig von

den Surrealisten bewundert und aufgenommen, dann wegen seines Romans *Jeanne D'Arc* wieder aus ihren Reihen verstoßen wurde. Er lebte zurückgezogen in seiner Heimatgegend im Roussillon, hielt aber enge Kontakte mit Schriftstellerfreunden.

44 Henry de Montherlant: Schriftsteller (1895-1972), der sich im 1. Weltkrieg engagierte und danach in seinen Büchern und auch aktiv in der Gesellschaft für eine Aussöhnung mit dem (deutschen) Feind einsetzte, auf der Grundlage antiker Ideale, die sein großes literarisches Werk durchziehen.

45 Curzio Malaparte: In einer mit einem Goncourt gekrönten Biographie von 2011 überführt Maurizio Serra den italienischen Journalisten und Schriftsteller Curzio Malaparte, der Mussolini unterstützt hatte, zahlreicher Lügen und Legendenbildungen.

46 Yukio Mishima: Japanischer Autor (1925-1970), der seine Homosexualität in seinen Büchern und in öffentlichen Darstellungen zum Thema machte. Bekannt ist er auch für seine radikal nationalistische Haltung und die außergewöhnlichen Umstände seines Suizids.

47 Übersetzt nach dem französischen Original: Jorge Luis Borges, Osvaldo Ferrari: *Dialogues I* (Pocket 2012). Die Interviewpassage ist nicht enthalten in Jorge Luis Borges, Osvaldo Ferrari: *Lesen ist Denken mit fremdem Gehirn.* Übers. von Gisbert Haefs (Zürich, Arche 1990)

48 Walt Whitman: *Grashalme.* Übers. von Hans Reisiger (Berlin, Aufbau-Verlag 1957); *Grasblätter.* Übers. von Jürgen Brôcan (München, Hanser 2009)

49 Yukio Mishima: *Der Tempelbrand* (München, Paul List Verlag 1961)

50 aus: *Briefe aus meiner Mühle* von Alphonse Daudet. Übers. von Alice Seiffert (Frankfurt/M, Insel Taschenbuch 1980)

51 Barbey D'Aurevilly: *Diabolische Geschichten [Les Diaboliques].* Novellenzyklus in 4 Bde. (Frankfurt/M, Eichborn 1993)

52 von Turgenew. Übers. v. E. v. Baer (Frankfurt, Insel Verlag 2000)

53 Das Zitat von Cocteau lautet wörtlich: »L'originalité consiste à n'être pas original sans pouvoir y parvenir. / Originell zu sein besteht darin, nicht originell sein zu wollen, ohne dass es gelingt.«

54 Filmtitel: *Die Kunst einen Neger zu lieben, ohne müde zu werden*

55 Boris Vian: *Der Schaum der Tage.* Übers. von Antje Pehnt (Hamburg, Gruner & Jahr 2010)

56 Isaac Bashevis Singer: *A crown of feathers and other stories* (New York, NY, Farrar/ Straus&Giroux 1974)

57 Anspielung auf den Romantitel von Jean Giono: *Bleibe, meine Freude.* Übers. von Ruth und Walter Gerull-Kardas (München, Goldmann 1999 und den berühmten Schlusschor von J. S. Bach: *Jesu bleibet meine Freude* von der Kantate *Herz und Mund und Tat und Leben* (BWV 147).

58 Bezieht sich wahrscheinlich auf die Schrift Etienne de La Boéties: *Discours de la servitude volontaire / Über freiwillige Knechtschaft,* die in den Religionskriegen z.T. von der protestantischen Seite benutzt wurde.

59 Zitat: *Essais.* Übers. von Herbert Lüthy (Zürich, Manesse 1953 u.ö.), S. 225

Dany Laferrière
Das Rätsel der Rückkehr
Roman
Übersetzt aus dem Französischen
von Beate Thill
300 Seiten, gebunden, Hardcover
Erscheinungsjahr: 2013
ISBN: 978-3-88423-426-6
24.80 EUR

Internationaler Literaturpreis – Haus der Kulturen der Welt 2014

»Ein mitreißender Sprachstrom, der alle Gewissheiten unterspült, beginnend als langes Gedicht, sich ausweitend zu Erzählung und Essay, ein autobiographischer Bericht.« (Hans Christoph Buch)

Die Nachricht vom Tod seines Vaters bringt das Leben des Erzählers aus dem Gleichgewicht. Beide, Vater und Sohn, hatten ihre Heimat Haiti verlassen und waren ins Exil gegangen. Ein Plädoyer für die Bedeutung der Herkunft, den Wert der Familie und die unbändige Kraft der Poesie.

www.wunderhorn.de